www.tredition.de

AF204070

Richard Hufnagel

Tanz über den Main

www.tredition.de

© 2017 Richard Hufnagel

Verlag: tredition GmbH, Hamburg

ISBN
Paperback: 978-3-7345-9354-3
Hardcover: 978-3-7345-9355-0
e-Book: 978-3-7345-9356-7

Printed in Germany

Einführung

1933

Mit dem Bau der Schleuse im bayerischen Großwelzheim am Main wurde 1914 begonnen. Durch den Ausbruch des 1. Weltkrieges verzögerte sich die Fertigstellung immer wieder. Erst nach der Machtergreifung durch Hitler wurden die Arbeiten zu Ende geführt. Ein Arbeiter aus der hessischen Gemeinde Kleinwelzheim kam mit seinem kleinen Sohn an die Schleuse, um dort Material anzuliefern. Als sie auf dem bayerischen Boden sind, gibt der Mann seine Waren am Tor der Aufsicht ab. Der kleine Sohn sah im nahen Feld ein Mädchen auf einer Schaukel, die an einem Apfelbaum befestigt war. Der Vater des Mädchens pflügte den Acker. Alle fünf Minuten drehte er seinen Pflug, um dabei nach seiner kleinen Tochter zu schauen. Gerade als er wieder wendete, kam der kleine Junge vom Main heran gelaufen. „Wo willst du denn hin?" fragte der Vater. „Darf ich auch einmal schaukeln"? Die Frage hatte den Vater nicht überrascht und er rief seiner Tochter zu „Maria, hier ist Besuch für dich. Der kleine…". Er unterbrach sich und fragte den Jungen „Wie heißt du denn?" „Ich bin der Josef von da drüben", sagte dieser und deutete über den Main. Und wieder zu Maria gewandt, „darf, der Josef auch mal schaukeln? Er möchte gerne mit dir spielen". „Ja, komm Josef. Setze dich auf die Schaukel drauf", rief die kleine Maria. Josef ließ sich das nicht zweimal sagen. Und schon hockte er auf dem Schaukelbrett, das mit Ketten am Ast des Baumes befestigt war. So schaukelte der Bub und konnte gar nicht genug davon kriegen, als Maria sagte: „Komm mit, ich zeige dir etwas". Gemeinsam gingen sie in Richtung Gebüsch. „Aber sei leise, da ist ein Eichelhäher, der hat Junge dort in den Zweigen, die dürfen wir nicht stören." Gebannt schauten sie den großen Vögeln beim Füttern ihrer Jungen zu. Da kam ein Arbeiter vom Main herauf; er suchte den Buben. Als er seinen Jungen hinter dem Gebüsch sah, rief er ihm zu „Josef auf geht's, wir müssen wieder nach Hause". „Wenn ich wieder komme, Maria, bist du dann auch wieder da?" „Bestimmt, ich wohne dort den Acker hoch, dann nach rechts, und die Straße entlang. Direkt schräg gegenüber der Kirche. Hausnummer drei. Komm mich besuchen", antwortete die kleine Maria.

Lange Zeit noch schaute sie Josef und seinem Vater nach. Sie sah die beiden noch über die Schleuse gehen, dann waren sie auf der anderen Flussseite hinter den Büschen des Ufers verschwunden.

Alte Schleuse Großwelzheim, Abriss ca. 1971

1944 August

Es tobte das Schreckensjahr über Europa. In Frankreich hatte sich das Glück von Hitler abgewendet. Die Amerikaner hatten mit ihren Truppen im Süden, mit den Briten und Kanadiern 30 km nördlich einen Kessel gebildet. Gegen die Einschließung wehrten sich große Teile der 7. Armee und der 5. Panzerarmee. In verzweifelten Kämpfen gab es viele Tote. Die unzähligen Verletzten sollten viel Leid und Trauer in die Heimat senden. Nur noch 80 km waren die Amerikaner vor Paris. Das deutsche Heer flüchtete in panischer Angst Richtung Osten, zur deutschen Grenze. An der rumänisch-ukrainischen Grenze tobte die 500 km lange Front, von den Karpaten bis zum Schwarzen Meer. Innerhalb von drei Tagen war die 6. Armee nahezu eingekesselt. In Paris erhoben sich Partisanengruppen gegen die Deutschen, wo General von Choltitz, Wehrmachtsbefehlshaber von Groß-Paris die Aufständischen um einen Waffenstillstand bat.

Von alle dem, war in dem kleinen Dorf Großwelzheim am Main, am Rand des Spessartfußes an der nordwestlichen Grenze von Bayer nach Hessen nichts bekannt. Hier ging die blanke Angst um. Die Leute konnten kaum schlafen, so zermürbte sie die Ungewissheit die der Kriege hinterließ. Täglich dachten sie an ihre Söhne, Brüder, Verwandten, jungen Soldaten. Wo sind sie jetzt? Leben sie noch? Wenn eine Postkarte, von einem ihrer Söhne in der Heimat ankam, freute sich der gesamte Ort über die Nachricht. Jeder wusste, dass diese Karte bereits seit zwei, drei oder vielleicht auch vier Wochen unterwegs war. Was ist inzwischen geschehen?

Was machte der Sohn, der Bruder heute? Nur durch ihren festen Glauben konnten die daheim Wartenden ihre Hoffnung auf ein Wiedersehen, ertragen. Immer wenn der Briefträger, der auch Gemeindediener war, die amtlichen Nachrichten mit seiner großen Schelle ankündigte, rannten die Leute auf die holprig gepflasterte Hauptstraße und klebten förmlich an seinen Lippen. Er verteilte dann die Grußkarten von der Front an die Angehörigen. Freudentränen, die hoffen ließen. Trauer- und Wehgeschrei für die schreckliche Mitteilung: „Der Karl ist gefallen, der Sohn vom Alex ist tot". Er war der erste Tote im Dorf. Er ein hervorragender Leichtathlet, der beste Sportler im Dorf. Der besttrainierteste mit der meisten Ausdauer aller jungen Männer, gegen einen Granatsplitter hatte er keine Chance. Da steht die Mutter, gebrochen im Herzen. Ein Vater der seine Gedanken jetzt für die zwei Brüder frei haben, der seine Frau so gut es ging, wieder aufrichten musste. Was hat dieser Krieg gemacht?

*

Dort in diesem Dorf mussten die fünfzehnjährige Maria und ihre älteren Schwestern die Aufgaben der Brüder Willi und Alois übernehmen. Die kleine Landwirtschaft ernährte sie und ihre Eltern mehr schlecht als recht. Der Vater war in den Kriegswirren als zweiter Bürgermeister mehr damit beschäftigt, dem Bürgermeister bei seinen Aufgaben zu helfen. Die herrischen Vorgaben der Nazis machten dem ganzen Ort zu schaffen. Gemeinsam versuchten die Ortsältesten die

Bürger zu schützen, wenn und wo immer es nur ging. Aber wie oft gelang dies schon? Keiner traute sich gegen das Unrecht aufzubegehren. Die Angst im KZ zu enden, war hinlänglich bekannt.

Dort musste die junge Maria täglich nach der Schule, wenn diese überhaupt stattfand, gleich danach mit auf das Feld, um die Getreideernte einzuholen, während ihre Freundinnen im nahen, seichten See an Wald schwimmen waren. Die schweißtreibende Arbeit beim Bündeln des Getreides, beim Aufstellen der Garben zum Trocknen, beim Einfahren der Ernte in die Scheune, beim Gabeln vom Leiterwagen in die Tenne. Wie verfluchte sie diese Arbeiten, wenn sie an ihre Freundinnen dachte, um sich auch dann beim lieben Gott gleich wieder für ihren Fluch zu entschuldigen.

Der Herbst kam ins Land. Kartoffeln aushacken, sortieren nach den großen zum Verkauf und nach den kleinen für das Vieh. Rüben, Kraut und Wirsing, täglich diese Arbeiten, dieses Schuften. Aber die Kinder ertrugen es. Was blieb ihnen auch anderes übrig?

Das Jahr neigte sich dem Ende zu, der Krieg tobte weiter an der Front. Aus dem Radio krächste die Stimme des Führers Adolf Hitler. Er sprach von den bösen Kräften, die seit dem Westfälischen Frieden von 1648 immer wieder die deutsche Vereinigung verhindert hätten. Maria und ihre Schwestern Hermine und Anna, saßen mit den Eltern in der Küche bei der Hausarbeit und hörten gespannt zu. Doch ihre Gedanken waren immer, jeder Sekunde bei ihren Brüdern. Die Angst um sie war größer als die penetrante Stimme des Führers, die aus dem Radio in die karge Stube schallte. Wann kommen sie wieder? Kommen sie überhaupt wieder? In allen Dörfern, in allen Städten dachten die Leute in der Heimat das Gleiche. An ihre Kinder an der Front.

*

Zu ihrem sechzehnten Geburtstag am 25. November bekam Maria von einer Tante ein Tagebuch geschenkt. Hier hielt sie ihre Erlebnisse in den nächsten fünf Jahre fest, um wie sie später schreibt, „für später einmal nachlesen zu können".

Schon am Heiligen Abend schrieb sie ihren ersten Eintrag

„Erst heute am Heiligen Abend, finde ich einige Zeit, in mein Tagebuch zu schreiben. In wenigen Minuten wird das Christkind kommen, zum 6. Mal im Krieg.

Stille Nacht, heilige Nacht so feierlich beim brennenden Weihnachtsbaum. (…) Still gedenken wir an diesem Heiligen Abend unserer Lieben fern der Heimat. Möge sie das Christkind in der Krippe beschützen"

„Gestern am 1. Und heute am 2. Weihnachtstag hatten wir Fliegeralarm, der meistens recht unangenehm war"

„Alarm, Alarm, Flieger, Alarm, Alarm", der Gemeindediener fuhr auf seinem alten Fahrrad durch das Dorf. An jeder
Kreuzung blieb er stehen. Nicht viele Leute kamen um diese
Zeit auf die Straße. „Alarm, Alarm, Fliegerangriff, alles in
die Keller". Hell und rot ist der Nachthimmel über dem
nördlichen Dorfrand erleuchtet. Bomber und Bomben gingen auf die nur 15 km entfernte Stadt Hanau nieder. Das Inferno: Brandbomben stürzten rund um die Dörfer vom Himmel, Todesangst war in jedem Haus. Die junge Maria und
ihre älteren Schwestern Anna und Hermine mit ihrem Baby
im Arm, kauerten eng bei der Mutter und dem Vater auf der
Kellertreppe des alten Bauernhauses. Laut den Rosenkranz
betend, flehten sie den lieben Gott um Verschonung vor den
Bomben auf das Dorf, auf das Haus, auf alle hier, für sich
selbst, für die Kuh, die zwei Ziegen, das Schwein, den Hund.
Nichts und niemand wurde im Gebet vergessen. Die Ungewissheit, wo genau passiert was? Kommt das Inferno auch
hierher? Nur der Glaube half gegen dieses Toben der Nacht.
An Schlaf kann keiner denken. Es wird draußen schon hell,
als die Bombeneinschläge spürbar weniger wurden. Doch
die Ruhe war genauso unerträglich wie der vorausgegan-
gene Bombenhagel.

Wie ein Lauffeuer verbreitete sich die Nachricht über die to-
tale Zerstörung von Hanau, alles ist zerbombt, liegt in
Schutt und Asche. Kein Stein soll mehr auf dem andern liegen. Tote, Tote, überall lagen Tote. Verletzte, Verletzte und

wieder Verletzte. Was wird aus unserer ruhigen, beschaulichen Gegend? Ist das schon das Ende? Gibt es noch eine Zukunft? Wie geht es unseren Brüdern draußen an der Front? Leben sie noch? Oder sind sie auch in einem solchen Inferno gestorben? Angst, Schrecken, Hoffnung....

Ruhe war wieder eingekehrt. Äußerliche Ruhe. Das Leben ging weiter, musste weitergehen.

*

Gerade hatten sich Maria und ihre Schwestern über das Erlebte in der Bombennacht gefangen, da erschüttert eine neue Nachricht das Dorf. Ihre Freundin und direkte Nachbarin Anna, in zwei Monaten wäre sie auch fünfzehn Jahre alt geworden, ein Jahr jünger als sie selbst, stirbt einfach so, von heute auf morgen, an Nasenbluten. An sowas stirbt man doch nicht, nicht mit fünfzehn? Reichen die Schrecken des Krieges nicht? Was hat die Freundin getan, dass sie so vom lieben Gott bestraft wird. Warum stirbt Anna und nicht die alte Nachbarin, die nur vier Häuser weiter wohnt und schon seit Monaten nach einem Schlaganfall gepflegt werden muss. Warum lieber Gott, ausgerechnet Anna? Warum? Warum? Maria musste an die Zeit mit Anna denken. Täglich trafen sie sich in der gemeinsamen Holzhalle auf der Grenze der nebeneinander liegenden Anwesen. Dort war auch der gemeinsame Brunnen. Hier holten sie täglich das Wasser für Haushalt und das Vieh. Im Sommer mussten sie so manchen Tag stundenlang den Eimer runter lassen und gefüllt mit dem frischen Brunnenwasser hochziehen. All das wird jetzt nicht mehr so sein. Jetzt erst merkt Maria, dass sie zum Brunnen gegangen war. Sie musste weinen. In ihr Buch schrieb sie:

„Ich kann es noch nicht fassen, dass unsere, Erikas und meine Freundin, Anna nicht mehr bei uns ist. Gestern erlag sie nach kurzer schwerer Krankheit. Wir hatten uns so gefreut, auf ihren fünfzehnten Geburtstag am 7. März. Die Schneeglöckchen im Väschen werden statt auf ihrem Geburtstag auf ihrem Grab blühen. Sie wird uns unvergessen bleiben"

*

Nur wenige Tage nach der Bombardierung von Hanau standen Kurt, seine Freunde Herbert und Karl neugierig am Ortsrand. Schon gestern ging ein Lauffeuer durch den Ort. Die Amerikaner hatten Hanau schon besetzt und zogen jetzt weiter über das Land. Im Nachbarort wurden schon die ersten gesehen. Angst und Neugierde trieb die Leute um. Was passiert wenn sie auch zu uns kommen? Der Gemeindediener hatte gerade seinen Rundgang beendet. „Alle Einwohner werden aufgefordert ihr Haus mit einer weißen Flagge zu versehen", war seine Botschaft heute. Laut rief er die Nachricht in die Gassen des Dorfes, immer wieder mit seiner Schelle unterbrechend. Jeder musste die Nachricht hören.

Es dauerte auch nicht lange, bis aus jedem Haus weiße Betttücher und anderen weiße Lumpen herausgehängt waren.

Das gab dem Dorf eine ungewohnte, ängstliche Atmosphäre. „Kommt, auf nach Kahl. Wir wollen die ersten sein, die die Amis sehen." Karl, ein etwas ängstlicher Typ zierte sich. „ Nein, lieber nicht, du weißt nicht, was da passieren kann. Vielleicht erschießen sie uns, wenn sie uns erwischen", entgegnete Karl. „Du Angsthase" warf Kurt ein. Kurt war eigentlich gar nicht so mutig. Ein Lautsprecher war er ja. Aber wenn es darauf ankam, glänzte er eher durch Abwesenheit, oder Zurückhaltung. Doch seine Neugierde war zu groß, und so schlichen die drei den schmalen Waldweg entlang der Kipp, einem siebzig meterhohen Hügel, der hauptsächlich mit Buschwerk bepflanzt war, nachdem das nahe Bergwerk vor dem Krieg geschlossen wurde. Hier wurde in den zwanziger Jahren mit den Loren der Erdabraum aufgeschüttet, der beim Braunkohleabbau entstand. So war am Waldesrand eine stattliche Schonung mit Nadelbäumen gewachsen. Es dämmert schon, als die drei Jungen den Wald dort erreichten. Dann, ein lauter Knall, tönte über die Schonung. Erschrocken und vor lauter Angst vor dem amerikanischen Soldaten rannten sie zurück ins Dorf.

Auch hier war alles von einer unheimlichen Stille umgeben, obwohl kaum ein Mensch auf der Straße zu sehen war. Die Ausgangsbeschränkung erlaubt es nach sechs Uhr am Abend niemandem mehr auf die Straße zu gehen. Dadurch war eine große Unruhe zu spüren. Keiner sprach darüber, aber alle empfanden sie…

Dann …, es war der 23. März. Schon um fünf Uhr in der Früh hörte man von weit her das Rattern der Panzer. Keiner im Dorf konnte mehr schlafen. Irgendeiner lief immer wieder an das alte Hoftor, um durch die Ritzen im maroden Holz nach draußen auf die Hauptstraße zu sehen. Kommen sie heute? Kommen die Amis auch zu uns? Dann, es war gegen neun Uhr, fuhr der erste Jeep mit drei amerikanischen Soldaten am Ortsrand vor. Er blieb dort stehen und wartete. Eine halbe Stunde, eine ganze Stunde, eine und eine weitere halbe Stunde... dann kamen zwei weitere Panzer an, einer fuhr durch den ganzen Ort hindurch. „Überall flattern weiße Fähnchen", schreibt Maria. Dieser besetzte die westliche Seite zum Main, der zweite sicherte den östlichen Ortsrand der Gemeinde ab. Mit vier nachfolgenden Jeeps verteilten sich die Soldaten auf die drei parallellaufenden Dorfstraßen. Nichts passierte. Plötzlich - Schreie schallten aus dem ersten Haus. „Du Nazi? Wo du Waffen?" Zwei amerikanische Soldaten durchkämmten Straße für Straße der verängstigten Einwohner. Sie zogen von Haus zu Haus, um nach Waffen und anderen Gegenständen, wie Hitlerbildern und Lektüren des 3. Reiches zu suchen. Jeder einzelne Bewohner wurde in Augenschein genommen. Die wenigen alten Männer, die im Ort verblieben waren, wurden besonders hart angegangen. In jedem Bürger sahen die Amerikaner einen Nazi. Eben erreichten sie das Haus des Bürgermeisters. Dessen Stellvertreter, Marias Vater, war schon dorthin geeilt, um dem ihm beizustehen, obwohl er gar nicht wusste, ob er überhaupt helfen konnte. „We are here, to see your office!" herrschte der Offizier die Dorfältesten an. "Wir müssen den Diethelm holen, der Diethelm kann Englisch", stotterte Marias Vater wiederholt. Jetzt kapierte der Bürgermeister, was sein Vize damit sagen wollte. „Where? Where", forderte der Amerikaner. "Who is Diethelm, bring him, bring him to this place! Immedictly!" „Diethelm, kann Englisch" wiederholte der brave Bürger zum wievielten Male.

Wer wusste schon, dass „where" wo und „who" wer heißt. Da wurde es dem Offizier zu viel. Er packte den Ortsvertreter bei der Schulter, stieß ihn auf den Jeep und brüllte: „Go! Go! bring Diethelm, bring him here". Jetzt endlich hatten die beiden es begriffen, und fuhren mit auf dem Jeep der Soldaten zum Haus von Diethelm, zweihundert Meter weiter, über die holprige kopfsteingepflasterte Hauptstraße. Diethelm war der Sohn des Postobersekretärs und einer von zwei Schülern aus dem Ort, die auf die Oberschule in der Stadt gingen. Die Abordnung klopfte an der Tür, doch niemand öffnete. Das laute Rufen der beiden Bürgermeister, jemand musste es doch hören. Aber nichts tat sich - die Haustüre wurde nicht geöffnet. „Open the door"! Der Offizier brüllte jetzt noch lauter, als endlich die Tür ganz vorsichtig einen Spalt geöffnet wurde und eine Frau durch den schmalen Schlitz ängstlich heraus schaute. Ehe alle begriffen, was geschah, rammte der GI sein Gewehr gegen die Haustüre, so dass diese weit aufflog. Zitternd stand jetzt die Frau direkt von dem Soldaten. „Gnade, Gnade!" stammelte sie immer und immer wieder. Die beiden Bürgermeister hatte sie gar nicht zur Kenntnis genommen. Der erste Bürgermeister trat nach vorne und beruhigte die ganz verstörte Frau und dann erklärte er ihr, dass ihr Sohn, der Diethelm gebraucht werde und die Sprachen übersetzten soll. „Are you Diethelm? Can you speak English?" fragte der Offizier den verduzten jungen Mann, der direkt hinter seiner Mutter stand. „I´m can speak a little bit English I`m learning it at school", stotterte er. Doch dann hatte er sich gefangen und zeigte mehr Sicherheit. Der Offizier war jetzt milder gestimmt und lächelte sogar. Diethelm und auch den beiden Bürgermeistern merkte man die Erleichterung an. „Come on, we are going into the office at school, you must have to translate German into English, yes? ok?". Diethelm war eigentlich ein aufgeweckter junger Mann, und fragte unverblümt, ob er wenigstens noch seine Scheibe Brot und die Tasse Milch fertigt essen und trinken könne. Da lachte der Ami und meinte "Yes, than you coming, you have ten Minutes". Und schon fuhr der Tross, so schnell wie er gekommen war, zurück zur Gemeindeamtsstube in der alten Schule. Dort musste der erste Bürgermeister die Einwohnerlisten vorlegen. Hierauf waren dicke schwarze Kreuze schon auf der ersten Seite nicht zu übersehen. „What´s that?" fragte der Offizier. Der Bürgermeister erklärte, dass diese Männer im Krieg gefallen sind, jetzt schon zweiunddreißig Männer nur aus unserem Dorf". Diethelm, der inzwischen eingetroffen war, übersetzt alles ins Englische. Zuerst war er noch unsicher, aber je länger die Prozedur dauerte, desto mehr gefiel dem Offizier die Zusammenarbeit mit dem jungen Schüler. Und schon bald erzählte er Diethelm, dass er zu Hause in Kansas auch einen Sohn in seinem Alter hat. Dass dieser dort in Kansas City auf die Highschool geht, und ein sportbegeisterter Rugbyspieler ist. Verwirrt fragte Diethelm fragte was Rugby ist. Er hatte dieses Wort bisher nie gehört. Daraufhin erzählte der Offizier ihm alles über Rugby, so vertraut als wäre Diethelm sein eigener Sohn. Diethelm merkte, obwohl er von dem Sport überhaupt nichts verstand, dass Mr. Donathan – so stand auf seiner Uniform- Tränen in den Augen hatte. Das hatte er nicht erwartet. Ein amerikanischer Offizier, ein Mann, ein Soldat, der hat doch keine Gefühle, der kann doch nicht weinen. Das ist doch ein Krieger, ein deutscher Soldat der macht so etwas bestimmt nicht, dachte er, sagte es aber nicht. Schnell hatte sich Mr. Donathan von seiner Stimmung wieder erholt und kam zur Tagesordnung zurück.

Während dessen saßen die Bürgermeister ruhig auf ihren Stühlen und dachten an ihre eigenen Söhne. Wo sie wohl heute sind?

In der Zwischenzeit gingen die anderen Soldaten im Dorf von Haus zu Haus, um alles nach Waffen und Nazischriften zu durchsuchen. Fündig wurden sie nicht. Dies ging zwei Tage so weiter.

Der Offizier war zwischenzeitlich weiter gezogen. Drei Soldaten saßen tagsüber in der Amtsstube beim Bürgermeister. Dieser hatte die Erlaubnis bekommen, sich mit seinem Stellvertreter abzuwechseln. Auch in der Landwirtschaft mussten die Arbeiten ja weitergehen. Es war jetzt Mai. Die Kartoffeln waren gelegt, und jetzt sollten die Rüben gesät werden. Alle diese Arbeiten mussten die Frauen mit den Kindern fast alleine erledigen. Dann mussten sie noch das frische Gras schneiden und nach Hause bringen. Dort warteten die Kuh, die Ziegen und die Schweine. Alle mussten noch gefüttert werden.

*

Diethelm saß bei den Soldaten und übersetzte die Berufe und die wichtigsten Einträge aus dem Register. Oft musste dazu sein abgegriffenes Wörterbuch zur Hilfe nehmen. Das amerikanische Englisch war für ihn teilweise schwer zu verstehen und er musste immer wieder nachfragen und nachsehen. Die erste Woche war geschafft. Nun wollten die Soldaten jeden der Männer und Frauen sehen, bei denen ein Eintrag war. Es wurde nach vielen Dingen gefragt. Gibt es Waffen im Haus? Sind Sie in der NSDAP? Die Gefragten schüttelten alle einvernehmlich den Kopf. Diethelm übersetzte. Keine Hinweise. „Fuck!", brüllte da auf einmal ein GI, „who made this war, if nowbody was a Nazi?"

Es wurden jetzt auch alle Vereinslisten kontrolliert. Die Vorstände aller Vereine - es waren die alten Männer, und oft auch noch in zwei oder mehr Vereinen tätig - mussten alle erscheinen und Fragen der Amerikaner beantworten. Erst die der Feuerwehr, dann der Gesangverein, die Fußballer, ja selbst die noch zwei verbliebenen Männer des Schachclubs wurden befragt. Die Entnazifizierung war im vollen Gang. Neue Angst entstand. So mancher hatte zu befürchten, er könnte beschuldigt, oder gar verraten werden. Einige der Männer wurden als Nazis erkannt, aber diese waren zum Glück nicht im Ort. Sie waren im Krieg und konnten nicht verhaftet werden.

Nach einem weiteren anstrengenden Tag durfte Diethelm endlich um acht Uhr am Abend nach Hause gehen. Er war völlig übermüdet, als ihn der Soldat, Jim hieß er, gerade als er gehen wollte, überrascht. Er hält Diethelm eine runde, braune, in helles Zellophan eingepackte Scheibe entgegen. Diethelm nahm sie, dankend sagte er „Thank you, see you tomorrow" dann ging er. Zu Hause öffnete er das unbekannte runde Teil, es war ein Riegel dunkler Schokolade.

Das Leben in dem kleinen Ort hatte sich in den letzten Tagen etwas normalisiert. Die Amerikaner kamen nur noch selten aus der Stadt hierher, um nach dem Rechten zu sehen. Dann besuchten sie den Bürgermeister in seiner Amtsstube in der alten Schule. Oft war dieser aber gar nicht da. Er führte seine Amtsgeschäfte meist erst am Abend, wenn die Arbeiten auf dem Feld und im Stall beendet waren. Er merkte, dass ihm die Arbeit zu viel wurde. Aber die zwei Jahre bis zur nächsten Wahl, falls diese überhaupt stattfinden konnte, wollte er schon noch Bürgermeister bleiben. Sein Stellvertreter war auch, genau wie er selbst, in den letzten Wochen sehr überfordert. Er dachte oft daran vom Amt zurückzutreten. Doch das war unmöglich, zumal sein Vertreter Richard auch immer mehr kränkelte. Dennoch saß er heute wieder, etwas verspätet, in der Amtsstube, als der amerikanische Prüfer zu ihm sagte: „Where are you, we must know, how much people come back to your village". Nach den vielen gemeinsamen Treffen mit den amerikanischen Soldaten, wussten die Bürgermeister jetzt immer besser was die Amerikaner wollten, auch wenn er sie nicht immer alles verstanden. Richard suchte die gewünschten Unterlagen und reichte sie hin. Die schwarzen Kreuze hinter den Namen auf den Listen hatten sich schon auf über sechzig erhöht. Mindestens dreißig der Soldaten waren noch nicht wieder aus dem Krieg zurück. Wo sind sie, unsere Söhne, unsere Brüder, wann kommen auch sie zurück? Kommen sie überhaupt wieder zurück? Diese Gedanken quälten in jedem Haus.

1945 Ostern, Frühjahr

Jetzt war schon wieder Ostern und zum sechsten Mal im Krieg.

„Wieder einmal, zum 6. Mal im Krieg feiern wir das Osterfest. Da wir am Tag nur drei Stunden ausgehen dürfen, war es natürlich besonders schön. Nicht mal ein feierliches Amt konnte gehalten werden. Aber ein schönes haben wir doch: wir brauchen keine Angst mehr vor den Fliegern mehr zu haben. So hoffen wir jetzt doch, dass der Krieg zu Ende geht und wir unsere Lieben wiedersehen".

Und dann ging es auf Pfingsten zu, als Maria und ihre Freundin Mathilde gerade damit beschäftigt waren, ihre Sachen zu packen. Sie durften mit der katholischen Jugend das regionale Pfingstjugendtreffen im Kloster Münsterschwarzach besuchen. Pfarrer „Alfons", so nannten die Jugend herzlich ihren geliebten und geachteten Dorfpfaffen, hatte ihnen in den Gruppenstunden schon vor Wochen von diesem Treffen erzählt. Er konnte sehr interessant erzählen. Die Jugend hing ihm förmlich an den Lippen, und sie waren immer wieder traurig, wenn die Jugendstunde, wie im Traum vorbei war. Der Pfarrer war auf allen Bühnen des Ortes zu Hause. Selbst als Mitglied in den örtlichen Vereinen, war er aktiv. Als Hühnerzüchter mit seinen russischen Zwerghühnern war er bei jeder lokalen Schau in den umliegenden Orten dabei. Er heimste die schönsten und besten Preise ein und am meisten freute es ihn dann, wenn er als Preis eine Büchse Hausmacher Wurst oder einen Schinken erhielt. Die Preise wurden von den Mitgliedern, die ja fast alle Bauern waren, gestiftet und auf diesen Leckerbissen freute er sich jedes Jahr wieder. Schon bei den Schlachtfesten der einzelnen Dorfbewohner wurde er gut versorgt. Eine Wurstsuppe, ein oder zwei Koteletts, sowie eine Leber-, eine Blutwurst und ein schönes Stück Presskopf. Die guten Sachen sah man ihm auch an. Obwohl er ein großer Mann von ein Meter neunzig war, hütete er seinen Bauchansatz liebevoll. Kaum einer hätte ihn sich anders vorstellen können. Auch bei internationalen Hühnerschauen in Frankfurt oder Würzburg hatte er einen bekannter Namen als Züchter. Besonders gerne fuhr er nach Würzburg, wo er dann den Bischof besuchte und stundenlang mit ihm fachsimpelte, so manche Nacht verging dann wie im Rausch. Beide kannten sich vom Studium in Würzburg. Als Landbuben stammten sie aus dem Gau Ochsenfurt wo er seinen Freund, den Bischof kennenlernte. Gemeinsam, köpften sie dann so manche Flasche des guten Würzburger Steins, dem Hausberg der Diözese. Wen verwunderte da, wenn die Nacht im wahrsten Sinne des Wortes „im Rausch" verging. Dazu eine gute Zigarre aus der Schatulle seines Freundes. Dabei konnte man doch, auch wenn nur für eine ganz kurze Zeit, die Leiden seiner Schäfchen, vergessen.

Im Turnverein war er als stellvertretender Vorstand und im Fußballverein als Besitzer tätig. Und als besonderes gern gesehener Sänger war sein tiefer Bass im örtlichen Gesangverein der Stolz aller Sänger. Bis zum tiefen „a" reichte sein Organ. So verbrachte der Pfarrer seine knappe Freizeit und es war nicht verwunderlich, dass er von Würzburg immer als erster die neuesten Nachrichten und Veranstaltungspläne mitbrachte. Das war damals nicht selbstverständlich, denn bis diese Nachrichten durch die Post in den einzelnen Gemeinden ankamen, war durchaus die eine oder andere Veranstaltung schon vorbei. Und je weiter die Dörfer von Würzburg entfernt waren, desto länger dauerte so manches Mal der Postweg bis dann die Post eintraf.

So hatte der Pfarrer auch die neusten Informationen schon im Januar, von Würzburg mitgebracht. Zu Hause hatte er gleich die älteren Mitglieder der Jugendgruppen informiert. Und diese wieder gaben die Informationen an die Scharführer der umliegenden Dörfer weiter. So war es nicht verwunderlich, dass sich aus der Umgebung eine stattliche Gruppe Jugendlicher zusammen fand, um das Pfingsttreffen der katholischen Jugend in Münsterschwarzach zu besuchen. Groß war die Vorfreude bei Maria und ihren Freundinnen. Alle waren sehr angespannt und freuten sich auf die Reise. Der Krieg war aus und nach den langen tristen Kriegsjahren kam endlich wieder Leben in das junge Volk.

„Heute unterschreiben deutsche Generäle die bedingungslose Kapitulation aller deutschen Streitkräfte und somit das Kriegsende. Die Sieger jubeln und wir warten auf unsere Soldaten. Möge Gott, dass sie kommen"

*

Es war am Vortag der Abreise, als Maria bei Mathilde zu Hause war. „Was packen wir nur ein?", fragte Mathilde. „Unterwäsche und Waschzeug, sowie Essen und Trinken" antwortete Maria trocken. „Das reicht, zum Singen und Beten brauchen wir nur das Gesangbuch. Wenn getanzt wird, tanzen wir so, wie wir sind. Unsere Uniform der Pfadfinder reicht da völlig aus". Mathilde wollte noch ein zweites Kleid, mitnehmen. Maria aber schlug ihr dies aus dem Kopf. „Was willst du denn noch alles schleppen. Wir müssen uns um das Banner kümmern." Und so packte jede letztlich das ein, was sie für notwendig hielt.

Dann war es endlich soweit. Schon fertig für die Fahrt mit dem Fahrrad zum Bahnhof. Da passierte es. Maria ging noch einmal runter zur Scheune. Sie wollte sich von ihrer Mutter und den Schwestern verabschieden. Hermine hatte gerade das frische Gras, das die Schwestern am Vorabend noch von der Wiese geholt hatten, mit einer Gabel von dem alten Leiterwagen abgeladen, um es der Kuh und den Ziegen zu füttern. Dabei war die Sense, die noch im Gras steckte vom Leiterwagen herunter gefallen. Verkantet hing die Sense mit der Schneide nach oben durch die Leiter des Wagens durch. Lustig und fröhlich singend beeilte sich Maria, um durch die enge Gasse zwischen Leiterwagen und Misthaufenmauer durchzuschlüpfen. Da auf einmal… plötzlich blieb sie an der Sense hängen und deren Spitze schnellte hoch und bohrte sich direkt in ihre linke Wade. Blankes Entsetzen befiel Maria und Mathilde, die ein paar Meter vor der Haustür wartete und es ebenfalls gesehen hatte. Laut kreischte Maria auf, sodass die Mutter und Schwestern aus dem Stall heran gerannt kamen, um zu sehen, was da passiert war. Maria hatte das alles gar nicht realisiert. Sie spürte nur ein stechendes Toben in ihrem Bein. Ihre Mutter erfasste als erste die Lage und rief, so laut sie konnte ihrer ältesten Tochter zu: „Anna, schnell, eile zu Schwesterstation und hole Schwester Speziova, sie soll ihr Verbandszeug mitbringen!" „Beeile dich, schnell, schnell". Und Anna rannte los. So schnell war sie noch nie die Straße hinaufgelaufen bis hin zum Schwesternheim. Glücklicherweise waren die Nonnen daheim. Die Krankenschwester hörte sich in Ruhe an, was Anna stammelte, konnte jedoch nicht verstehen, um was es wirklich ging. Ganz ruhig nahm sie Anna in den Arm, richtete sie auf und sagte. „Jetzt erst einmal Luft holen, tief einatmen, ganz ruhig, ganz ruhig. So und jetzt noch einmal, ganz langsam". Anna erzählte erneut, was sich auf dem Hof zugetragen hat. Schwester Speziova nahm ihrer Tasche und schwang sich auf ihr Fahrrad und fort war sie. Anna stand jetzt irritiert alleine da. Langsam begriff sie, dass die Schwester schon fort war und jetzt trottete auch sie nach Hause zurück. Die Ordensfrau war inzwischen auf dem Hof eingetroffen, wo Hermine und Mathilde Maria schon in die Küche getragen und auf das alte Kanapee gelegt hatten. Gerade als die Mutter das Bein frei machte, kam die Ordensschwester herein. Diese schaute sich die Wunde an meinte: „ Augen zu, und hier fest drauf beißen". Gleichzeitig schob sie ihr ein altes Handtuch, welches neben an dem alten Wasserstein hing, in den Mund. Maria biss, so fest sie konnte zu, und ehe sich Mutter und die Schwester versahen, kreischte Maria über den brutalen Schmerz höllisch auf. So laut sie konnte brüllte sie mit aller Kraft den beißenden Schmerz aus ihrer Kehle. Ihr Schrei war bis in die Nachbarschaft zu hören, als auch ihre Schwester Anna wieder zurück kam und in die Küche eintrat. Während die Nonne mit einer dickflüssigen, stinkenden Brühe die offene Wunde auswusch und danach mit einem Verband einwickelte. Erstmals sahen und rochen die

Schwestern diese eklige, gelbe Flüssigkeit, das Jod. Davon hatten sie bisher nur gehört, seit heute kannten sie die Wirkung.

Nachdem Schwester Speziova den dicken Wundverband anlegt hatte, wollte Maria aufstehen. Schon der erste Versuch scheiterte, so sehr schmerzte das Bein. „Du bleibst jetzt erstmal zwei Tage fest liegen, dann sehen wir weiter, morgen nach der Messe, schaue ich wieder nach dir, und verbinde dein Bein erneut". Mit diesen Worten verließ die Krankenschwester das alte Bauernhaus.

Schluchzend brach Maria in Tränen aus. Erst eben war ihr und auch Mathilde klar geworden, dass an die Mitfahrt nach Münsterschwarzach für Maria nicht mehr zu denken war.

„Mathilde, nehme das Banner und eile los zum Pfarrer. Ihr müsst zum Bahnhof, ihr müsst losfahren und sage ihm was passierte, dass ich nicht mitkommen kann". „Wenn du nicht mitkommst, fahre ich auch nicht mit" antwortet Mathilde trotzig. Maria hatte sich einigermaßen wieder, gefangen und herrschte Mathilde an. „Jetzt habe dich nicht so, bis du verletzt, oder ich. Los jetzt, beeile dich, der Zug wartet nicht." Mathilde nahm das Banner über das Gepäck auf den Träger des Fahrrades und band es mit einem Strick fest. Nach vorn legte sie es auf die Lenkgabel. Jetzt fuhr sie alleine los.

Maria war untröstlich. Dann am nächsten Tag, es ging ihr schon wieder besser, fand sie ihre Lebenslust wieder.

„Hätte ich heute kein böses Bein bekommen, säße ich eigentlich heute nicht daheim. Schon wochenlang habe ich mich auf unser an Pfingsten in Münsterschwarzach stattfindendes Jugendtreffen riesig gefreut. So konnte ich natürlich nicht mit, da ich kaum laufen konnte Zum Glück war ich ja am 5. Mai bei der Quartiersuche mit in Münsterschwarzach dabei. Ein bisschen kenne ich ja Kloster und den Ort. Schade, dass ich bei den 2000 Jungens und Mädchen nicht dabei sein kann."

In den kommenden Tagen konnte Maria nicht auf Hof und im Feld mitarbeiten. So ein krankes Bein hat auch mal was Gutes und so ging sie mit ihren Freundinnen Mathilde und Erika zum Pilz suchen in den Wald. So schreibt sie am 29. Juni in ihr Tagebuch:

„Die Amis haben uns nun Ausgang bis halb zehn verordnet, was sehr schön ist. Heute ist nämlich Feiertag Peter und Paul, gingen wir spazieren und suchten dabei Pilze, als plötzlich ein Ami vor uns stand. Er unterhielt sich mit uns halb englisch, halb deutsch. Erika gab ihm zu verstehen, dass wir noch Girls wären und so nicht mit ihm ausgehen könnten. Das war ein Erlebnis im Walde".

1945 Sommer

Nun ist es Ende Juli und an diesem letzten Wochenende ist die Kerb in Kahl. Es ist die größte Kerb aller umliegenden Dörfer, nur die Kerb in Seligenstadt auf der hessischen Maininseite erreicht diese Größe.

"Kurt, wo bleibst du denn"? Willi und Konstantin wollten Kurt abholen. Darauf hatten sie sich schon seit Tagen gefreut. Das letzte Mal wurde die Kerb auf den Dörfern vor dem Krieg gefeiert. Damals waren sie gerade zwölf und dreizehn Jahre alt gewesen. Sie erinnerten sich an das große zweistöckige Karussell mit Pferden, die einen Wagen zogen. Ja auch an das rote Feuerwehrauto und die schwarzen Motorräder konnten sie sich noch gut erinnern. Gespannt warteten die beiden jungen Männer auf ihren Freund den sie abholen wollten und, der natürlich wieder einmal nicht fertig war. Kurt antwortet ihnen aus dem hinteren Teil der Lagerhalle. Sein Vater hatte das kleine Malergeschäft wieder eröffnet, und Kurt musste im Betrieb mitarbeiten. Eine Lehre hätte er gerne in einer nahen Metallwerkstatt gemacht. Sein Vater machte ihm jedoch klar: „Das kannst du dir aus dem Kopf schlagen. Hier ist deine Arbeit, und wenn ich einmal nicht mehr kann, dann musst du den Betrieb übernehmen". Willi arbeitet beim Bäcker im Ort, und Konstantins Eltern hatten eine kleine Hühnerfarm neben der Landwirtschaft, in der er mithelfen musste. Kurt war immer etwas neidisch auf die beiden, weil diese meist früh am Nachmittag mit ihrer Arbeit fertig waren. Besonders auf Willi, der fast täglich um zwei oder drei Uhr Feierabend hatte. Dass er jedoch um zwei Uhr in der Nacht aufstehen musste, um zur Arbeit zu gehen, das blendete Kurt gerne aus. "Raucht noch eine Zigarette, ich brauche noch zehn Minuten", rief Kurt aus dem hinteren Teil des Lagers. Er wusch sich gerade, um dann ins gegenüberliegende Haus zu eilen und sich anzuziehen. In der Zwischenzeit holte Willi die kleine Schachtel Supra Zigaretten aus der Tasche. 20 Pfennige für 6 Stück. Konstantin rauchte nicht, aber wenn er eine angeboten bekam, nahm er diese gerne an. Er hatte immer eine kleine Schachtel in der Tasche. Dann legte er die Zigarette hinein und meinte trocken: "Diese rauche ich dann nach dem Essen". Als Kurt endlich frisch gebügelt und gestriegelt zu ihnen kam, machten sie sich auf den Weg nach Kahl. Drei Kilometer marschierten sie durch den nahen Wald. Nach einer halbe Stunde kamen sie auf dem Festplatz an der Turnhalle an. Laut spielte die Musik und die Lichter am Karussell und der kleinen Bude leuchteten, obwohl es gar nicht dunkel war. Mit großen Augen schauten sie dem Treiben auf dem Festplatz zu. Konstantin kaufte drei Karten für das Karussell und nachdem sie freudig ihre Runden gedreht hatten, trotteten die drei wieder zurück nach Hause. Um halb zehn war Sperrstunde, da mussten sie zu Hause sein.

*

Marias Bein war wieder gesund, und so musste sie auch gleich mit der Mutter und den Schwestern auf dem Feld arbeiten. Rüben- und Kartoffelhacken. Oh, wie hassten sie alle diese Arbeit. "Dieses verdammte Unkraut. Nichts wächst bei der Hitze, nur dieses verdammte Unkraut", schimpfte Maria vor sich hin. Stundenlang in der sengenden Hitze arbeiten. Früh morgens hat sie als Näherin schon von fünf Uhr bis mittags um zwei Uhr geschneidert. Auch ihre Chefin hatte noch eine kleine Landwirtschaft, und auch sie arbeitete nachmittags auf dem Feld oder der Wiese. Mit der Sense mähen, das Gas wenden, und wieder wenden. Und wehe es nahte ein Gewitter. Dann rannten die Leute eiligst vom Feld nach Hause. Die Gefahr vom Blitz getroffen zu werden, davor hatten alle Angst. Erst im letzten Jahr war in Hörstein ein Feldarbeiter vom Blitz getroffen und tödlich verletzt worden. Es war das Los der Leute, früh morgens nach der Stallarbeit, nachmittags auf dem Feld arbeiten zu müssen. Tag für Tag, Woche für Woche…

1945 Herbst

Es ist jetzt schon Mitte September und der Krieg ist seit vier Monaten aus. Ein alter Mann stand mit wenig Gepäck auf dem Bahnsteig in Aschaffenburg. Er hatte am Schalter eine Fahrkarte nach Heidelberg gelöst. Hustend und fröstelnd stand er im leichten Regen dort. Mit dem Fahrrad war er schon um fünf Uhr von zu Hause weggefahren, um den Zug um neun Uhr nach Darmstadt zu erreichen. Es hatte am Vorabend ein heftiges Gewitter gegeben. So war es noch beschwerlicher die Strecke auf der holprigen Landstraße bis in die Stadt zu fahren. Sichtlich erschöpft setzt er sich auf die einzige Bank am Bahnhof und packte seine Brotzeit aus. „Na, Richard wo willst du denn hin?" Erschrocken, als sei er bei einer unüberlegten Tat erwischt worden, erkannte er Ferdinand, einen alten Eisenbahner aus seinem Ort. Der hatte heute Dienst hier am Bahnhof. „Dich, hier zusehen, welch eine Freude. Da kannst du mir ja sicher sagen von welchem Bahnsteig ich in den Zug nach Darmstadt einsteigen muss. Ich will meinen Sohn Alois in Heidelberg besuchen. Der ist dort in Kriegsgefangenschaft bei den Amerikanern und muss dort an der Brücke am Schloss gefangen sein. Ich will ihn besuchen, ich muss wissen wie es ihm geht. Meine Frau dreht schon durch, weil wir von keinem wissen, wo sie sind. Gottseidank lebt Alois".

„Um 9 Uhr geht dein Zug vom diesem Bahnsteig hier ab". Dabei deutete Ferdinand auf den vor ihnen liegenden Bahnsteig. Sie unterhielten sich noch eine Weile, als es laut wurde. Die schwarzen Rauchwolken der Lokomotive waren schon von weitem zu sehen und zu riechen. Jetzt fuhr der Zug ein. Hier auf dem Bahnhof wurde der Lok noch einmal kräftig eingeheizt. Zwei Heizer schaufelten die Kohlen vom Tender in den Ofen der Lokomotive. „Denke daran, dass du in Darmstadt umsteigen musst!" hörte Richard noch den Ferdinand rufen. Dann setzte sich der Zug langsam in Bewegung und Richard setzte sich gleich an der Abteiltür auf den ersten freien Platz. Es dauerte nicht lange und er war eingeschlafen.

In Darmstadt hatte er eine Stunde Aufenthalt bis der Zug von Frankfurt nach Stuttgart kam. Er hatte 20 Minuten Verspätung. Ungeduld stieg in Richard hoch. Geduld war nie seine Stärke gewesen. Immer wollte er etwas bewegen, etwas schaffen. Ob zu Hause in der Landwirtschaft, als 2. Bürgermeister und Gemeinderat oder auch als Vereinsmensch. Aber das zählte jetzt alles nichts. Er wollte nur nach Heidelberg, wieder seinen Sohn Alois sehen. Endlich kam der Zug in den Bahnhof hereingeschnauft. Richard stieg ein und setzte sich an das erste Fenster auf die harte Holzbank gleich im ersten Abteil. Draußen schien die Sonne, der Tag versprach ein schöner, milder zu werden.

Gegen ein Uhr am Nachmittag rollte endlich der Zug in den Heidelberger Bahnhof ein. Richard machte sich gleich auf den Weg zum Schloss, wo er sich mit Alois treffen wollte. Nach ungefähr dreiviertel Stunde Fußweg erreichte er die alte Brücke am Schloss. Auf dem ganzen Weg hatte er sich gewundert, dass hier in Heidelberg kaum ein Haus von den Bomben beschädigt war. Frankfurt, Offenbach, Hanau, Aschaffenburg, Würzburg, und, und, und ... alle waren zerbombt. Hier aber war alles heil geblieben. Darüber wunderte er sich sehr, erklären konnte er sich dies aber nicht. Drei Stunden ging er neben der Brücke auf und ab. Er sah immer wieder Soldaten. Amerikanische und deutsche. Es war offen erkennbar, dass die Deutschen als Gefangene behandelt wurden. Richard schaute in alle Richtungen, doch als Alois nirgends zu sehen war, machte er sich große Sorgen. Vom Neckar herauf kam ein Fuhrwerk, das er aber nicht weiter beachtete. Auch konnte er die Gesichter der Männer nicht erkennen. Er glaubte nur Amerikaner zu sehen, als das Fuhrwerk direkt vor ihm anhielt. Ein Mann sprang, ganz hager im Gesicht, vom Wagen herunter und fällt ihm um den Hals. Es war sein Sohn, der den Vater gleich erkannt hatte, der Vater den Sohn aber nicht. „Alois du, du" stammelte der alte Mann. Jetzt lagen sich die Männer in den Armen. „Ich habe nur eine Stunde Zeit, eine Stunde dürfen wir uns sehen, dann muss ich zurück ins Lager", sagte Alois. „Als Feldwebel habe ich Dienst bei den amerikanischen Offizieren in deren Hauptquartier. Da dies seit dem Einzug der Amis in Deutschland gleich hier aufgebaut wurde, haben sie Heidelberg von den Bomben verschont, um sich nicht selbst zu treffen". Sie hatten sich so viel zu erzählen und zu sagen. Viel zu schnell war die Stunde um und Alois musste wieder zurück in die Gefangenschaft. „Ich hoffe, dass ich bald heim darf, grüß die Mama, Maria, Hermine und Anna und ja, grüß alle die anderen von mir". Und schon fuhr das Fuhrwerk wieder ab, zurück zum Gefangenenlager. Mit Tränen in den Augen machte sich Richard auf den Rückweg zum Bahnhof. Dort setzt er sich auf die Bank im Warteraum, um auf den ersten Zug, der erst am nächsten Morgen, früh um 6 Uhr nach Darmstadt fuhr, zu warten. Vor Aufregung konnte er kaum Schlaf auf der harten Holzbank finden.

Am späten Nachmittag des nächsten Tages, kam er mit seinem Fahrrad wieder zu Hause an. Dort warteten Frau und die Töchter seit Stunden auf seine Rückkehr. Maria lief alle halbe Stunde auf die Straße, um zu sehen, ob der Vater kommt….

Endlich war Richard wieder zu Hause. Viel hatte er von Alois zu erzählen. Er wusste gar nicht mehr, ob er sich das alles gemerkt hatte, was in dieser Stunde in Heidelberg alles auf ihn herein gebrochen war. Bis tief in die Nacht erzählte er. Alle saßen um ihn herum, seine Frau Agnes, Hermine, Anna und Maria. Selbst der Hund schaute zu ihm auf, als ob er es verstanden hätte.   Die Tage gingen dahin. Seit seiner Fahrt nach Heidelberg hustete der zweite Bürgermeister noch mehr und es wurde immer schlimmer. „Geh, jetzt endlich zum Doktor" maulte der Erste Bürgermeister bei der Gemeinderatsitzung. „Du steckst uns ja alle an". „Zu diesem Metzger geh ich nicht, und nach Kleinostheim ist es mir mit dem Fahrrad zu weit", entgegnete Richard. Und so brachte er die Sitzung mehr schlecht als recht zu Ende. Täglich ging es ihm schlechter. Zu dem Husten kam noch das Fieber hinzu. Zweimal schon war der Arzt, auch wenn er ihn nicht wollte, im Haus. Die Kraft ließ täglich mehr nach und er konnte bald das Haus nicht mehr verlassen. " Eine schwere Lungenentzündung, du musst sofort ins Krankenhaus" sagte er. „Nur wenn du meine Arbeit schaffst" war Richards Antwort. „Du, wirst das nicht überleben, wenn du nicht auf mich hörst", entgegnete der Arzt und drückte ihm den Schein für das Krankenhaus in die Hand. Maulend schluckt der Kranke die ihm gereichte Medizin und grub sich in seine Bettdecke ein. Fast stündlich wurde sein Zustand schlechter, doch Richard weigerte sich weiter in das Krankenhaus zu gehen. Es war jetzt November, ein nebliger, feuchter, ungemütlicher Novembertag. Die Arbeit in Stall und auf dem Feld mussten schon seit Tagen die drei Mädchen erledigen. Ihre Mutter konnte kaum das Krankenbett des Vaters verlassen. Morgens nach der Messe kam Schwester Speziova, um dann der Mutter beim Waschen des kranken Vaters zu helfen. Wadenwickel gegen das aufkommende Fieber und die Gebete, dass er wieder gesund werden möge... Am 23. verließ ihn seine Kraft. Die Familie hatte schon vor Tagen an das amerikanische Lager in Heidelberg geschrieben; auch der erste Bürgermeister hatte ein Telegramm dorthin aufgegeben. Ihre Bitten, den kriegsgefangenen Alois wenigstens zur Beerdigung des Vaters nach Hause gehen zu lassen, wurden nicht erhört. Nur drei Wochen später wurde Alois aus der Kriegsgefangenschaft entlassen ...

*

Hermines Mann Robert war im Oktober aus dem Krieg heim gekommen war und hatte gleich eine Arbeit bei der Degussa in Hanau gefunden. Als Elektriker war er sehr gesucht. Die größten Teile der Firma mussten neu aufgebaut werden. Fast alles war zerbombt. Überall im ganzen Land klopften Frauen Steine frei, damit diese für den Wiederaufbau verwendet werden konnten. So wurde auch in der Firma an allen Ecken gemauert, ja eine Halle war schon wieder aufgebaut. Dort musste Robert mit drei anderen Kollegen alle Leitungen neu verlegen, Lampen montieren und überhaupt, alle Stromarbeiten komplett neu einrichten.

Bereits morgens um fünf Uhr fuhr er mit dem Fahrrad zum vier Kilometer entfernten Bahnhof nach Kahl, um von dort mit dem Zug nach Hanau zu fahren, dort arbeiten, um dann um acht Uhr abends wieder mit dem Fahrrad zurück zu Hause zu sein. Für den langen Arbeitstag schmierte ihm seine Frau Hermine zwei dickbelegte Brote, vom selbstgebackenen Brot mit Leberwurst. Diese packte sie in die alte Aktentasche und tat noch eine Flasche vom Apfelmost dazu. Von der letzten Hausschlachtung wurden jetzt im Frühjahr und bis in den Sommer die Büchsen mit der eingekochten Wurst geöffnet. Der Presskopf war schon gegessen. Es gab nur noch Leber- und Blutwurst.

Und wenn Robert am Abend von der Arbeit zurück zu Hause war, arbeitet er dann noch an seinem eigenen Haus. Dieses wollte er mit der schwangeren Hermine und dem Töchterchen bald – ja noch im Herbst- beziehen.

So schufteten sie Tag für Tag, Woche für Woche. Das Haus war halbfertig, als sie einzogen und die Arbeiten gingen weiter, über den ganzen langen Winter. Und dieser wollte und wollte nicht enden...

Endlich wurden die Tage länger, die Arbeiten wiederholten sich. War das das Leben?

1946 Frühjahr

Es war jetzt Juni. Dieses Jahr war es besonders schlimm. Nachdem der Vater gestorben war, musste Alois gleich nach seiner Heimkehr aus dem Krieg die Landwirtschaft übernehmen, obwohl er sich noch gar nicht wieder richtig angekommen war und sich an zu Hause gewöhnt hatte. Als Feldwebel im Krieg, war er das Kommandieren gewohnt, und auch zu Hause konnte er es nicht abgelegen. So kam es immer öfter zu Streitigkeiten zwischen den Geschwistern. Dabei hatte sie sich alle so gefreut, dass Alois wieder da war. Doch jetzt....manchmal wünschten sie ihn wieder fort...

Die vier Frauen hatten mit ihren Kopftüchern das Gesicht tief eingehüllt, um sich vor der sengenden Sonne zu schützen. Seit Tagen mussten sie auf das Feld Kartoffel und Rüben hacken. Dreißig Grad im Schatten, die Arbeit in der prallen Sonne, wo es jetzt bestimmt annähernd vierzig Grad waren. Die Schwestern Anna und Hermine murrten: "Jeden Tag das Gleiche", soll die Kartoffeln der Teufel holen. So hackten und murrten sie, bis wieder ein Acker nach dem anderen vom Unkraut gesäubert war, wohl wissend, dass nur die Landwirtschaft das kleine Einkommen abwarf.

Die Mutter schimpfte mit allen gleichzeitig und jammerte: "Wenn nur der Papa noch da wäre". Und trotz allem ging es immer weiter, und am Abend saßen sie beim Essen zusammen und vertrugen sich dann nach getaner Arbeit doch alle wieder.

*

Maria wollte mit ihren Freundinnen auf die Kerb im Nachbarort Kahl. Das war hier auf der bayerischen Mainseite der größte Ort, und da war immer am meisten los. Hier kam die Jugend der umliegenden Dörfer zusammen.

Darauf hatte sie sich schon so lange gefreut und gleichzeitig befürchtet, dass sie nicht dorthin darf. Das Trauerjahr war noch nicht vorüber. Vergnügen war nicht erlaubt, vom Tanzen ganz zu Schweigen. Und das Tanzen war ihre große Leidenschaft. "Das kannst du dir aber schnell aus dem Kopf schlagen", sagte die Mutter. "Was würde da der Pfarrer sagen? Wir könnten uns nicht mehr auf der Straße sehen lassen. Vergiss das ganz schnell". Traurig fügt sie sich der Anordnung der Mutter. Mathilde und eine weitere Freundin, Rosemarie waren gar nicht erst zu Maria gegangen, um sie zu fragen, ob sie denn mitgehen würde. Mathildes Mutter meinte: "Unterstehe dich, und frage Maria. Für die ist es schwer genug, jetzt nicht tanzen zu dürfen". So gingen die beiden Freundinnen alleine, ohne Maria, los. Unterwegs trafen sie noch Melitta und Albina. Die vier Mädchen waren voller Erwartung als sie durch den Wald auf die Kerb zu steuerten. Schon auf dem Hinweg dachten sie an den Rückweg. In der Dunkelheit war es gespenstisch durch den Wald zu laufen. Die hohen Kiefernbäume ließen kaum das Mondlicht durch die Zweige scheinen. Sie dachten jetzt schon an den tiefdunklen Wald, der sie in der Nacht erwarten würde.

Gegen halb sieben kamen sie auf dem Festplatz an. Kurt und seine Freund waren schon dort. Sie standen rauchend neben dem Karussell und hielten Ausschau nach den Mädchen. Kurt hatte auch gleich ein Mädchen aus dem Nachbarort angesprochen: "Du bist doch die Ingrid. Wir habe doch im letzten Herbst euer Wohnzimmer neu gestrichen", sprach er das Mädchen an. Dieses war sicher drei oder vier Jahre jünger als er. "Möchtest du mit mir Karussell fahren?" fragte er. Schüchtern verneinte Ingrid. "Komm, hab´ dich nicht so", sagte er zu ihr und legte seinen Arm um sie und zog sie auf das Karussell. Schon zuvor hatte er die Fahrkarten gekauft. Das hatten seine beiden Freunde neidisch mit angesehen. "Du hast es aber", sagte Konstantin. "Da sieht man gleich, wo unser Geld ausgegeben wird". Konstantin konnte immer zweideutige Bemerkungen machen, die nicht so sehr beliebt waren. "Na, ja, wer hat, der hat", antwortete Kurt gönnerhaft, und gab jedem der Freunde eine Karte für die erste Fahrt. Stolz setzte er sich auf den Sozius des Motorrades, auf dem Ingrid jetzt am Lenker Platz genommen hatte. Er legte seine Arme um ihre Hüften, und schmiegte sich bei der Fahrt eng an sie heran. "Du erdrückst mich ja", rief sie ängstlich. "Lass mich los, wenn das jemand sieht". Sie machte eine Geste, als wolle sie Kurt zurückweisen, doch im Geheimen war sie froh, und hoffte diesen Kurt doch näher kennen zu lernen und ließ es geschehen. So fuhren sie noch weitere Runden, einmal im Wagen hinter den Pferden. Dann setzte Kurt sich neben Ingrid, und legte wieder seinen Arm um sie. Bei der nächsten Fahrt setzte sie sich auf ein Pferd. Ingrid war froh, dass Kurt sie hier nicht erdrücken konnte, dennoch lies sie es geschehen. Danach verließen sie gemeinsam das Karussell. Kurt lud Ingrid an den Schießstand ein. Dort kaufte er sechs Schluss für zwanzig Pfennig und legte zum ersten Schuss an, und … verfehlte das Ziel. "Lass mich einmal", meinte Ingrid. Sie nahm ihm das Gewehr aus der Hand, legte an und schoss. Die Blume fiel. Mit einem Freudenschrei gab sie Kurt das Gewehr. "Woher kannst du so gut schießen?" fragte er Ingrid. "Ich bin seit einem Jahr Mitglied hier im Schützenverein", antwortete sie. Kurt legte jetzt an und zum Glück traf er das kleine weiße Gipsröhrchen, das die Blume aufrecht hielt. Erleichtert nahm er die zwei Rosen entgegen und schenkte sie Ingrid. "Die hast du dir redlich verdient. „Ich lade dich ein, gehen wir was trinken". sagte er und zog Ingrid mit zum nächsten Stand. Diese hatte Gefallen gefunden und ging mit Kurt mit.

Zwischenzeitlich meinte Konstatin zu Willi: "Komm, wir gehen einen trinken, den Kurt können wir vergessen". Als sie am Getränkestand ankamen, bestellte jeder ein kleines Bier. Das Geld legten sie auf den Tresen. Lange hielten sie sich an ihrem Glas fest, nur kleine Schlückchen daran nippend. Schon von weitem sahen sie vier Mädchen aus ihrem Ort kommen. "Hier sind wir, kommt hierher" rief ihnen Konstantin entgegen. Mathilde, Rosemarie, Albina und Melitta gingen gleich zu ihnen hin und waren froh, jemanden Bekannten zu sehen. Sie kauften sie jede eine Limonade und tranken sie sofort aus. Das machte die Julihitze erträglicher. Kaum Schatten, die pralle Sonne lag direkt auf dem Festplatz. "Kommt, lasst uns zum Nachmittagskerbtanz gehen, der ist schon seit einer Stunde an", meinte Mathilde. "Im Saal ist die Hitze noch schlimmer. Warten wir noch eine Stunde und gehen dann dorthin", schlug Konstantin vor. Er lud Mathilde zu einer Fahrt auf das Karussell ein und sie sagte ihm sofort zu. Das überraschte die anderen, weil jeder wusste, dass Konstantin Mathilde mochte, die sich aber meistens zierte. Die beiden gingen zum Karussell. "Auf, dann lasst uns auch noch eine Runde fahren, dann machen wir uns auf zum Tanzsaal", sagte Willi. Und so taten sie es auch.

Der Saal war etwa zweihundert Meter in der übernächsten Straße. Dort saß der "alte Kerbbursche" auf einem Hocker hoch über dem Eingang zur Gaststätte. Mit ausgestopften Strohsäcken war ein alter Mann in Hose und zerlumptem Sakko nachgebildet. Diesem hatte man ein Bierkrug in die Hand gedrückt. So lud er die Leute auf die Kerb hier ins Lokal ein.

An die Wirtschaft grenzte der Saal an, in dem gerade eine Kapelle einen Dreher spielte. Durch die offenen Fenster war die Musik bis auf die Straße zu hören. Hier im Schatten des Gasthauses war es etwas erträglicher. Deshalb hielten sich viele junge Männer und Mädchen auf der Straße auf. Die Burschen hatten ihr Bierglas in der Hand und die Mädchen tranken Brause. Nach dem ersten Glas, das sie gekauft hatten, füllten sie die Gläser erneut mit Brause, die einige von zu Hause mitgebracht hatten. Am Brunnen hinter dem Haus spülten sie die leergetrunkenen Gläser aus, füllten die

Brause ein, und lösten sie mit dem frischen Wasser des Brunnens auf. Das kam aus zehn Meter Tiefe und war herzhaft erfrischend. So konnten sie sich ihr Geld aufsparen.

Nachdem sie sich erfrischt hatten, gingen alle in den Saal. Die fünf Musiker auf der Bühne waren Männer die zwischen vierzig und fünfzig Jahre alt waren. Schon vor dem Krieg waren zwei im Musikverein als Trompeter und Posaunist Mitglieder gewesen. Der dritte kam aus einem weiteren Nachbarort und war ein dicker kräftiger Mann an der Pauke. Er hatte sich zusätzlich zwei alte Becken besorgt. Das eine Teil band er auf der Pauke fest, und mit der linken Hand schlug mit dem zweiten Beckenteller von oben auf das erste Teil. Gleichzeitig schlug er mit der rechten Hand die Pauke. Die beiden Instrumente wurden früher in einem Spielmannszug von zwei Musikern gespielt. Nicht immer stimmten die Töne mit den Noten überein, was der Stimmung im Saal aber keinen Abbruch tat. Die langen Kriegsjahre und Entbehrungen lagen hinter den Leuten, sie freuten sich nur, wieder unterhalten zu werden. Der Tubabläser und ein Akkordeonspieler rundeten das Quintett ab. In den letzten Tagen und der folgenden Zeit kamen viele Vertriebene aus dem Böhmerland an. Diese wurden den Dorfbewohnern vom Bürgermeister zugewiesen. Es gab kaum einen Haushalt, der keinen Vertrieben aufnehmen musste. Oft waren es Mütter mit Kind und ältere Leite die keinen Kriegsdienst leisten konnten. Die Vertriebenen hatten oft nur ihre Kleidung und was sie tragen konnten mit dabei. Sie kamen mit den Zügen aus Nürnberg, wo sie in Sammellagern waren und wurden auf alle Dörfer verteilt. Einer dieser Älteren war Akkordeonspieler, ein lustiger Kerl, der schnell Anschluss an die Dorfgemeinschaft fand. So verwunderte es nicht, dass er bei der Zusammenstellung der Kapelle gleich mit dabei war. Skepsis begegnete ihm besonders vom Schlagzeuger. Dieser war als Eigenbrötler bekannt und seine Vergangenheit war vielen unklar. Bei der Entnazifizierung hatte er es aber verstanden, wieder in der ersten Reihe zu stehen. Doch das wurde jetzt nicht mehr erwähnt.

Als die jungen Leute eintraten spielte die Musik gerade eine Polka. Die Stimmung hatte sie schon vorher auf der Straße erfasst. Und so tanzten sie gleich: Konstantin mit Mathilde, Willi mit Albina. Eine Tanzrunde dauerte meistens drei Stücke, und beim Betreten der Tanzfläche wurde ein Tanzkärtchen vom Ordnungsdienst eingesammelt. Willi und Konstantin hatten zusammen zehn Karten gekauft und eine erhielten sie gratis dazu. Beim Tanzen bemerkten sie gar nicht wie die Zeit verging.

Es war schon halb acht, als die Musiker eine große Pause machten und um halb neun am Abend sollte der Tanz weitergehen. Bis dahin erfrischten sich die fünf. Ein Abendessen und ein Bier wurde ihnen vom Wirt gereicht. Beim Musizieren tranken sie nur gespritzten Apfelwein. Der war billiger und deshalb auch das meistgetrunkene Getränk der Kerbbesucher. Der Wirt hatte ihnen heute ein besonderes Essen gespendet. Jeder Musiker bekam einen kleinen Ringel heiße Fleischwurst mit Sauerkraut und einer Scheibe Brot. Das dazu gereichte Bier erfreute die Musiker besonders. Leckerbissen, die den tristen Hausmacherwurstalltag mit dem selbstgeschlachteten kurz vergessen ließen. Auch die vier jungen Tänzer kauften sich zusammen einen Ringel Fleischwurst. "Bitte mit Senf, und ohne Sauerkraut", sagte Konstantin zum Wirt. "Lieber noch ein Stück Brot, wir müssen uns das zu viert teilen". "Na, das steht aber nicht auf der Speisekarte", brummte der Wirt. Gönnerhaft schob er Konstantin die gewünschte Portion mit zwei Scheiben über die Theke. Konstantin bezahlte und bedanke sich beim Wirt für die Großzügigkeit. Willi hatte in der Zwischenzeit ein Glas gespritzten Apfelwein und einen Apfelsaft gekauft. Nur bei einem gespritzten Glas Wein sprach man von einer Weinschorle. Aber diese konnte sich kaum einer kaufen. Für das Geld das diese kostete, bekam man zwei Gläser des Apfelgetränkes. Konstantin und Willi teilten jetzt Wurst und Brot mit den Mädchen. Sie selbst tranken den Apfelwein, und die Mädchen den Apfelsaft. Gar zu schnell war alles aufgegessen. "Eine Portion hätte ich schon noch geschafft", meinte Konstantin, „aber vergessen wir den Hunger, gehen wir lieber wieder zum Tanz".

Um halb neun eröffnete die Kapelle den Tanzabend mit dem Bayerischen Defiliermarsch. Schon bei den ersten Klängen standen alle Besucher auf, und hörten dem Marsch andächtig zu. Doch keiner tanzte auf diese Melodie. Die alten Zeiten und der Respekt vor dem bayerischen König hätte es niemals zugelassen, darauf zu tanzen. Doch als die Klänge verstummt waren, strömten die Tanzpaare los. Jetzt gab es kein Halten mehr. Jedes Paar wollte als erstes auf der Tanzfläche sein. Mit einem Walzer ging es los, und weitere Stücke aus der Vorkriegszeit brachten in kurzer Zeit den Saal zum Toben. Konstantin tanzte mit Mathilde und Willi mit Albina, dann tauschten sie als Paare, um bei der nächsten Tour wieder mit dem Erstpartner zu tanzen. Dann - bei einem Schieber, einer sehr beliebten Tanzformation dieser Zeit - kam er. Kurt, stolz wie ein Gockel tanzte er an seinen Freunden vorbei.

Auf dem Festplatz hatte er Ingrid erst überzeugen müssen, mit ihm zum Tanz zu gehen. Die aber hatte Angst, dass dies ihre Eltern nicht erlauben würden. "Komm, wir gehen zu ihnen und fragen sie", sagt Kurt mutig. So machten sie sich auf den Weg durch den Ort. Das dauerte fast eine halbe Stunde. Zuhause bei Ingrid angekommen, stellte Ingrid Kurt den Eltern vor. "Du bist doch erst sechzehn", sagte die Mutter vorwurfsvoll. "Du darfst am Abend noch nicht alleine auf die Tanzmusik, nein das geht gar nicht". Da schaute Ingrid ihren Vater bittend an. Als dieser erfuhr, dass Kurt der Sohn vom Malermeister aus dem Nachbardorf ist, war er milde gestimmt. "Da ist wenigstens etwas zu Hause", dachte er bei sich und meinte zu seiner Frau. "Lass es gut sein Thekla, aber das sage ich euch", dabei richtete er sich an die beiden. „Pünktlich um halb elf seid ihr wieder hier. Ist das klar!" Jetzt gab auch die Mutter ihr Einverständnis und die beiden machten sich, so schnell sie konnten, wieder auf den Weg zum Tanzlokal. Dort angekommen, kaufte Kurt gleich Tanzkarten, und so kamen sie gerade rechtzeitig zu dem von Kurt über alles geliebten Schieber. Kurt zog Ingrid auf die Tanzfläche, und da sah er seine Freunde.

Er tanzte mit Ingrid auf sie zu und genoss es sehr, als er sah, welch große Augen sie machten. Nachdem die Tour beendet war, gingen Kurt und Ingrid zu den Freunden hin. Dabei lernten sie sich näher kennen. Es war mittlerweile zehn Uhr. "Wir müssen los, wir müssen um halb elf zu Hause sein". Mathilde war schon sehr aufgeregt, da sie wusste, dass der Rückweg kaum in einer halben Stunde zu schaffen war. Albina stimmte gleich zu, aber Kurt meinte: "Passt auf, ich bringe Ingrid um halb elf nach Hause, das liegt auf unserem Heimweg. Danach gehen wir zusammen und sind auch um elf Uhr zu Hause". "Nein das geht nicht, ich muss pünktlich daheim sein, meine Eltern würden das nicht tolerieren", sagte Mathilde ängstlich. Sie befürchtete das Schlimmste. Konstantin und Willi waren mit Kurts Vorschlag einverstanden. Jetzt hätten die Mädchen alleine gehen müssen. Unbehagen über den Rückweg durch den dunklen Wald machte sich breit. Albina meinte: "Mathilde, ich gehe mit zu deinen Eltern, und sage, warum wir uns verspäteten. Wenn ich ihnen das sage, werden sie es bestimmt verstehen". Mathilde blieb nichts anderes übrig. Zuerst begleiteten alle Ingrid und Kurt. Der lieferte Ingrid persönlich bei den Eltern ab. Ingrids Vater meinte zu seiner Frau. "Siehst du Thekla, auf die Ingrid und den Kurt ist Verlass". Dann verabschiedeten sich die jungen Leute und traten den Heimweg durch den dunklen Wald an. Als sie am Friedhof vorbei gingen, sagte keiner ein Wort. Schneller wurden ihre Schritte, und alle waren froh, als sie die ersten Lichter aus ihrem Dorf wieder sahen. Es war inzwischen fast halb zwölf.

*

Maria war an diesem Tag nicht zu genießen. Ihre Mutter fragte sie, ob sie nicht endlich ihre Kleider fertig nähen wolle. "Und wenn du noch so viel murrst", sagte die Mutter. "Es geht nun mal nicht, dass du auf die Kerb mit deinen Freundinnen gehst. Dein Papa ist gerade mal ein halbes Jahr tot. Wir würden uns zum Gespött des ganzen Dorfes machen. Und was würde der Pfarrer sagen. Der käme nicht mehr in unser Haus. Schämen müssten wir uns für alle Zeit". "Aber wir sind doch nicht in unserem Dorf. In der Nachbargemeinde sehen mich die Leute von hier doch gar nicht" meinte Maria trotzig. "Glaube nur nicht, dass ihr drei die einzigen seid, die dort auf der Kerb sind. Morgen wüsste es das ganze Dorf". Maria sagte nichts mehr. Sie wusste ja, dass die Mutter Recht hatte und fügte sich. Dann setzte sie sich an die alte Nähmaschine und nähte bis es dunkel wurde an ihrem Kleid.

Am nächsten Morgen zeigte sie es der Mutter und sagte nur: "Aber jetzt warte ich nicht mehr bis das lange Jahr vorbei ist. Wenn bei uns Kerb ist, dann gehe ich hin". Die Mutter lächelte, antwortete aber nicht.

Maria war schon ganz gespannt, wann Mathilde käme, um ihr vom gestrigen Tag zu berichten. Mathilde hatte ihr versprochen, gleich zu vorbei kommen. Es war Sonntag Morgen und Maria ging da meistens zur Frühmesse. Das tat sie lieber, da sie sonst vor dem Amt um zehn Uhr, noch hätte Stallarbeiten erledigen müssen. Wenn sie aber die Frühmesse besuchte, konnte sie das Mittagsessen kochen. Ihr Bruder Alois, knurrte dann zwar immer, wenn sie sich, wie er sagte, drückte, ließ sie aber gewähren. Jetzt war sie schon ganz gespannt auf Mathildes Bericht. Sie dachte, Mathilde käme nach dem Amt gleich bei ihr vorbei. Die Kirche war aus, aber Mathilde kam nicht. Ungeduldig schaute sie alle fünf Minuten aus dem Fenster. Sie konnte fast bis zu Mathildes Haus sehen. Sie sah die Kirchengänger auf dem Heimweg, dann war die Dorfstraße wieder leer, aber Mathilde kam nicht. Gleich nach dem Mittagessen eilte sie die Straße hinunter zu, ihr hin. Schon als Sie das alte Hoftor öffnete, hörte sie Mathilde heulen. Ihr Vater tobte, ihre Mutter saß verängstigt am gedeckten Tisch. Die Teller waren unberührt, und das Essen das auf dem Tisch stand, dampfte nicht mehr.

*

Als Mathilde in der Nacht nach Hause kam, wartete der Vater schon hinter dem Hoftor. Die jungen Leute wollten es gerade öffnen, da stand Mathildes Vater groß und breit vor ihnen. Er war ein kräftiger Mann und man konnte ihm seine tägliche, körperliche Arbeit ansehen: "Wo kommt ihr jetzt her?" schrie er alle an. Und zu Albina und Konstantin, die Mathilde bis ins Haus begleitet hatte brüllte er. "Macht euch flugs nach Hause, dort könnt auch ihr etwas erleben"! Und seine Tochter herrschte er an: "Mach dich auf deine Stube, ich will dich morgen den ganzen Tag nicht mehr sehen." Mathilde rannte, so schnell sie konnte am Vater vorbei. Konstantin und Albina eilten, ebenfalls verstört von der Überreaktion des Vaters, eiligst davon. Sie hörten nur noch einen lauten Knall, wie von einer Peitsche. So hatten sie Mathildes Vater noch nie erlebt.

Maria kam in die Stube, wo Mathilde laut schluchzend auf ihrem Bett lag, das Gesicht tief in die Bettdecke gedrückt. Sie schaute nicht auf, als Maria eintrat. "Was ist denn mit dir passiert?" fragte Maria aufgeregt und hoffte, dass dies, was sie befürchtet hatte, nicht passiert sei. Sie wollte Mathilde umdrehen, doch die hatte sich mit all ihrer Kraft dagegen gestemmt. Als es Maria dann doch gelang, ihr in das Gesicht zu sehen, erschrak sie heftig. Sie nahm Mathilde in den Arm und so saßen sie lange und still da. Maria kühlte nur das Gesicht von Mathilde. Alle zehn bis fünfzehn Minuten nässte sie einen Lumpen mit kaltem Wasser und hielt ihn Mathilde auf die tiefroten Striemen, die ihr das Gesicht entstellt hatten. Ihr Vater hatte sie mit einem Hosengürtel gezüchtigt. Nur ein Schlag, quer über Kopf und Gesicht. Diesen Knall hatten die heimeilenden Begleiter noch gehört.

1946 Hochsommer

Seit diesem Vorfall in der Nacht war Mathilde krank und konnte zwei Wochen nicht aus dem Haus gehen. Sie schämte sich so sehr und verließ ihr Zimmer nur zum Essen. Dem Vater ging sie aus dem Weg, so gut es eben ging. Normalweise hat sie täglich das Schwein und die Hühner gefüttert, aber selbst das machte sie nicht mehr, obwohl sie ihre Tiere sehr vermisste. Die Mutter sagte nicht viel, und der Vater verkroch sich in seiner Werkstatt hinter dem Haus. Er reparierte Fahrräder; manchmal schraubte er auch an einem der wenigen Autos oder einem Motorrad, die es im Ort gab. Er machte sich Vorwürfe, dass er so brutal und ohne jeden Verstand gehandelt hatte. Er kannte sich selbst nicht wieder, da er seine jüngste Tochter über alles liebte. Die Älteste war schon seit drei Jahren verheiratet und ins Hessische gezogen. Sie besuchte ihre Eltern fast jede Woche einmal mit dem Kind, was ihn und seine Frau freute, doch dann fuhren sie wieder heim. Die beiden Söhne waren noch nicht wieder aus dem Krieg zurückgekehrt. Vom Ältesten wussten sie noch gar nichts, nur vom Heiner hatten sie die Nachricht erhalten, dass er im Lazarett in Russland lag, wo ihm ein Fuß abgeschossen worden war. Seine Angst um die Buben konnte er nicht verbergen. Kommen sie wieder nach Hause, lebt Edmund noch? Die Fragen zermarterten sein Hirn. Und um seine Mathilde hatte er sich stundenlang die größten Sorgen gemacht, als sie auf der Kerb war. „Hätte sie denn nicht bei Maria zu Hause bleiben können, dann wäre das alles nicht passiert", mit diesen Gedanken wollte er sich selbst rechtfertigen. Eine Entschuldigung zu Mathilde, gerne hätte er sie ausgesprochen, aber seine Lippen erstarrten immer wieder, wenn er es versuchte. Dann erinnerte er sich, wie er früher seine Jüngste auf seinem Rücken ritt und sie mit ihm schmuste. Aber das war schon lange vorbei, jetzt ist sie siebzehn. Da muss man doch Angst um sie haben. Am liebsten hätte er sich selbst geohrfeigt. „Meinst du, Mathilde wird wieder mit mir reden?" fragte er dann seine Frau und sie antwortete mürrisch: "Frag, sie selbst, du bist alt genug. Warum musstest du auch so idiotisch reagieren. Ich sagte dir gleich, dass sie bald nach Hause kommt. Sie war bisher immer pünktlich, und wir wussten wo sie war. Ein bisschen mehr Vertrauen hätten wir alle von dir erwartet. Du aber, mit deinem sturen Kopf, meinst ja immer gleich, dass sie mit einem Kind nach Hause kommt. Du warst unmöglich". Im Stillen gab er ihr ja Recht, aber sagen konnte er das nichts.

Am folgenden Abend als Maria ihre Stallarbeiten verrichtet hatte, besuchte sie wieder Mathilde. „Na, wie geht es dir jetzt? Ist es wieder besser mit deinem Papa"? war ihre erste Frage an Mathilde. Sie hatte mit ihr gelitten. „Funkstille ist immer noch, mit dem rede ich nicht mehr. Du hast es ja gut. Deine Mama lässt dich immer fort. Und dein Papa hätte nie so reagiert, wenn er noch leben würde", antwortete Mathilde trotzig und fügt dann hinzu, „ der war ja auch meistens nicht daheim. Entweder war auf dem Feld, oder bei einem Verein, der Feuerwehr oder auf der Gemeinde". Maria gab ihr ja Recht. „Aber bedenke doch, auch wenn das alles stimmt, du hast immerhin noch einen Vater. Du weißt ja gar nicht wie sehr ich meinen vermisse, auch wenn meine Mama immer für alles und alle da ist", antwortete Maria. „Aber jetzt mal was ganz anderes. Ab Montag wird wieder Theater gespielt. Der Pfarrer hat mich schon angesprochen und ich habe zugesagt, kommst du auch mit?" „Nein", entgegnete Mathilde. „Schau mal wie ich jetzt noch aussehe, so gehe ich nicht unter die Leute". „Quatsch", entgegnet Maria, „nur weil du mit dem Kopf gegen die zweigeteilte, obere Türe eures Stalles gerannt bist, musst du nicht mehr zu Hause bleiben. Außerdem sieht man fast nichts mehr". Jetzt musste auch Mathilde lachen. „Also gut, gehen wir zusammen dahin, vielleicht bekomme ich ja auch eine kleine Rolle, und darf mitspielen. Was gibt es eigentlich für Stücke, die da geübt werden"? fragte Mathilde. Maria dachte nach. „Also der Alfons sagte: ein Lustspiel `die gestörte Visite´, dann `ein Hut gefällig´ und `Großmama und Großpapa´ soweit ich das noch weiß". Jetzt wurde auch Mathilde endlich wieder lockerer. „Gehen wir dann am Abend zusammen zu Probe. Wir müssen aber zeitig dort sein, damit wir auch bei der Vergabe eine interessante Rolle erhalten", meinte Maria noch. „Ich bin um sieben bei dir, dann sind wir bei den ersten, aber was ich dich schon lange fragen wollte: der Kurt will doch immer mit dir gehen. Hast du ihn die letzten Tage mal gesehen, oder getroffen?" fragte Mathilde. „Nein", antwortet Maria, „seit der Kahler Kerb habe ich außer mit dir überhaupt noch mit keinem ein Wort sprechen können. Die tägliche Arbeit in der Näherei und dann auf dem Feld, im Stall, da war ich abends kaputt", entgegnete Maria. „Aber mache es nicht zu spannend, da ist doch etwas". „Na, ja, vielleicht habe ich ja nur das Gefühl, immer wenn der Kurt von dir spricht, glaube ich, dass er dich liebt". Maria errötete leicht, es war nicht zu übersehen. „Ja, ich mag den Kurt ja ganz gern, aber dann doch wieder nicht. Er ist mir manchmal schon ein richtiger Schnösel. Aber Liebe ist das bestimmt nicht", antwortete sie. Dabei wusste sie selbst nicht, ob sie jetzt nicht doch geflunkert hatte. Ein bisschen hatte sie den Kurt schon gerne. „Aber da ist doch noch was, du willst mir doch etwas sagen. Also raus damit". Und Mathilde erzählte Maria wie Kurt Ingrid aus Kahl kennenlernte, mit ihr tanzte, und sie auch nach Hause brachte. „Eigentlich war der schuld, dass ich von meinem Vater so verprügelt wurde". Sie war jetzt froh, dass es heraus war, und hatte trotzdem ein schlechtes Gewissen. Maria sagte noch „Danke, dass du als meine Freundin mir das gesagt hast, und ich es nicht von jemand anderem erfahre. Danke." Mathilde war erleichtert, als Maria nach Hause ging.

„Dieser Schuft", dachte Maria, „ich habe es geahnt, dass ich dem nicht trauen kann. Und Mama spricht immer von der guten Partie. Sie hätte es gerne gesehen, wenn ihr Maria mit dem Kurt gehen würde. „Die haben ein schönes Geschäft, da kannst du einmal die Büroarbeiten machen, und brauchst nicht mehr auf das Feld", waren ihre Worte. Maria soll es doch einmal besser haben als ich. Schon als Kind kam der

Kurt am Haus vorbei, und Maria ging mit ihm in den Kindergarten, später in die Schule, und auch so verstanden sie sich immer gut. „Bei mir hat er sich immer gut benommen. Auch wenn manche sagen, er sei ein Wichtigtuer, ich kann das nicht sehen, er ist immer nett zu mir. Innerlich aufgewühlt über das Gehörte, ging sie auf ihre Stube. Die Mutter fragte noch, wie es Mathilde geht, doch sie gab keine Antwort. Diese Nacht bekam sie kein Auge zu.

*

Es war sehr heiß in diesen Tagen Anfang August. Tagelang wurde das Getreide in die Scheune eingefahren. Dabei musste Maria, nach ihrer Arbeit in der Schneiderei, ihrem Bruder auf dem Feld helfen. Mit den zwei Kühen und den kleinen Leiterwagen fuhren sie am Nachmittag viermal auf das Feld und beluden diesen. Dort hatte ihr Bruder Alois die Strohgarben von den zum Trocknen aufgestellten Getreidehaufen auf den Wagen hoch gegabelt. Sie stand auf dem Wagen, um die Garben in Reihe zu setzen. So konnten sie viele hoch aufladen und in die Scheune einfahren. Zuhause wurde das Kuhgespann vom ersten Wagen abgespannt und an dem zweiten Wagen wieder vorgespannt. Der beladene Wagen wurde in die Scheune geschoben, wo ihre Mutter, die schwangere Hermine und Anna die Garben abluden, während sie mit ihrem Bruder wieder auf dem Weg zum Acker war, um die nächste Fuhre einzubringen. So ging es bis in die späte Nacht.

Endlich war die Getreideernte vorbei und heute nun arbeiteten sie auf der Wiese, um Grummet zu machen. Dies ist der zweite Schnitt der Heuernte. Ihr Bruder hatte das Gras schon um fünf Uhr in der Früh mit der alten Mähmaschine gemäht. Noch am späten Abend schärft er die Messer am alten Schleifstein, der zwischen den zwei Sauställen an der Wand befestigt war. Um acht Uhr in der Frühe kam Alois vom Mähen zurück, um das Vieh zu füttern. Dann ging es wieder hinaus auf die Wiesen. Hier musste das gemähte Gras am selben und dem folgenden Tag mindesten zweimal mit Gabel oder Rechen gewendet werden, damit es gut trocken eingefahren werden konnte. Diese Arbeit hatten die Frauen jetzt zu verrichten. Den ganzen Nachmittag, bei brütender Hitze standen sie auf den Wiesen. Hermine hatte ihre kleine, jetzt dreijährige Tochter Roswitha mit dabei. Die wurde unter einen schattigen Busch gesetzt und spielte dort mit sich selbst. Eine der Frauen sah beim Arbeiten immer nach dem Kind. So gingen sie stundenlang der Arbeit nach. Von der nahen Turmuhr der Seligenstädter Basilika auf der anderen Mainseite schlug es jetzt halb sieben. Es war immer noch glutheiß, als Hermine plötzlich lauf aufschrie: „Wo ist die Roswitha?" Aufgeregt ließen alle drei Frauen ihre Gabeln und Rechen fallen und rannten kreuz und quer, um nach dem Kind zu suchen. Obwohl die Wiesen des Mainvorlandes flach waren, war die Kleine nirgends zu sehen.

Das Gelände war auf einer Fläche von etwa dreitausend mal achthundert Metern im Mainbogen, von der nahen Schleuse bis zum früheren Kohlenbergwerk, mit Bewässerungsgräben durchzogen. Wenn es im Frühjahr oder Sommer eine lange Trockenzeit gab, konnten die Bauern in einem Pumpenhaus, das nahe am Main stand, das Wasser aus dem

Fluss hoch pumpen. Über die Gräben, die durch kleine Wehre gestaut wurden, flutete das Wasser so das gesamte Wiesengelände. Damit hatten die Bauern auch bei großer Trockenheit immer genügend frisches Gras für den Sommer und Heu für den Winter. Es gab auch drei große Bombentrichter. Diese Krater waren in den letzten Kriegstagen entstanden. Die Leute erzählten damals, dass die Amis die Stadt Seligenstadt auf der anderen, der hessischen Mainseite bombardieren sollten, diese aber verschont, und ihre Bomben absichtlich auf den bayerischen Wiesen abgeworfen hätten. Die Leute wollten es glauben, und so wurde es weiter überliefert.

Die Frauen suchten nach allen Richtungen diese Gräben ab. Die auf den danebenliegenden Wiesen arbeitenden Leute hörten das Klagegeschrei und liefen gleich hin, um beim Suchen zu helfen. Da hörten sie Emilie auf der Nachbarwiese rufen: „Hierher, hierher, Roswitha ist in den Bombertrichter gefallen. Sie hängt kopfüber an dem Busch fest, Anna, Hermine, ihr müsste sie da rausholen, schnell!" Heulend rannten Hermine und ihre Mutter nach dem nahen Bunker. Die schwangere Hermine stürzte sich ohne darauf zu achten, dass sie sich selbst verletzen oder ihr Ungeborenes verlieren könnte, den Abhang runter und befreite Roswitha. „Was machst du denn? Ist sie verletzt, geht es ihr gut?" rief sorgenvoll die Oma des Kindes von oben nach unten. „Nimm mir lieber die Kleine ab, damit ich wieder hochkommen kann. Ja, es geht uns gut". Mühevoll hangelte Hermine sich nach oben, nachdem ihr Mutter und die Nachbarin das Kind abgenommen hatten. Roswitha lachte fröhlich alle an und stammelte „Dort, buntes, kleines Vögelchen, da, da". Erleichtert beendeten sie ihre Arbeit auf der Wiese und machten sich auf den Heimweg, um auf dem Hof noch die Stallarbeit zu erledigen. Es wurde wieder ein sehr, sehr langer Tag.

*

Schon seit Mitte Juni waren Theaterproben für die Vorstellungen Anfang August. Früher waren diese immer erst im späten Herbst und Winter. Aber dieses Jahr wollte der Pfarrer unbedingt, dass zu Ehren seines Namenstages am 4. August diese schon früher stattfinden sollten. Es war den meisten Schauspielern nicht recht, aber keiner von ihnen und erst recht keine Spielerin hätte es sich getraut, etwas gegen den Wunsch des Pfarrers zu sagen. Wenn der sich was in den Kopf gesetzt hatte, dann wusste er es durchzusetzen.

Maria war eine leidenschaftliche und begabte Theaterspielerin, und auch die Sängerin mit dem hellsten Sopran im Dorf. Doch heute war sie von der langen Feldarbeit so sehr ermüdet und hatte gar keine Lust mehr, die Theaterproben zu besuchen, als Mathilde sie abholen kam. „Ob du willst oder nicht, du hast mich aufgefordert mit zu den Proben zu kommen, jetzt kommst du auch mit. Wegen dir habe ich mich so beeilt", sagte sie. Maria ging in die alte Waschküche, die an die große Küche angrenzte, und wusch sich. Danach zog sie sich in ihrer Stube an und aß noch schnell im Gehen eine Scheibe Brot.

Als sie den Saal des Gasthauses betraten, hatte der Pfarrer schon mit der Vorstellung eines neuen Theaterstückes angefangen. „Die heilige Barbara", hörten sie ihn gerade sagen, als er sie kommen sah und unterbrach sich. „Ja wo bleibst du denn Maria? Jetzt muss ich alles noch einmal erklären" und ohne eine Antwort abzuwarten, erläuterte er Marias Rolle. Für Mathilde war keine Rolle vorgesehen, was sie dann doch eher froh machte. Vor Aufregung hatte sie schon vorher nicht mehr schlafen können. Es fehlten noch mehr Mitspieler und Mitspielerinnen, da auch diese nicht rechtzeitig mit der Feldarbeit fertig geworden waren. Als nach und nach alle eingetroffen waren, hatte der Pfarrer schon das fünfte Mal alles erklärt. Dann verteilte er die Texte, damit jeder einzelne seine Rolle zu Hause lernen konnte. Kurt war nicht gekommen, warum wusste niemand. Maria hatte gehofft, ihn heute Abend zu treffen. Sie probten die ganze Woche, jeden Abend. Nur bei der Generalprobe waren alle vollständig. Und an jedem Abend schimpfte der Pfarrer, wenn wieder einer oder eine fehlte. „Wie soll das den klappen, wenn immer einer fehlt", maulte er, obwohl er genau wusste, wie sehr die Leute schuften mussten.

Die Hauptvorstellungen fanden im herrlich geschmückten Saal der Wirtschaft an der Hauptstraße im Oberdorf statt. Die Bühne des kleinen Saales war von allen Seiten hell beleuchtet und sogar heller und dunkler, konnte man das Licht schalten. Seit einer Woche hatte Robert, Marias Schwager, nach Feierabend an den Elektroarbeiten für die Bühne und den Saal gearbeitet. Dazu hatte er sich die Erlaubnis seines Chefs eingeholt und brachte große Leuchten aus der Firma mit. Es waren sogar eine rote und eine grüne Lampen dabei.

Diese ließen die Stücke in einer besonders warmen Atmosphäre erscheinen.

Bei der Hauptvorstellung zu Ehren des Pfarrers war der Saal proppenvoll und es kam ein Erlös von 280 Mark bei der Nachmittagsvorstellung zusammen. Die Abendvorstellung erzielte sogar 1500 Mark Erlös, obwohl für beide Vorstellungen kein Eintritt erhoben wurde. Die Summen waren von den Besuchern gespendet worden. Jeder zahlte so viel er entbehren konnte. Es wurde gemunkelt, dass der Bäcker und Kohlenhändler des Dorfes einen Hundertmarkschein in den Korb gelegt hätte.

Das Geld wurde für dem Kauf der neuen Glocken verwendet. Diese waren bereits bestellt, und sollten bald eintreffen, nachdem die alten Glocken im Krieg zu Kriegswaffen verarbeitet worden waren.

Maria spielte die Rolle der heiligen Barbara und je länger die Vorstellung dauerte, desto besser fand sie sich in die Rolle hinein. Und mit Adolf aus dem Oberdorf hatte sie einen ebenso starken Partner. Beide wurden noch lange nach der Vorstellung gefeiert. Die Leute tobten beim Schlussapplaus.

Anschließend feierten alle Mitspieler zusammen den Erfolg dieses Abends. Der Pfarrer hatte ein kleines Fass Bier gespendet. Maria trank heute ihr erstes Glas Bier. Die Stimmung war überschäumend. Seit Jahren hatte es in dem Ort keine so fröhliche Feier mehr gegeben. Sie dachte an die triste Zeit, als die Nazis vorgeschrieben hatten, welche Lieder sie in der Jungschar singen mussten. Wie hatte sie diese Lieder gehasst. Heute sangen alle gemeinsam lustige Lieder, die sie bis zu diesem Abend teilweise auch noch nicht gehört hatte. Zu ganz später Stunde, wurde es frivoler, und als die Älteren das Lied vom „Polenmädchen" und „einst ging ich am Strande der Donau entlang" sangen, stieg in ihr eine leichte Röte ins Gesicht. Jetzt waren vor allem die jungen Burschen in ihrem Element. Willi rief: „Wo ist der Robert, wir wollen das Dingeldo!" Aber Robert war nirgends zu sehen. Es dauerte fast fünfzehn Minuten, dann kam er. Mit Kopftuch und Schürze trugen ihn Alois und Seppl in den Saal. Sie stellten Robert in geknieter Haltung auf einen Tisch. Und dann grölten die jungen Leute um ihn herum und sangen: „Alles wegen dem Dingeldo, Dingeldo … und bei jedem Dingeldo streckte und kniete sich Robert. Dabei hob er die Schürze hoch, es kam ein Breistampfer, den ihm Alois mit einer in sich verdrehten Schnur zwischen die Beine gebunden hatte, hoch geschnallt, und schlug gegen den unterhalb der Oberschenkel befestigen Kochtopfdeckel, den Robert hinter der kleinen Schürze versteckt hatte. Das war ein sehr frivoler Anblick, und die jetzt noch Anwesenden schlugen sich vor Lachen auf die Schenkel. Doch ausgerechnet jetzt, als es am Schönsten war wurde es dem Pfarrer doch zu bunt und er funkte dazwischen: „So, meine lieben Schäflein, jetzt reicht es aber, jetzt ist Schluss", und grinsend forderte er: „Und morgen sehen wir uns alle in der Frühmesse wieder". Ein schöner Abend ging zu Ende. Maria war gerade am Gehen, als Kurt in den Saal kam. Wortlos, ohne ihn zu beachten, ging sie mit Mathilde an ihm vorbei nach Hause. Robert, Alois und die anderen jungen Burschen und ihre Frauen oder Verlobten zogen mit Robert vorn weg, die kopfstein gepflasterte Straße hinunter. Die Schuhe der Frauen hörten sich auf der Straße an, als würden Pferde durch das Dorf galoppieren. Und an jeder Straßenlampe grölten alle lauthals das „Dingeldo" und Robert machte dazu erneut seine frivolen Bewegungen. Die bereits schlafenden Dorfbewohner steckten die Köpfe aus den Fenstern, und der eine oder andere sang aus dem Fenster heraus laut mit. Und manche Ehefrau hörte man dabei bis hinaus auf die Straße hinaus, wie sie mit ihrem Ehemann schimpfte.

Das sommerliche Theaterspiel hatte das ganze Dorf in eine lockere Atmosphäre versetzt. Doch dann hatte der Alltag die Leute wieder fest im Griff. Am 10. September schreibt Maria in ihr Tagebuch:

„…gab es wieder genug Arbeit auf dem Feld, jetzt sind wir am Grummet machen…Wieder ist ein 1/4 Jahr vergangen an, seit ich das letzte Mal mein Tagebuch in der Hand hatte .Käme noch heute nicht dazu, wenn ich nicht im Bett läge und krank wäre. Nun ist also der Sommer mit all seiner Kraft und Breitheit wieder vorbei und der Herbst tritt sein Regiment an"

1946 Herbst

Marias Mutter Agnes ging es, seit Alois und jetzt auch Annas Mann Ernst wieder aus der Gefangenschaft daheim waren, viel besser. Nur auf Willi ihren Ältesten warteten alle noch. Am 23. November, am ersten Todestag des Vaters kam Hermines zweite Tochter zu Welt. Hermine hatte schon vorher zu Maria gesagt. „Wenn es ein Mädchen wird, musst du die Patin werden". Maria war gespannt und freute sich sehr, als es dann auch wirklich ein Mädchen war. „Maria, wird sie heißen, genau wie du", sagte sie zu Maria. Robert wurde gar nicht erst gefragt. Der hatte auch anderes zu tun. Entweder er war auf der Arbeit, oder bei seinem Schwager und arbeitet dort weiter beim Verlegen von Kabeln, Sicherungen und dem Anschließen der Leuchten. So wurde es auf dem alten Bauernhof von Woche zu Woche heller. Selbst in Stall und Scheune leuchteten jetzt kleine Lampen und machten die Arbeit in der frühen Dunkelheit leichter. Alois hatte für das kommende Frühjahr ein Pferd bei einem Händler im Spessart bestellt. Als leidenschaftlicher Reiter, hatte er die mühevolle Arbeit mit den Kühen schon vor dem Krieg ändern wollen. Sein Vater hatte das immer mit der Begründung abgelehnt: „Wir hatten früher keinen Gaul, und da brauchen wir auch heute keinen". Damals konnte Alois selbst aber nichts ändern, da sein Vater den Geldstrumpf hatte. Aber dieser war am 23. November des letzten Jahres gestorben. Und heute hatte seine Schwester Hermine, genau auf den ersten Todestag des Vaters ihr zweites Mädchen bekommen. „Jetzt ist eine neue Zeit, jetzt muss es wieder aufwärts gehen", sagte er und fing an, den alten Hof zu verändern.

Schon eine Woche später war die Taufe der kleinen Maria. Maria hatte das weiße Taufkleidchen schon fast fertig. Nur die blauen oder rosa Streifen musste sie noch aufnähen. Vorsorglich hatte sie sich beide Farben von ihrer Chefin Frau Merget besorgen lassen.

Bei der Taufe war die ganze Verwandtschaft dabei und auch einige der Nachbarn waren gekommen. Maria betrat als erste, das Baby sanft auf ihrem Arm in ein Kissen gelegt, die Kirche. Darüber waren eine weiche Decke gelegt, damit das Kind nicht fror und dann darauf das Taufkleidchen gelegt.

Dieses hatte Maria aus dem gleichen Material genäht und jetzt ebenfalls rosa verziert. Dann folgten ihre Mutter, die Eltern Hermine und Robert, Schwester Anna mit ihrem Mann Ernst und Bruder Alois mit seiner Braut Anna. Diese war eigens mit dem Fahrrad von Krombach nach Blankenbach gefahren. Von da aus fuhr sie mit der Bembel* an den Bahnhof nach Kahl. Von hier holte Alois sie mit dem Fahrrad ab. Als alle die Kirche betraten, stand der Pfarrer mit dem Ministranten schon am Eingang. Er begrüßte die neue Erdenbürgerin, salbte sie und gab ihr das Salz des Lebens. Dann zogen sie gemeinsam zum Taufstein. Der Ministrant gab Pfarrer Alfons das Weihwasser. Der segnete Maria, nahm das Weihrauchfass und sagte: „Dieser heilige Rauch soll dich immer begleiten". Maria roch diesen Weihrauch gerne, er hatte so etwas Süßes, Exotisches und Unbekanntes. Nun sprach der Pfarrer ein Gebet, über die Ankunft Jesus, und übertrug dies auf Klein-Maria. Nach dem gemeinsamen „Vaterunser" und dem darauffolgenden „Gegrüßt seist du Maria", vollzog er die Taufe. Mutter Hermine machte das Baby frei, und hob es aus dem Kissen an, damit der Pfarrer das lauwarme Wasser über den Kopf des Kindes ergießen konnte. Mit den Worten "Ich taufe dich: in Namen des Vaters, des Sohnes und des Heiligen Geistes. Du sollst Maria, wie unsere Mutter und Jungfrau Gottes und deine Patin heißen. Sei willkommen in deiner ganzen Familie". In diesem Augenblick legte Klein-Maria los und schrie, so laut sie konnte. Maria hielt dabei die brennende Taufkerze in ihrer Hand, mit dem Kissen und dem Baby im Arm. Danach fand noch die Aussegnung am Altar der Mutter Gottes statt. Hier

*Eisenbahn im Kahlgrund

waren nur die Patin mit dem Baby und dem Pfarrer zugegen. Still beteten sie dort um den Beistand der Gottesmutter. Nachdem die Tauffeier zu Ende war, lud Marias Mutter den Pfarrer zum Kaffeetrinken mit nach Hause ein. Der sagte sofort zu. „Und du Peter", sagte sie zum Ministranten „du kommst auch mit, Kaffeetrinken". Hocherfreut nickte Peter. Dies war für den Ministranten, der den Taufdienst hatte, immer das Schönste an einer Taufe. Gemeinsam gingen jetzt alle die hundert Meter über die Straße in das Elternhaus der jungen Mutter. Der Kaffee war noch nicht fertig, da standen der Pfarrer und sein Ministrant schon wartend in der Küche. Peter sagte „Hier riecht es aber gut". Und der Pfarrer fragte: „Hat sich unsere neue Chorsängerin jetzt wieder beruhigt"?

1946 Weihnachtszeit

Der erste Advent war vorbei und Maria hatte schon am folgenden zweiten Adventssonntag wieder Auftritte beim Theaterspiel. Die Einnahmen aus den Vorstellungen vom August hatten den Pfarrer so ermutigt, dass er gleich wieder vor Weihnachten mit einem weiteren Theaterabend seine Kasse für die Glocken aufzubessern wollte. Und so übte die Theatergruppe schon den ganzen Oktober und November lang für die neuen Stücke. Für das Hauptstück „Großmama und Großpapa" spielt der Adolf aus dem Oberdorf die Hauptrolle des Großpapa, und Maria selbst spielte die Rolle

.

der Hausperle Anna. Auch Mathilde erhielt einen kleinen Part als Babysitterin, bei der sie aber nicht viel sprechen musste. Mathilde war darüber froh, eigentlich war das Theaterspielen doch nicht ihr Metier. Aber da Maria eine so gute Schauspielerin, wollte sie sich keine Blöße geben wenigstens auch dabei sein. Den Kurt sah Maria schon lange nicht mehr. Es hatte sich herumgesprochen, dass er jetzt in Kahl ein Mädchen namens Ingrid poussierte. Maria hatte sich zuerst darüber sehr geärgert. Nun hatte sie sich aber damit abgefunden. Oder doch nicht? So richtig wusste sie es selbst auch nicht. Und der Adolf hatte bei den Proben immer nette Worte für sie. Sie fühlte sich geschmeichelt, wusste aber nicht so recht wie sie das einordnen sollte. „Lass uns nach der Probe noch spazieren gehen", hatte Adolf gesagt. Maria sagte zu und so gingen sie am Main entlang. Adolf sagte ihr, wie gut sie ihm gefalle. Maria aber antwortete ihm nicht. Dann stand das Weihnachtsfest vor der Tür. Noch am Heiligen Abend wurde früh morgens ein Schwein geschlachtet. Alle waren sehr spät mit der Arbeit fertig. Schwägerin Anna hatte zwischendurch einen kleinen Baum spärlich geschmückt, als Maria und ihr Bruder mit der Mutter von der angrenzenden Waschküche in die Wohnküche kamen. Die Kerzen am Christbaum brannten, und jetzt war die Bescherung. Sie verteilten gegenseitig die kargen Geschenke. Nur Sachen, die sowieso gebraucht wurden, und genauso jeden Tage aus den Schubladen genommen wurden. Aber am heutigen Heiligen Abend war es dann doch etwas anderes. Eigentlich waren jetzt alle so müde, dass sie am liebsten gleich zum Schlafen gegangen wären. Aber ein Heiligabend ohne

Christmette, das war nicht denkbar. Und so gingen sie gemeinsam um halb zwölf zur Geburt des kleinen Jesulein in die gegenüberliegende Kirche.

*

Der Winter 1946 auf 1947 war einer der härtesten seit Jahrzehnten. Es hatte sehr viel geschneit und die Straßen und Felder hatten eine dicke Schneedecke. Schon seit Tagen zeigte das Thermometer zwischen minus fünf und minus zehn Grad. In der Nacht war es noch viel kälter, an manchen Stellen bis minus fünfzehn Grad. Es war in diesem Jahr schon sehr viel auf die Familie zugekommen. So wurde in diesem Jahr so spät geschlachtet, und das hatte einen ganz besonderen Grund. Denn am zweiten Weihnachtsfeiertag heirateten ihr Bruder Alois und Anna aus Krombach. Dazu war Besuch aus Annas Heimatort gekommen. Ihre Eltern Ludwig und Berta, ihr Bruder Anton mit Frau Hanna und ihre Schwester Elisabeth. Deren Mann musste zu Hause bleiben, da er seine eigene Landwirtschaft nicht alleine lassen konnte. Das Vieh musste auch an diesem Tag gefüttert werden. Krombach ist eines der längsten Dörfer im Vorspessart. Es zieht sich von den Anhöhen ein Tal hinunter, rund sechs km an einer alten mit Schlaglöchern durchzogenen Dorfstraße entlang. Von Oberkrombach, woher Annas Eltern sich aufmachten, mussten sie die Straße durch den hohen Schnee drei Kilometer, vorbei an der Kirche in der Mitte des

Ortes, und dann noch einmal drei Kilometer bis zum nächsten Ort Blankenbach laufen. Dort war der Bahnhof, von dem aus sie weitere 25 km nach Kahl am Main fuhren. Sie waren bereits seit vier Uhr auf den Beinen, um den Zug Viertel nach sechs zu erreichen. Endlich am Bahnhof angekommen erwartete sie schon Annas Patin, die ebenfalls Anna hieß, und eine Schwester ihres Vaters war. Sie hatte vor Jahren nach Blankenbach geheiratet und erwartete nun die Krombacher Abordnung. Endlich fuhr der Zug in den kleinen Bahnhof ein. Ächzend und schnaufend kämpfte sich die „alte Bembel" wie sie liebevoll genannt wurde, heran. Sie konnten sie schon seit drei Minuten hören, aber hinter der Kurve noch nicht sehen. Nur der stinkende Rauch wehte ihnen schon von weitem entgegen. Keuchend und dampfend schob er sich der Tross durch den weißen Schnee und hielt langsam an. Sie stiegen auch gleich ein, da niemand ausstieg. Sie sahen noch, wie das Weiß des Schnees von dem schwarzen Ruß der Lokomotive bedeckt wurde, dann polterte der Zug auch schon wieder los.

Alle, außer der Vater der Braut und sie selbst, fuhren heute zum erstmal mit dem Zug. Hier drinnen war es zwar auch nicht warm, aber wenigstens im Abteil konnte man es in den dicken Wintermänteln aushalten. Nur an den Bahnhöfen, wenn die Türen öffneten, pfiff, wenn die Leute aus- und einstiegen, der eiskalte Wind in das Abteil. Nach einer Stunde erreichte die „Bembel" die Endstation. Sie stiegen aus dem Zug aus und spürten gleich wieder den eisig kalten Wind, der auch schon bei der Abreise so stark vom Osten her wehte, in das Gesicht schlagen.

Alois´s Schwager Robert, war mit dem Nachbarn Karl schon mit dem Schlitten an den Bahnhof nach Kahl gekommen, um die Gäste abzuholen. Da es auf dem Hof von Alois schon seit vielen Jahren kein Pferd mehr gab – das letzte Pferd musste sein Vater in den dreißiger Jahren notschlachten lassen, als es einen Fremdkörper gefressen hatte – hatte er den Pferdeschlitten an seinen Nachbarn Karl verliehen. Der konnte sich mit seinem alten Gaul jetzt ein paar Pfennige dazu verdienen, wenn er mit den Schlitten und mit seinem Pferd die Leute zur Apotheke oder zum Arzt fuhr. Alois Vater hatte ihm den Schlitten überlassen und sagte zu Karl: „Fahr du die Notdienste, bis ich wieder ein Pferd gekauft habe". Karl tat dies sehr gerne, war es doch eine kleine willkommene Nebeneinnahme. Deshalb war es selbstverständlich, dass er die Krombacher Abordnung am Bahnhof abholte und Alois´ Schwager Robert ihn dabei begleitete. Dick vermummt, mit Gepäck und Geschenken bestiegen die Krombacher den Schlitten. Sie kamen gerade noch rechtzeitig zum Beginn des Taugottesdienstes in der Kirche an.

Es war eine sehr schöne Trauung, bei der Pfarrer Alfons alle Register bei der Ansprache zog. Mit Alois verstand er sich, schon seit dem Tag seines Wirkens im Ort, sehr gut. Beide verband besonders die Geflügelzucht, bei der sie wie oft schon, stundenlang debattierten und diskutierten. Viele Ausstellungen hatten sie beide zusammen vor dem Krieg besucht. Das hatte ihm während der Kriegsjahre sehr gefehlt. Bei seiner Trauansprache sagte er. „Und Alois, pflege deine liebe Frau mindestens so gut, wie du es mit deinen Hühnern machst". Ein breites Grinsen bei allen Kirchenbesuchern war nicht zu übersehen. Der eine oder die andere konnte sich das Lachen nicht verkneifen.

Maria hatte an diesem Tag viel Arbeit. Mit Mathilde, deren Mutter und ihren zwei älteren Schwestern, kochten und bedienten sie die Hochzeitsgäste. Erst am späten Abend nach dem Abendessen setzten sie sich zu der Gesellschaft. Pfarrer Alfons, der mit seiner Köchin schon seit dem Mittagessen da war, unterhielt alle. Besonders über den Witz und Humor des Pfarrers, die vielen Anekdoten, die er erzählte und eines Geistlichen nicht immer würdig waren, kam die Verwandtschaft von Braut Anna gar nicht mehr aus dem Staunen heraus, während die hiesigen diese Sprüche ja schon öfter gehört hatten. Und der Pfarrer meinte trocken zu Maria gewandt. „Jetzt sind alle eure Mädchen aus dem Haus, jetzt musst du dich aber beeilen, damit du keine alte Jungfer wirst". Maria, mit ihren gerade mal achtzehn Jahren errötete, aber die ausgelassene Gesellschaft bemerkte es nicht. Bei der Übergabe der Geschenke musste das Brautpaar noch aus dem neuen Nachttopf ein frisch gezapftes Bier trinken. Der Rand des Topfes war mit Senf beschmiert. Das Gelächter dauerte noch bis tief in die Nacht. Der Vater der Braut überreichte Alois noch einen Umschlag mit dreihundert Mark. Dieser bedanke sich, und sagte: „Ich danke dir sehr, jetzt kann ich ja den Gaul den ich bestellt habe, bezahlen". Seine Anna aber hatte gehofft, dass mit dem Geld die alte Küche erneuert werden würde. Gesagt hatte sie das aber nicht. Und seine Schwiegervater dachte: „Ich glaube meine Anna ist auf diesem Hof gut untergebracht. Hier tut sich etwas. Der neue Schweinstall, der Anbau des Haferspeichers. Der Alois der tut was, da hat es meine Anna sicher gut". Annas neue Küche war nicht wichtig. Es war ja eine alte da und die reichte auch.

1946 Jahreswechsel
1947 Faschingszeit

Maria schreibt in ihr Tagebuch

„An Silvester haben wir auch ein bisschen gefeiert. Bei Maria (einer Freundin) es war sehr nett. Dann sind wir am Neujahrstag geschlossen nach Dettingen zum Tanz gegangen. Es war das erste Mal, aber es war prima".

Endlich war das Trauerjahr vorbei. Maria wollte eigentlich schon an Weihnachten zur Jahresverlosung gehen, denn dort wurde anschließend immer getanzt. Aber durch die Feierlichkeiten der Hochzeit konnte sie nicht. So ging sie gleich am Neujahrstag zum Tanz. Es war eine schöne, aber eher ruhige Tanzveranstaltung. Der Saal war besetzt, aber nicht voll. So mancher war von der vorausgegangenen Silvesternacht noch nicht ausgeschlafen genug, um gleich wieder wegzugehen. Die Musik spielte die bekannten Lieder der letzten Jahre. Maria tanzte, so oft sie konnte, mit Freunden und Bekannten aus ihrem Ort. Gemeinsam mit ihrer Freundin Mathilde, ging sie zeitig, nach Hause. Schon kurz nach elf war sie in ihrem Bett.

Maria hatte sich vorgenommen, jetzt im kommenden Fasching keinen Tanz auszulassen. Faschingsdienstag war am 18. Februar, sie hatte schon befürchtet, dass in diesem Jahr nur eine kurze, tolle Zeit bevorstand. Gott sei Dank hatte sie sich da geirrt. Sechs Wochen maskieren, schminken, tanzen und fröhlich sein. Wie sehr sie sich darauf freute, es sollte nach dem Neujahrstanz nur noch besser werden.

„Mathilde, bei uns ist am 12. Januar noch nichts los. Unser Geflügelzuchtverein hat den ersten Maskenball erst eine Woche später. In Dettingen ist Tanz mit der Flüchtlingskapelle. Da gehen wir hin. Wie wollen wir uns verkleiden, Weißt du schon etwas, hast du dir schon Gedanken gemacht?" fragte sie mit Nachdruck bestimmend, ihre Freundin, da sie genau wusste, dass diese meistens unentschlossen und zögerlich war. Maria munterte Mathilde auf und fügte hinzu: „Für den Anfang und für die Dettinger reicht es, wenn wir als Zwerge gehen. Was meinst du?" Als Mathilde den Vorschlag hörte war sie froh. Ihr fiel ja nie etwas ein und manchmal war sie schon neidisch auf Maria. Die hatte immer gute, kreative Einfälle. Dankbar sagte sie: „Ja prima, dann schneidere ich uns zwei grüne Zipfelmützen. Ich ziehe ein altes kariertes Hemd meines Vaters und dessen alte blaue Arbeitshose an". Maria war begeistert, endlich kam auch Mathilde auf Betriebstemperatur.

Sie konnten den Samstagabend kaum erwarten. Maria hatte sich als Zwerg maskiert. Sie trug ein buntkariertes Hemd ihres Bruders, und eine grüne Gärtnerhose. Diese hatte sie aus einem alten Betttuch geschneidert und war sehr weit geschnitten, dass sie diese über die Winterhose ihres Vaters anziehen konnte. An Fasching ist schon mal eine Hose bei einem Mädchen erlaubt. Ein langer, blauer Schal gab ihrer Maskerade den nötigen Pepp. Die Wangen gerötet und einen spitzen Bart auf das Kinn gemalt. So stand Maria bei Mathilde in der Stube. Diese war wieder einmal nicht fertig. Ihrer Begeisterung vom Mittwoch, als sie bei ihr war, war schon wieder verflogen. „Schau mal, wie das aussieht, so kann ich doch nicht fortgehen". Tränen standen in ihren Augen. „Hab dich nicht so, wir gehen nicht auf eine Männerschau. Wir wollen Spaß haben. Jetzt mach endlich ein anderes Gesicht". Maria bemalte Mathilde, und richtete ihre grüne Hose. Mit einem dicken Kälberstrick, den sie ihr um den Bauch band, sah es so aus, diese sei so vom Schneider angepasst worden. Den Strick konnte keiner mehr sehen, so war er von dem weiten Stoff verdeckt. Mathildes Gesicht hellte sich auf und so zogen die beiden los. Schon als sie an Marias Elternhaus wieder vorbei kamen, trat Willi, Marias Nachbar von gegenüber, auf die Straße. „Na, ihr zwei hübschen, wo wollt ihr denn hin?" Obwohl er es genau wusste, fragte er und Mathilde antwortete: „Ja, genau dahin, wo du auch hinwillst". So zogen sie zu dritt durch den Ort und trafen dabei noch auf Willi aus dem Oberdorf, der Albina im Unterdorf abgeholt hatte, sowie auf Konstantin und Herbert. Alle waren sie maskiert. Cowboy und Indianerin, Konstantin war ein Clown. Es hatte eine kleine Flasche Kakao mit Nuss Likör mit dabei. Diesen hatte seine Mutter selbst angesetzt. Er bot jedem einen Schluck aus dem Flachmann an. Den Mädchen schmeckte er besonders gut. Willi verzog das Gesicht und meinte: „Hast du nichts Gescheites dabei, willst du uns verzuckern?" Lachend zogen sie zum Saal nach Dettingen, der direkt hinter dem Bahnübergang lag. Dabei mussten sie die Gleiße der Bahnstrecke überqueren. Die Schranken waren geschlossen, weil ein Zug gerade im nahen Bahnhof stand. Dieser dampfte auch gerade los. Fauchend und feuerspeiend setzte er sich in Bewegung. Laut tönte das Horn, um den letzten am Bahnübergang auch noch auf seine Vorbeifahrt aufmerksam zu machen. Die Lok war gerade an ihnen vorbei als ein mächtiges Pfeifen und Zischen aus dem hohen Schornstein der Lok zu sehen und zu hören war und eine mächtige Wolke des schwarzen Rußes sich über sie herab goss. Fluchend verwünschten sie die ganze Eisenbahn und zogen, jetzt schon wieder lachend über die mittlerweile geöffneten Schranken. Direkt dahinter bogen sie nach links in die große Einfahrt des Hofes des Gasthauses ein, direkt zum Nebeneingang des Saales. Dort im Nebenraum war Treffen aller Masken zum gemeinsamen Einzug in den großen Saal um „sieben Uhr einundsechzig". Der Raum war durch einige Lampen spärlich erleuchtet und so sahen sie sich jetzt im Hellen das erst einmal an, um ihre Masken zu richten. „Hier kommen sie Welzheimer Haarbärte, die schwarzen Rüben, schaut sie euch nur an", spotteten die Dettinger über die verrußten Masken. Das ließen die nicht auf sich sitzen, Willi konterte: „Besser schwarze Rüben, als bleichen Blumenkohl, ihr Stehkrägen", und deutete dabei auf einen als Gärtner verkleideten Dettinger, der sich mit Blättern aus Kohl geschmückt hatte.

Pünktlich eine Minute nach acht spielte die Flüchtlingskapelle auf. Heute waren es sieben Musiker. Maria sah durch den Vorhangspalt in den Saal. Ein kleiner Mann mit einer Geige stand vor den Musikern. Alle nannten ihn nur den „kleinen Gott", wegen seines herrlichen und reinen Geigenspiels. Dazu dirigierte er noch gleichzeitig die kleine Combo. Mit einem „Walzer für dich" ließ sie es ruhig angehen. Danach stellten sich die Musiker vor, um dann mit „ob blond, ob braun, ich liebe alle Frau´n" Stimmung in den Saal zu bringen. Sie spielten noch einen Marsch, und zwei weitere Lieder. Dann ertönte das Signal auf das alle gewartet hatten. Mit mächtigen und lauten „Ritzambo, ritzambo, heute fängt die Fasnacht ao, alte Weiwer ha mer kao, alte Weiwer haowe Löscher in den Strimp"" öffnet sich der Vorhang und, zählen konnte Maria sie nicht, aber geschätzt achtzig oder neunzig maskierte Leute zogen in den Saal ein. Die anderen, die an den Tischen saßen, standen auf, beklatschten den Maskeneinzug und alle sangen sie das „Rizambo" und weitere Stimmungslieder, die die Kapelle spielte. Der Mann am Schlagzeug, sang dazu, der Saal stimmte fröhlich ein und alle sangen mit. Da sah Maria, während die Maskierten immer im Kreise ihre Runden tanzend drehten und Späße machten, auf der anderen Seite einen toll heraus geputzten Schornsteinfeger. Er hatte eine kleine, schwarze Leiter auf den Rücken gebunden, eine schwarze Kette um die Hüfte gewickelt und daran eine große Bürste befestigt. Sein Gesicht war mit einem großen Zwirbel- und Spitzbart bemalt, und – auf dem Kopf trug er einen riesigen, schwarzen Zylinder, sowie einen tiefroten Schal um den Hals gebunden. So hatte er die Hände frei und stolzierte auf der gegenüber liegenden Seite des Kreises, an Maria vorbei. Er winkte ihr zu, sie aber tat, als ob sie ihn nicht sehen würde. Da, die Musik unterbricht und es ertönt der laute Ruf des Kapellmeisters „Damenwahl". Jetzt rannten alle durcheinander, Frauen suchten den Mann, den sie bereits vorher für diesen Tanz ausgesucht hatten. Dies war für alle, besonders die Frauen die Gelegenheit, auch mit anderen Partnern und nicht immer der eigenen Mann oder Freund tanzen zu können oder zu müssen. Maria hatte gleich den Herbert geholt, und beide tanzten bis die erste Tour beendet war, zusammen. Sie sah noch wo Mathilde stand, doch die hatte mal wieder keinen Partner gefunden. Dann konnte sie Mathilde nicht mehr sehen.

Als Mathilde bei dem Aufruf „Damenwahl" nach Konstantin schaute, war dieser schon von einer anderen Frau geholt worden. Er tanzte mit einer als Tanzmariechen verkleideten Frau, und jetzt traute sie sich nicht, einen anderen Mann anzusprechen und zum Tanz zu bitten. Und noch einer hatte den Anschluss verpasst. Der Schornsteinfeger stand wie ein begossener Pudel da, und schaute und hoffte, noch geholt zu werden. Mathilde sah ihn, und ging auf ihn zu. Sie hatte ihn vorher nicht beachtet, und jetzt erkannte sie ihn: „Kurt du, du hier, ich dachte, du bist in Kahl bei der Ingrid", sprudelte es aus ihr heraus. Und Kurt stammelte, als ob er sie noch nicht gesehen hätte: „Ach du Mathilde, ich habe euch gar nicht gesehen, ihr seid auch hier". Natürlich hatte er sie gesehen, alle, besonders Maria. Sie sah es ihm an. „Komm, lass uns tanzen, sonst stehen wir am Rosenmontag noch hier", und zog Kurt auf die Tanzfläche. Sie wunderte sich über sich selbst, dass sie so mit ihm sprach.

Der Tanz war zu Ende. Maria und Mathilde gingen wieder zu ihren Freunden. Diese hatten noch einen Platz am Tisch von Konstantin gefunden. Konstantin hielt meistens ein Tisch frei. Da nicht immer alle am Tisch waren, teilten sie sich die Plätze. Sie tranken Limonade. Maria sah den Schornsteinfeger am Tresen stehen, wo er ein kleines Bier trank. Das ging so eine Weile, sie hatte ihn im Auge, und er schaute immer wieder zu Maria hin. Maria tat weiter so, als ob sie es nicht merkte, denn sie hatte ihren eigenen Stolz.

Der neue Tanz begann und es wurde gleich wieder eine „Damenwahl" ausgerufen. Maria forderte den Konstantin, und Mathilde den Willi zum Tanz auf. Albina war gerade, nicht da, wahrscheinlich war sie auf Toilette. Und so tanzten sie vergnügt, diese Tour. Da auf einmal tanzt der Schornsteinfeger mit einer wunderschönen, als Schweinchen verkleideten Frau an ihnen vorbei. In der Tanzhaltung eines Wiener Walzer Paares, den Rücken weit nach hinten gestreckt, tanzte er direkt an ihnen vorbei. Maria dachte: „Oh, hat er wieder eine schöne Frau gefunden, dieser Mistkerl". Und sie tat so, als ob sie ihn immer noch nicht beachten würde. Die Frau mit der der Schornsteinfeger tanzte hatte ein wunderschönes Kleidchen an. Rosa Strümpfe, rosa Träger und einen Ausschnitt, der die Männer verwirrte, zierten sie. Sie war ein Stück kleiner als Kurt. Aber der schöne Schweinskopf machte das Paar gleich groß, es sah sehr lustig aus. Der Kopf hatte die Größe eines mittleren Kürbis´. Das Gesicht war aus einem Leinentuch und so in Gips geformt, so dass es wirklich ein schöner Schweinskopf war. Kurt war in seinem Element, er tanzte den ganzen Abend mit dieser Schönen. Wiederholt sprach er sie an, auf sie ein. Die Frau, das Schweinchen aber nickte nur, schüttelte mit dem Kopf, zuckte mit den Schultern, oder machte auch zustimmende Bewegungen. Gesagt hat sie kein Wort zu Kurt.

Um zehn Uhr kam der große Augenblick der Demaskierung. Die Musiker zelebrierten leichte Tanzmusik, und der Vorsitzende des ausrichtenden Vereins rief laut die Paare und einzelnen Masken auf, sich in Reih und Glied aufzustellen. Die erste Maske fiel. Zorro, die drei Musketiere, Hexen, Clowns und viele mehr. Jede und jeder erhielt tosenden Beifall für die gelungene Verkleidung. Ganz zum Schluss, als die letzten drei Masken aufgerufen wurden, war die Spannung unerträglich. Wer war das Schweinchen, wer dieser Bandit, und wer der alte Zaubermeister? Der Bandit war ein junger Mann aus Kahl, viel Beifall und ein großes Bier bekam er vom Veranstalter gespendet. Jetzt war das Schweinchen aufgefordert, sich zu demaskieren. Kurt marschierte mit seiner Tänzerin des Abends mitten in den Saal. Er legte seinen Arm um ihre Schultern, um zu zeigen, hier gehöre ich dazu. Dann geschah das Unfassbare. Der Vorsitzende griff nach dem Kopf des Schweinchens. Langsam und vorsichtig stülpt er diesen nach oben. Er saß ziemlich fest und es dauert lange, bis der Maskierte davon befreit war. Jetzt toste ein Gegröle durch den Saal. Kurt prallte bei dem Gelächter zurück und rannte, so schnell er konnte, aus dem Saal. Er wurde an diesem Abend nicht mehr gesehen. Das schöne Fräulein Schweinchen war Hans-Peter, sein eigener Geselle und Freund. Darüber ging sogar die Demaskierung der letzten Maske, des Zaubermeisters unter. Maria und ihre Freunde tanzten noch viel bis Mitternacht und haben noch lange über den Auftritt von Kurt gelacht.

Sie tanzte an diesem Abend auch mehrmals mit einem schwarzen Lockenkopf aus Kleinwelzheim, der mit einigen Freunden den Maskenball hier im bayerischen besuchte. Das war der Nachbarort auf der anderen, der hessischen Seite ihres geliebten Dorfes, und nur über die Schleuse oder mit einem Nachen erreichbar. Aber jetzt in der Winterzeit fuhr der Nachen nicht und die Schleuse war wegen Glätte gesperrt. So blieb nur die dritte Möglichkeit: mit Fahrrad oder Laufen über das drei Kilometer entfernte Seligenstadt, mit der Fähre übersetzen und den Main wieder drei Kilometer zurück radeln oder laufen. Und alles noch einmal auf dem Rückweg. Aber auch die Fähre fuhr nur bis zehn Uhr am Abend…

Der Lockenkopf hatte eine besondere Begabung und sie fühlte sich in seinen Armen sehr wohl. Viel sprachen sie nicht, nur einen höflichen Smalltalk. Dann verabschiedeten sie sich, denn alle mussten um zwölf Uhr pünktlich zu Hause sein. Gemeinsam mit Mathilde machte sich Maria auf den Weg. Ein schöner Abend war zu Ende.

Am nächsten Morgen um halb sieben bereits ging Maria in der Frühmesse. Diese besuchte sie lieber, denn sonst hätte sie im Stall mithelfen müssen. Nach dem Gottesdienst wurde sie von einer Nachbarin angesprochen. „Stimmt es, dein Kurt hat einen Freund?" Gespött und Gelächter gingen wie ein Lauffeuer durch das Dorf. Es war das bestimmende Thema dieses Sonntags in der Kirche und in allen Gasthäusern…

*

Kurt war noch während der Demaskierung aus dem Saal geeilt. Die Stimmung dort und die Bloßstellung waren ihm schwer auf den Magen geschlagen. „Dieser Sauhund, dieser Hans-Peter, der soll mir am Montag nur unter die Augen kommen". Unterwegs nach Hause wurde ihm so übel, dass er sich zweimal übergeben musste. Dazu rannte er in den nächstbesten Bauernhof, direkt auf den Misthaufen.Dann daheim angekommen wunderte sich seine Mutter: „Na, hat es dir heute nicht gefallen. Du bist ja schon daheim. Kurt sagte kein Wort und verzog sich auf seine Stube im Dachgeschoss. Diese verließ er auch am Sonntag nur zum Essen. Gesehen wurde er im ganzen Dorf nicht.

In Ihr Tagebuch schreibt Maria:

„Die Tanzburschen waren aus unser Klasse. Die darauffolgenden Sonntage
war auch bei uns Musik und zwar immer Kostümball (…..) Dann kam der
Fasching. Vier Tage lang Musik. Na und am Samstagabend fing´ s schon an.
Sonntags am vier Uhr. Leider hatten wir nicht unseren gewohnten Platz, da
hat es uns nicht so gut gefallen. Montags wollten wir uns dann maskieren,
haben aber dann doch unsere Larven abgelassen. Huth Willi begleitete mich
…. Am Faschingsdienstag sollte der Höhepunkt erreicht werden. Mittag schon
wurde es auf der Straße lebendig durch die Kinder und die Obernarren, allen
voran Konstantin. Mathilde und ich hatten uns entschlossen, zu maskieren
und zwar haben wir wie die anderen Zigeunerinnen mit den Kindern auf dem
Rücken, gemacht. Hatte einen schönen Kampf gekostet, bis wir alles zusammen
hatten. Röcke, Blusen, Tücher, die zwei Puppen, aber abends war alles bereit.
Also waren wir zwei schwarze Zigeunerinnen. Wir wurden so schnell nicht
erkannt und konnten uns holen, wen wir wollten. Mir hat es prima gefallen,
aber wenn der Schwarze dagewesen wäre, hätte es mir gewiss noch besser
gefallen (…..) Dann haben wir mit den Keinwelzheimern viel getanzt (….)
Willi wollte mit mir heim, ich habe es aber nicht gewollt (…..) Hatte trotzdem
eine Begleitung (…..) Ja aber schließlich kann ich nicht nur von dem letzten
Ball berichten, es geht weiter so. Also, jetzt erst mal Aschermittwoch: Sieben
Wochen Fastenzeit (……)

*

Kurt wurde während der ganzen Faschingszeit nicht einmal
mehr im Ort auf einem Maskenball gesehen. Auch in Dettingen war er seit der Blamage nicht mehr. Er war in Kahl bei
Ingrid. Besonders ihr Vater war erfreut, wenn Kurt kam.
Dann unterhielten sich die beiden lange über die Arbeiten

auf dem Bau. Ingrids Vater war Schreiner; so hatte die beiden genug Gesprächsstoff. Nur wenn Ingrids Vater auf seinen geliebten Fußball zu sprechen kam, versuchte sich Kurt dem weiteren Gespräch zu entziehen, Fußball war nicht seine Sache. Ingrid kam gerade in die Stube. Das nahm Kurt zum Anlass, das Gespräch mit dem Vater zu unterbrechen und sagte: „Gut Ingrid, dass du endlich kommst. Ich wollte dich doch für den Maskenball im Pfarrheim abholen. Gehst du mit mir hin?" Bis dahin wusste Ingrid noch gar nichts von ihrem Glück. Sie sah wie ihr Vater zustimmend nickte und willigte ein. Eine Stunde später waren beide kostümiert und machten sich auf dem Weg zum Faschingstanz. Als sie dort ankamen spielte bereits die Kapelle und die wenigen Masken waren schon im Saal. Die meisten hatten sich nur mit einem Käppchen und bunten Hemd gekleidet. Papierhütchen wurden beim wurden beim Bezahlen des Eintrittes für 10 Pfennige verkauft. So trugen die meisten Gäste, alle gleichaussehende Papierhütchen auf dem Kopf. Es war mehr ein Kappenabend, als ein Maskenball. Eine Viermannkapelle aus dem hessischen Nachbarort spielte auf. So richtige Stimmung wollte aber einfach nicht aufkommen. Kurt tanzte mit Ingrid gerade einen Rumba, als neben ihm des Sohn des Müllers vorbeitanzte. „Hallo Kurt, wir müssen unbedingt einen trinken. Ich muss dich etwas fragen. Komm nach dem Tanz an die Theke", rief Heinz – so hieß er und war ein Müller aus der Kahlaue – Kurt zu. „Was will der denn von dir"? fragte Ingrid. Sie konnte den Heinz nicht besonders leiden. Der war so selbstherrlich und rechthaberisch. „Keine Ahnung, wir haben vor einiger Zeit bei denen zu Hause Streicharbeiten durchgeführt. Vielleicht hat er dazu eine Frage. Es kann aber auch etwas ganz anderes sein, keine Ahnung" antwortete Kurt. Auch er mochte diesen Heinz nicht besonders, meistens hatte er eine Fahne und roch nach Alkohol. Der Tanz war zu Ende. Ingrid und Kurt setzten sich an ihren Platz, als Heinz mit zwei Gläsern Bier ankam. Das eine stellte er vor Kurt hin. Mit dem zweiten deutete auf das erst Glas und sagte. „Hier, trinke erst mal einen", dabei stieß er mit seinem Glas an das auf dem Tisch stehende Glas, welches er Kurt hingestellt hatte. Kurt nahm das Glas, prostete zurück und trank einen Schluck. Zuerst erzählte Heinz tatsächlich über die ausgeführten Arbeiten. Ingrid langweilte sich und sagte: „Ich bin zum Tanzen hier und will Spaß haben. Arbeiten könnt ihr nächste Woche wieder". Als Heinz das Wort Spaß hörte, fing er an zu lachen und meinte zu Kurt: „So viel Spaß wie du vor drei Wochen in Dettingen hattest, soviel Spaß gibt es in ganz Kahl nicht". „Was willst du damit sagen, was meinst du"? fragte Kurt zurück, ahnend was jetzt kommen musste. „Naja, du musst es doch wissen, du warst doch dabei, ich habe ja nur gehört". Jetzt wurde es Ingrid zu viel und sie mischte sich ein. „Heinz, jetzt raus damit, was willst sagen? Hast du Kurt etwas vorzuwerfen? Raus damit!" Mit so viel Resolutheit hatte Heinz nicht gerechnet, und obwohl er es gar nicht sagen wollte, erzählte er, was er von einem Dettinger Bauern, als dieser sein Getreide bei ihm mahlen ließ, gehört hatte. „Ich habe gehört, du tanzt so gerne mit Jungens", provozierte Heinz Kurt. „Dieses schöne Schweinemädchen hat dir doch so gut gefallen. Alle haben es erzählt. Oder stimmt es etwa nicht, dann will ich gerne alles zurücknehmen und nichts gesagt haben". Ingrid ließ nicht locker und wollte jetzt alles wissen. „Also", Heinz holte tief Luft, um zu erzählen. Da platzte Kurt der Kragen. Er sprang auf, packte den Heinz beim Kragen, schleudert ihn nach hinten und hieb ihm mit der Faust mitten ins Gesicht. Das spendierte Bier schüttete er Heinz hinterher. Die umliegenden Besucher sprangen von ihren Sitzen auf und bildeten einen Kreis. Sie feuerten noch ihren „Kahler" an. Es entwickelte sich eine fürchterliche Schlägerei. Ingrid rannte zum Saal hinaus, holte ihren Mantel und eilte so schnell sie konnte nach Hause. „Geh mal in das Pfarrheim, dort kannst du deinen Kurt erleben", sagte sie noch zum Vater. Für sie war dieses Kapitel gelesen.

*

Maria war an diesem Abend gemeinsam mit ihren Freundinnen auf dem Maskenball im kleinen Saal in der Hauptstraße, in dem auch sie immer Theater spielten. Maskiert waren sie heute nicht. Nur ein einfaches Faschingskostüm, das sie für sich und Mathilde genäht hatte, schmückten die beiden, aber sie hatten sich auffallend geschminkt. Ihre Schwester Hermine hatte von einem Bekannten ihres Mannes, der auch in Hanau arbeitete, Schminke gegen zwei Büchsen Hausmacher Wurst getauscht. Mit ihrem Nachbarn Willi gingen sie und Mathilde, hin. Es wurde viel getanzt und gelacht und meistens tanzte Maria mit Willi. Dann sah sie die jungen Burschen aus Kleinwelzheim. Es waren sieben oder acht, teilweise mit schönen Kostümen gekleidet. Aufgeregt und hoffend, dass sie den Schwarzgelockten wiedersehen würde, schaute sie sich im Saal um. Aber sie sah ihn nicht. Bei der nächsten Damenwahl forderte sie einen der

Freunde zum Tanz auf. Dieser jedoch sprach kein Wort beim Tanz, und so ergriff sie die Initiative und fragte nach dem schwarzhaarigen Jungen, der das letzte Mal auch mit dabei war. „Ach, den Josef meinst du", sagte ihr Tänzer und stellte sich vor. Maria hatte den Bann gebrochen und jetzt fiel dem jungen Mann auch das Sprechen leichter. Er sagte: „Ich bin der Ewald, der Josef ist mit den anderen auf einem Maskenball in Seligenstadt. Der ist nicht hier. Aber gerne will ich mit dir den Abend verbringen. Darf ich dich auf einen Likör in die Bar einladen?" Maria sagte zu, in der Hoffnung, dort Ablenkung zu finden. Und wie auf Bestellung endete der Tanz mit Ewald, und die Musik spielte: „Komm mein Schatz, wir trinken ein Likörchen, komm mein Schatz, ich flüster dir ins Öhrchen". Das Lied ging noch weiter, jedoch hörten sie gar nicht mehr hin. Ewald nahm Maria am Ohr und zog sie runter in die Kellerbar. Viele Paare die eben noch getanzt hatten, machten das gleiche und verschwanden nach dort. Ewald bestellte gleich zwei Gläser Sekt. Es war kein besonders guter, doch das tat der Stimmung in der Bar keinen Abbruch. Die Männer nahmen die Frauen um den Hals, sangen, schunkelten. Die Stimmung war so ausgelassen, das so mancher oder manche der Paare, die nicht mit dem eigenen Partner in der Bar waren, so mache Küsse tauschten. Und irgendein waches Auge sah alles!

Ewald wollte sich mit Maria unterhalten, um sie kennenzulernen. Es war aber so laut, dass keiner den anderen verstand. So schlug Ewald, nachdem sie das Glas ausgetrunken hatten, vor: „Komm gehen wir wieder nach oben, die Musik hat gerade angefangen wieder zu spielen". Sie gingen die Treppe von der Bar hinauf in den Saal. Gerade spielte die

Kapelle „Kannst du Pfeifen Johanna", einen Lied aus früherer Zeit. Alle tanzten und pfiffen den bekannten Schlager mit. Nach dem Tanz brachte Ewald Maria an ihren Platz zurück, bedankte sich, als Maria noch zu ihm sagte: „Grüß mir den Schwarzen, wenn du ihn siehst". Ewald hatte bemerkte, dass er keine Chance bei Maria hatte und ging zu seinen Freunden zurück.

Als Maria hörte, dass Josef gar nicht dabei war, wäre sie am liebsten direkt nach Hause gegangen. Ihre Stimmung war auf einen Schlag weg. Dies hatte Ewald gleich bemerkt, und vielleicht kam er auch deshalb so schwer in ein Gespräch. Nun, jetzt wusste sie wenigstens wie er hieß und dachte: „Maria und Josef", klingt doch gar nicht schlecht. Am Tisch war ihr Freundeskreis in bester Stimmung. Mathilde aber merkte, dass etwas mit Maria nicht stimmte und fragte gleich: „Was ist los mit dir?" Maria antwortete: „Ich glaube der Sekt war nicht gut, der ist mir gar nicht bekommen". Mathilde tat so als ob sie es ihr Glauben schenken würde. Sie kannte Maria von allen ihren Freunden am besten. Gemeinsam, wie sie gekommen waren, gingen sie wieder vom Ball nach Hause.

1947 Frühjahr

In den folgenden Wochen war es ruhig geworden. In der Fastenzeit widmete Maria sich ihrer Arbeit in der Näherei, half ihrem Bruder bei den Arbeiten in der Landwirtschaft, und arbeitete mit ihrer Mutter und der Schwägerin im Haushalt. Montagabends hielt sie ihre Gruppenstunden ab. Als Gruppenleiterin machte sie sich viele Gedanken, die neuen Kinder und Jugendlichen zu unterhalten und lernte mit ihnen bekannte und auch neue Lieder. Maria sang sehr gerne und bedauerte oft, dass im Volkschor nur Männer mitsingen durften. Gerne hätte sie ihren Bruder Alois, der auch als Tenor sang, dahin begleitet. Aber sie war ja ein Mädchen…

So bereitete sie mit Pfarrer Alfons den Ausflug der Jugend, das Dekanatsjugendtreffen in Alzenau und das große Jugendtreffen im Sommer in Würzburg vor. Ostern ging vorbei, und wie so oft dachte sie an den Schwarzen aus Kleinwelzheim, und sagte immer wieder zu sich selbst: „Es wird wohl doch nichts werden, aber vielleicht sehe ich ihn ja mal wieder". Da geschah etwas mit dem sie gar nicht gerechnet hatte.

*

Nach der langen Leidenszeit, in der Kurt seine Wunden leckte, meinte sein Vater zu ihm. „Nun, Junge, ich habe dich jetzt lange beobachtet. Ich glaube, du hast nicht mehr alle Tassen im Schrank. Wochenlang bist du dem Hans-Peter böse, weil er dich an Fasching auf den Arm genommen hat. Ich habe auch nichts gesagt, als du zu dieser Ingrid nach Kahl gegangen bist. Aber ich glaube, dass es jetzt reicht. Es wird Zeit, dass du wieder du selbst bist. Ich habe dir damals schon gesagt, dass du dich nicht so blöd verhalten sollst". Der Vater sagte nicht, was er damit meinte, aber Kurt wusste genau, dass er damit auf Maria anspielte. Und weiter sagte er: „Du solltest jetzt deine Lektion gelernt haben. Mit Hans-Peter musst du, ob du willst oder nicht, weiter zusammen arbeiten. Das ist ein guter Mann, arrangiere dich mit ihm, trinkt ein zusammen Bier und gebt euch wieder die Hand. Das ist es was ich von dir erwarte". Sein Vater war ein guter, gemütlicher Mann, aber jetzt merkte Kurt, dass er es sehr ernst meinte. „Also gut, ich werde mich bemühen", antwortete Kurt. Der Vater war zufrieden und merkte auch in der folgenden Zeit, wie es jeden Tag besser wurde. Kurt hatte sich zusammen gerissen und, bei der Gelegenheit, als er mit Hans-Peter ein kleines Gerüst aufstellte, sprach er wieder mit ihm und meinte: "Heute Abend, nach Feierabend lade ich dich auf ein Versöhnungsbier ein". Hans-Peter willigte ein und von da an, verstanden sie sich wieder. Sie kehrten im Oberdorf in das erst kürzlich geöffnete neue Gasthaus ein. Hans-Peter wollte sich entschuldigen, da sagte Kurt: „Nein, ich war der Idiot, ich hätte anders reagieren müssen. Vergessen wir es".

*

Eigentlich wusste Kurt selbst nicht so recht, warum er bei Maria nicht weiterkam und sein Verhältnis zu ihr, so ziemlich auf dem Nullpunkt angekommen war. So wie es zuletzt war, war es ganz ja schön und problemlos. Er ging zu Ingrid. Wenn er Lust hatte fuhr er zu ihr hin, wenn nicht, blieb er zu Hause. Das ging eine Zeit lang so, doch dann nach diesem Maskenball, danach war das alles aus.

Nach seiner Schlägerei hatte Kurt sich wieder gefangen und nun erinnerte ausgerechnet sein Vater ihn, ohne sie mit dem Wort zu erwähnen, an Maria. Er selbst hatte sie schon seit Tagen wieder sehr beachtet. Immer wenn sie zur Näherei oder von dort nach Hause ging, kam sie an seinem Haus vorbei. Dann sah er sie meist vergnügt, egal wie das Wetter war. Maria war immer vergnügt. Das schätzte er sehr an ihr. Und heute hatte er seinen ganzen Mut zusammen genommen. „Heute gehe ich hin, und sage ihr, wie blöd ich war".

Nach dem Abendessen machte er sich auf den Weg zu Marias Hof. Als er diesen betrat, kam ihm die Schwägerin Marias entgegen und sagte." Ei, Kurt, du lebst ja auch noch. Wir haben dich schon eine Ewigkeit nicht mehr gesehen. Was möchtest du denn heute?" Anna lachte Kurt an, und er fragte: „Ist Maria da? ich muss mit ihr sprechen". Anna rief Maria und sie kam die Treppe herunter. Er fand sie war noch schöner als sonst. „Ja, wer kommt mich denn da wieder einmal besuchen?" rief Maria lachend die Treppe hinunter. „Na, komm doch rauf, du willst mir bestimmt einiges erzählen". Diese Leichtigkeit von Maria, dachte Kurt. Diese machte ihm sein Vorhaben gleich viel einfacher und er dachte schon, sie frisst mich jetzt auf oder schmeißt mich gleich ganz raus. Doch nichts von alledem passierte. Als sie in Marias kleiner Stube waren, fragte sie Kurt:" Möchtest du was trinken, einen Apfelwein oder Apfelsaft?" „Apfelsaft, bitte. Für den Apfelwein ist es noch zu früh", meinte Kurt, als Maria die Türe hinaus ging, um die Flasche und Gläser zu holen.

Es war eng in Marias Stube. Früher hatte sie ein größeres Zimmer. Aber als die Flüchtlinge und Heimatvertriebenen nach dem Ende des Krieges zugewiesen wurden, musste sie dieses freimachen. In der nebenliegenden, großen Schlafstube wurde eine Küche provisorisch eingerichtet, und in ihrem früheren Gemach, das mit einer Verbindungstür danebenlag, verbunden. Durch das Zimmerfenster konnte sie immer in den Hof sehen, und war dann über alles informiert, was um sie herum passierte. Ihr jetziges Zimmer lag zur Straßenseite und hatte nur das Fenster auf die Hauptstraße.

Als sie mit dem Apfelsaft wieder ins herein kam, hatte Kurt schon Platz auf dem kleinen Schemel genommen. Sie selbst setzt sich auf ihr Bett und sagte zu Kurt: „Wie geht es deiner Freundin Ingrid aus Kahl? Wie oft besuchst du sie denn? Man sieht dich so gar nicht mehr, du bist mir ja ganz schön untreu geworden." Kurt stieg es bei diesen Worten heiß den Rücken hoch. Ging es ihr etwa auch so wie ihm? Fühlte sie für ihn, so wie er wieder für sie fühlte? Jetzt wollte er es genau wissen. Was er Maria sagen wollte, brachte er gleich auf den Punkt. Der Kloß in seinem Hals war auf einmal weg und er sagte: „Liebe Maria, ich möchte mich für mein idiotisches Verhalten in den letzten Monaten bei dir entschuldigen. Das mit Ingrid aus Kahl passiert mir nicht noch einmal. Das hatte sich so ergeben. Nie habe ich für Ingrid das empfunden, was ich für dich empfinde, schon immer, schon in der Schule. Nie habe ich mich getraut, es dir zu sagen". Maria spürte, dass er es wirklich ernst meinte und spürte wie ihr Herz pochte. „Schön, dass du auch einmal etwas einsiehst. Du hast in den letzten Monaten keine gute Figur gemacht. Teilweise warst du ein richtiger Kotzbrocken. Du warst nicht der Kurt, den ich von früher her kannte. Und ich gebe dir jetzt auf das, was du eben sagtest, eine direkte Antwort. Ja, auch ich habe immer etwas für dich empfunden. Monatelang habe ich gehofft, dass du mal mehr sagst, als na wie geht's und so ähnlich. Wir waren viel zusammen. Da hättest du genug Gelegenheiten gehabt. Ja, du bist mir auch heute nicht egal. Aber was ich jetzt gerade für dich empfinde, weiß ich in diesem Augenblick auch nicht. Zeige mir, wie ehrlich du das meinst, lass uns das die Zukunft entscheiden. Wir werden dann mal sehen". Kurt war sehr überrascht über diese Antwort und als Maria seine Hand nahm, wurde ihm noch heißer. Lange hielt er diese fest und wollte sie gar nicht mehr loslassen. Bis in den späten Abend sprachen sie sich aus und planten auch gleich für den kommenden Maiausflug. Als Kurt dann die Treppe herunterkam, begegnete er Anna wieder. „Oh, dir geht es aber wieder gut, mit dem Gesicht, mit dem du gekommen bist, hättest du den Hof kehren können". Sie lachten beide, und Kurt verließ den Bauernhof durch das alte Tor.

In ihr Tagebuch schreibt Maria:

„Also, da möchte ich den 1.Mai gleich zum Anfang nehmen, da sind wir nämlich gewandert und zwar waren wir in Hemsbach und Umgebung, es war schön, sehr, sehr schön, denn wenn unser Pfarrer dabei ist, kann es nicht anders sein. Wir kamen zeitig nach Haus, sodass wir genug vom ersten Maitanz mitbekommen ..."

*

Sie trafen sich alle schon am frühen Morgen vor der Kirche. Der Pfarrer war schon da, als Maria und Kurt eintrafen. Mathilde kam gerade die Straße herauf, Albina hatte den gleichen Weg und so kamen sie gemeinsam an der Kirche an. „Ich hoffe, dass alle bald da sind, dann starten wir". Der Pfarrer hatte mit Schwester Speziova einen kleinen, geschmückten Handwagen vorbereitet. Auf diesen hatten alle ihre Rucksäcke mit den belegten Broten und Getränken abgelegt. Viertel nach sechs waren endlich alle da. Singend machten sie sich auf den Weg. Kurt und Willi, der Freund von Melitta zogen abwechselnd mit Konstantin und dem Nachbarn Willi den Handwagen. Hannes hatte seine Klampfe dabei, und so zogen sie los. Der Pfarrer unterhielt auf dem ganzen Weg die jungen Leute mit seinen Anekdoten. Gegen acht Uhr kamen sie oben auf dem Hörsteiner Reuschberg an, wo sie eine kleine Rast einlegten. Gegen elf Uhr waren sie an ihrem Ziel in Hemsbach angekommen. Sie blieben eine Stunde im Schatten der Bäume als Melitta plötzlich aufsprang und laut aufschrie. „Was ist denn da los"? fragte der Pfarrer und eilte besorgt zu Melitta. Diese fummelte in ihrem Ausschnitt und hatte eine Gänsehaut. Der Pfarrer dachte schon, Melitta sei etwas passiert, als er die Ursache sah. Diese hatte einen Maikäfer aus ihrem Ausschnitt herausgefischt, mit dem sie Willi erschreckt hatte. Nach riesigem Gelächter machten sie sich auf den Rückweg. Dabei besuchten sie noch die Mariengrotte in Hohl, sprachen das „Gegrüßt, seist du Maria", und sangen zwei Marienlieder. Dann machten sie sich wieder, singend durch Hörstein, Dettingen auf den Heimweg. Als sie wieder an zu Hause an ihrer Kirche ankamen freuten sie sich über die schöne Maiwanderung mit dem Pfarrer. Kurt war an diesem Tag und auch in den folgenden Wochen sehr bemüht um Maria, und sie genossen ihre Zeit. Am Abend gingen sie noch zum Maitanz. Und an den folgenden Sonntage auch. Überall war jetzt Tanz. Maria und Kurt hatten sich wiedergefunden.

*

Am Sonntag, es war der achte Juni war der Jugendbekenntnistag ins Alzenau. Dafür hatte die katholische Jugend Lieder geübt, und war mit einer kleinen Abordnung anwesend. Bei schönstem Frühlingswetter schmückten viele Banner und Wimpel den Platz vor der Kirche. Gespannt hörten sie alle den Worten des Bischofs aus Würzburg, und dem Jugendführer der Diözese, die als Gastredner da waren, zu. Maria schrieb: „Ihre Worte gingen uns zu Herzen". Frohgemut, singend waren sie am Nachmittag zurückgekommen. Kurt ging es nicht so gut. Er hatte sich den Magen verdorben und sagte zu Maria: „Du, ich gehe heute Abend nicht mit zum Tanz, mir ist gar nicht gut". „Kein Problem, ich werde auch nicht lange bleiben, ich muss ja morgen frühzeitig aufstehen und es war jetzt schon ein langer Tag. Ich habe Mathilde und den anderen versprochen mitzugehen, da will ich jetzt auch nicht mehr nein sagen". Kurt hatte Verständnis dafür und ging nach Hause, während die anderen sich zum Tanz trafen. Dort spielte die Kapelle schon seit vier Uhr am Nachmittag, und sie kamen auch noch rechtzeitig an. Maria tanzte mit Willi, mit Konstantin und dem Nachbarn Willi. Als dann die Musik wieder begann, stand plötzlich ein schwarzer Lockenkopf an ihrem Tisch und sagte: „Darf ich bitten, mein Fräulein". Verblüfft sagte Maria „Ja, gerne", stand auf und sie tanzten einen Tango. Auch die nächsten Tänze tanzten beide zusammen. Dabei erzählte er ihr, dass sein Freund ihm die Grüße ausgerichtet hatte und sagte: „Schaust du heut mal wieder bei den bayerischen Mädels vorbei". Es sollte ein Spaß sein, Maria hatte dies bei der lauten Musik gar nicht verstanden. Beschwingt tanzten sie bis zum Ende der Nachmittagsunterhaltung und Josef, er hatte sich sehr förmlich vorstellt, erzählte ihr, dass er am 25. November Geburtstag habe. Da lachte sie laut und sagte: „Und ich am 28., da können wir ja immer zusammen feiern". Maria war es sehr warm ums Herz, als Josef sich verabschiedete.

Ihre Aufzeichnung gibt ihre Stimmung wieder:

„Wir haben über den Zufall herzlich gelacht und er verabschiedete sich bald, ohne irgendwas von einem Wiedersehen zu sagen. „Vielleicht treffen wir uns wieder einmal auf der Musik" hatte er gefragt. Nun ja weiter. Ich natürlich, wie ich einmal bin, wann ich einen, der mir gefiel kennenlernte, war das das Schönste usw. usw. Heute tanzte er nur mit mir, und nun ist es vorbei und damit basta. Also ich sah und hörte nichts mehr von ihm. Samstagabend gehen wir auf die Musik(…) haben uns gut unterhalten und Josef war auch nicht da, was liegt mir daran, denn von anderer Seite habe ich schon gehört, dass er auch ein „Casanova", wie man so sagt, ist. (…) Aber nun Schluss mit diesem Josef, ich schreibe sonst noch mein ganzes Buch voll und am Ende will er doch nichts von mir wissen, also Schluss. Gespannt bin ich doch mal, wenn ich ihn mal wiedersehe"

*

Alois baute gerade drei kleine Schweineställe unter dem Haferspeicher aus. Dieser war auch noch nicht ganz fertig. Das musste bis zu Ernte geschafft sein. Er hatte sich bei der Gemeinde für die Haltung des Ebers beworben und die Zusage erhalten. Dafür musste ein separater Stall mit einem Eisentor gesichert, vorhanden sein. Daneben waren mindestens zwei kleinere Ställe für die rolligen Sauen notwendig. Die Sauen wurden, wenn der Deckvorgang nicht gleich beim ersten Mal von statten ging, dann über Nacht oder auch länger, darin eingesperrt. Und der Eber konnte die Sauen immer riechen, das brachte ihn wieder auf Touren. Alois war bis zur Ernte mehr mit dem Bau seines Eberstalles, als mit seiner Landwirtschaft beschäftigt. Er hatte dazu einen Maurer gebeten, ihm beim Bau des Stalles zu helfen. Ferdinand, so hieß der Maurer, war eigentlich Bahnschrankenwärter im Schichtdienst. In seiner Freizeit mauerte er bei verschiedenen Bauern auf deren Hof. So verdiente er sich zusätzlich Geld, das er dann auch gleich wieder in den Umbau seines eigenen kleinen Häuschens steckte. So schloss sich der Kreis eines jeden. Der Maurer half dem Bauern, der Bauer dem Maurer, dem Maler dem Maurer, ja, jeder half jedem und alle halfen allen. Das war die Freizeit der Leute, und diese fand am Sonntag statt, wenn überhaupt…

Wenn Maria nach Arbeitsschluss in der Näherei heimkam, musste sie auch gleich ihrer Mutter bei den täglichen Stallarbeiten helfen, was ihr überhaupt nicht gefiel. Aber sie tat es, weil es ja sein musste. Nur ihre Gruppenstunden, ihre Chorproben, an denen jetzt auch Frauen und Mädchen teilnehmen durften und die Theaterproben vernachlässigte sie nicht.

*

Kurt ging ebenfalls seiner täglichen Arbeit nach und so sahen sie sich meistens am Samstag und Sonntag. Nach der Messe um zehn Uhr eilte er nach dem Segen des Pfarrers aus der Kirche, um danach zum Frühschoppen in das Gasthaus im Oberdorf zu gehen, wo er schon den Versöhnungstrunk mit Hans-Peter genommen hatte. Dieses Gasthaus war von einer Familie, die aus dem Spessart zugezogen war, vor kurzem eröffnet worden. Viele der Dorfbewohner zog es der Neugierde wegen dorthin. Eine Witwe mit ihren Söhnen betrieb die kleine Wirtschaft, die sehr modern eingerichtet war. Nicht so wie der alte Bayerische Hof, gegenüber der Kirche, oder das Gasthaus Stadtmüller um die Ecke. Der bayerische Hof war eine alte Bauernwirtschaft, Küche und Schankraum war ein Raum nach hinten zu den Stallungen hin, und gegenüber zur Straßenseite war das Lokal. Hier spielten die Männer am Sonntag ihren Schafkopf. Kaum einer konnte den anderen sehen, so verqualmt war der Raum. Alle Männer, alte und junge, rauchten. Ebenso war es auch im Gasthaus Stadtmüller. Nur hier waren mehr die Arbeiter die Gäste. Es gab in Dorf auch noch zwei weitere Gaststätten, eine mit Metzgerei, wo die Bauern verkehrten, und eine weitere, in deren Saal die Aufführungen immer stattfanden. Die neue Wirtschaft im Oberdorf war nicht sehr groß und lag fast am obersten Dorfrand. Fünf Tische und ein kleiner Nebenraum mit noch einmal vier Tischen. Da gab es sogar Tischdecken im Nebenraum. Seit hier geöffnet war ging Kurt besonders gerne dahin, so wie viele der jungen Burschen. Dort bediente Agathe eine Kriegerwitwe, sie war die Schwester der Wirtin und hatte einen kleinen Sohn.

1947 Frühsommer

Mitte Juli fuhr die Jugendgruppe mit einem Sonderzug nach Würzburg zum Jugendtreffen, das Maria schon vor Wochen mit vorbereitet hatte. Dort angekommen hielt der Bischof eine Gemeinschaftsmesse mit der die Feierlichkeiten begannen, ab. Danach liefen die Gruppen über das Trümmerfeld der Stadt zum Rondell des Hofgartens. Dieser war herrlich mit Blumen geschmückt. Jede Gruppe hatten ihren Banner aufgestellt, und eine Musikkapelle spielte. Nach einem Einleitungsgebet hielten der Bischof und der Bezirksjugendleiter ihre Ansprachen. Danach gingen alle wieder über die Trümmerfelder zum Marktplatz, wo Freiluftspiele aufgeführt wurden und die Passion „das Leiden Jesu" nach Evangelist Lukas, gespielt wurde. Am Abend fuhren sie wieder gemeinsam fröhlich im Zug zurück, an jedem Bahnhof den Kanon singend „Wann und wo, sehen wir uns wieder und sind froh". Am Heimatbahnhof angekommen, wartete Kurt schon, um Maria abzuholen.

*

Kurt hatte in den letzten Tagen bemerkt, dass zwischen ihm und Maria wieder einmal etwas anders war als sonst. Dass sie ihm eine gute Freundin war, das wusste er. Aber immer wenn er Maria sagen wollte, was er für sie fühlt, lachte sie ihn an, und meinte: „lass nur, wenn es mit uns was werden soll, dann wird's schon werden". Und nach diesem Satz brachte er dann kein Wort mehr heraus. Irgendwie hatte er das Gefühl, dass etwas nicht stimmt. Aber was, das wusste er nicht. Und wenn er dann sonntags morgens beim Frühschoppen von Agathe bedient wurde und mit ihr seine Späßchen machte, hatte er ein so vertrautes Gefühl, ganz anders als bei Maria. Agathe war eine attraktive, junge Frau. Sie gefiel ihm sehr gut, aber er durfte das nicht weiter in seinen Kopf hereinlassen. „Was würden da die Leute sagen". Und erst Recht seine Eltern. „Die hat doch ein Kind, da kannst du doch nicht hingehen", hörte er sich in seinen Gedanken sagen. Und er liebte ja... Maria. „Sie muss mir endlich sagen, was sie wirklich will und wo ich dran bin. Heute so, morgen so. So kann es nicht weitergehen". Schon frühzeitig am Abend war Kurt am Bahnhof, um sie abzuholen. Auf dem Weg von dort nach Hause fragte er sie auch gleich, ob sie noch am Abend mit ihm auf die Musik in die Turnhalle gehe. „Kurt heute nicht mehr, aber an Kahler Kerb nächste Woche, da gehen wir zusammen hin". Kurt blieb an diesem Abend dann auch bei ihr zu Hause. Sie erzählte viel von dem am Tag erlebten, und er selbst kam kaum zu Wort. So hoffte er, dass er sie beim nächsten Mal endlich fragen könne, wo er denn dran sei.

Wie versprochen gingen beide am folgenden Wochenende schon zum Nachmittagstanz auf die Kerb. Jetzt war die heißeste Zeit des Jahres und bestimmt dreißig Grad im Schatten. Der ganze Klub, wie Maria ihre Freunde und Bekannten nannte, alle waren mit dabei. Gemeinsam liefen die durch den Wald nach Kahl. Hier war es angenehm kühl und der Wald duftete nach den großen Kiefern. Aber als sie dann die schattigen Bäume verlassen hatten, schlug ihnen die Hitze wieder brutal entgegen. Angekommen im schon vollen Tanzsaal, stürmten sie erst einmal an die Theke, um ihren Durst zu stillen. Dann aber ging es auch gleich auf die Tanzfläche. Maria konnte es schon nicht mehr erwarten und tanzte die ersten Tänze mit Kurt. Foxtrott und Walzer, dann einen Rumba und dann einen Dreher. Sie tanzte aber auch mit Willi und den anderen und wieder mit Kurt. „Kommst du mit nach draußen, hier ist es ja unerträglich heiß?" fragte Kurt. „Ja, gerne, du hast recht, ein bisschen frische Luft tut uns jetzt bestimmt gut", antwortete Maria. Draußen setzten sie sich auf den gegenüber liegenden Platz unter einen riesigen Kastanienbaum. Sie fanden noch ein freies Plätzchen und setzten sich eng umschlungen nieder. „Ach, wie tut das gut", meinte Maria. Ein leichter Wind kühlte sie ab, obwohl es auch hier noch sehr heiß war. Kurt hatte sich ein Herz gefasst, jetzt gleich wollte er sie fragen, egal wie viele junge Leute gerade eben um sie herum saßen. Jetzt sofort wollte er Maria fragen was ihn schon länger bedrückte, als Konni aus Kahl, ein Bekannter von Kurt auf beide zukam. „Es freut mich, dich sehen", sagte er zu Kurt, den er schon sehr lange kannte. „Du hast mir ja schon manches von deiner Freundin erzählt, endlich lerne ich sie einmal kennen", sagte er zu Maria gewandt und gab ihr die Hand. Maria sah Kurt fragend an, und ehe beide wussten, wie ihnen geschah, sagte Konni „Komm lass uns tanzen, die Musik beginnt gerade, du hast doch sicher nichts dagegen Kurt". Bevor Kurt etwas sagen konnte, hatte Konni Maria an die Hand genommen und zog sie über die Straße in den Saal. In Kurt rumorte es, er kochte nnerlich. Doch es blieb ihm nichts anderes übrig als es geschehen zu lassen. So forderte er jetzt Mathilde zum Tanz auf, doch die war auch nicht in bester Stimmung und beide quälten sich mehr über die Tanzfläche, als dass sie denn Freude daran gehabt hätten. Endlich war der Tanz vorbei und Kurt steuerte sofort wieder auf Maria und Konni zu. „So jetzt hast du Maria kennengelernt", mit diesen Worten nahm er Maria am Arm und zog sie zu sich her, um gleich mit ihr in den langsamen Tanz, der gerade begonnen hatte, hinein zu tanzen. Er nahm Maria fest in seine Arme und sie ließ es geschehen. Als der Tanz zu Ende war, wollte er das Gespräch erneut beginnen, als sie Konstantin rufen hörten. „Auf geht's, wir gehen jetzt nach Hause, um heute Abend nach Dettingen auf die Musik zu gehen. Dort spielt die Kapelle Gisela. Wer kommt mit?" Jetzt war Kurt erneut unterbrochen worden und so gingen alle zusammen nach Hause. Wieder konnte er ihr nicht sagen, was er sich so sehnlichst wünschte. Als sie kurz vor seinem Haus standen, sagte er. „Bitte bleibe heute Abend hier, gehe nicht mit den anderen. Ich habe dir unbedingt etwas zu sagen". Aber Marias Tanzlust war größer, als die Bitte von Kurt. „Ich habe aber den anderen schon zugesagt, das kann ich jetzt nicht mehr ändern. Es tut mir leid". Sie hörte Kurt noch sagen „Ich komme nicht mit, ich wünsche dir einen schönen Abend, ich komme nicht mit". Er ließ Maria verblüfft stehen und ging nach Hause. Auch sie ging nach Hause, aß eine Kleinigkeit, machte sich frisch, um Mathilde abzuholen um sich danach wieder mit den anderen Freunden zu treffen. Dann zogen sie wieder los. Später schrieb sie auf:

„Abends sind wir geschlossen nach Dettingen zum Tanz gegangen. Ja geschlossen., wer denn; Rosemarie, Melitta, Albina, Mathilde und ich. Ich finde immer eine Gesellschaft schöner, als nur zu zweit. Mathilde will ja nicht viel davon wissen"

Im Saal angekommen spielte die Kapelle „Gisela" gerade ihr Eröffnungslied. Mit „Gisela, du bist die Frau für mich", eröffnete und beendete sie jede ihrer Tanzveranstaltungen. Maria sah sofort die Kleinwelzheimer Burschen und der „Schwarze" war auch dabei, kam sofort zu ihr hin und wie selbstverständlich tanzte er nur mit ihr. „ Wider meinen Erwartungen ist er heute nett zu mir, wir gehen spazieren und er begleitet mich nach Hause (….) Mal sehen wann sie wiederkommen"

Dann ergänzt sie weiter:

„Ich bin wirklich erstaunt, dass ich nun öfter in mein Tagebuch benutze. Woher kommt das bloß? (….) Schon vor Beginn der ersten Tour war ganz Kleinwelzheim vertreten. Natürlich auch Josef. Und das war für mich ausschlaggebend, obwohl ich es eigentlich, wünschte, und ich sehr verrückt war, zumal er die ersten zwei Tänze nicht zu mir kam. Zuerst tanzte ich mit Adolf, den zweiten mit seinem Freund. Josef hatte mich schon gesehen. Dann kam er. Wir tanzten wie immer, er brachte mich zurück. Dann tanzte ich mit Otti, dann wieder mit Josef und dann gingen wir etwas spazieren. Eine herrliche Sommernacht, dazu den schönsten Kerl, den ich mir denken kann, genügt das nicht zum Glücklich sein. Nun ich komme ja ganz in Poesie, was? Wir gingen am Main entlang, wir erzählten uns, wir küssten uns. Ach ich habe nicht gedacht, dass ich einmal geküsst werde und gerade von dem, an dem mir etwas liegt".

Und ausgerechnet jetzt musste sie an Kurt denken…

*

Es war schon halb zehn am Abend, der Tag neigte sich dem Ende zu, als Kurt sich anzog, um noch ein Bier trinken zu gehen. Wie von Geisterhand steuerte er auf die Wirtschaft im Oberdorf zu. Viel war dort auch nicht los. Vier alte Männer saßen rauchend am Tisch und spielten Schafkopf. Kurt setzte sich dazu, und wenn einer mal zur Toilette ging, spielte er als Ersatzmann immer eine Runde mit. Dabei erhielt er den kleinen Einsatz, wenn das Spiel gewonnen wurde, oder im Falle, dass es verloren ging, musste er mitbezahlen. So saßen die Fünf, bis sie gegen Mitternacht das Spiel beendeten, zahlten und nach Hause gingen. Kurt hatte auch bezahlt, als Agathe – sie hatte diesen Abend nicht bedient – in die Gaststube kam. Sie wollte ihre Tante eigentlich nur fragen, ob sie morgen früh mit ihrem Sohn gleich nach dem Frühstück zum Arzt gehen könne. Als sie Kurt sah meinte sie: „Du hier, ich dachte du bist mit Maria und den anderen zum Tanzen"? „Da war ich heute am Nachmittag, heute Abend bin ich nicht mehr mitgegangen, hatte keine Lust mehr, war mir auch zu heiß". Agathe merkte gleich, dass das eine Ausrede war. „Stimmt etwas nicht mit euch beiden, du hast doch immer so von ihr geschwärmt". Agathe sagte es in einem Ton, den Kurt nicht von ihr kannte. „Geschwärmt ist sicher nicht der richtige Ausdruck", verbesserte Kurt. „Wir kennen uns seit dem Kindergarten, der Schule, immer waren wir zusammen, ich habe Maria immer sehr gerne gehabt. Aber heute?" Er unterbrach sich selbst. „Heute ist irgendwie etwas anders, ich weiß eben nur nicht was es ist". „Du bist in Maria verliebt." Agathe sprach direkt aus, was er sich selbst nicht eingestand. „Ja, irgendwie schon, aber irgendwie auch wieder nicht". Kurt schaute sie mit einem leeren Blick an. Agathe sagte noch: „Geh ruhig erst einmal heim, schlafe darüber. Morgen sieht die Welt wieder anders aus. Vielleicht ist es ja gar nicht so, wie du jetzt denkst". „Was meinst du, mit was ich jetzt denke?" Ich denke, dass wir vielleicht doch nicht zusammen passen, sonst würde das alles bestimmt anders laufen". Daraufhin antwortete Agathe, und das macht Kurt stutzig. „Bei meinem gefallenen Mann war das auch so ähnlich. Wir liebten und wir stritten uns. Erst als er in den Krieg musste, merkten wir, dass wir zusammen gehörten. Dann kam er auf einen Urlaub heim, wieder liebten wir uns sehr, und als er wieder ging, war ich schwanger. Daraufhin hat er einen Antrag auf Heiratsurlaub gestellt, kam noch einmal nach Hause und wir haben geheiratet. Dann ging er und ich habe ihn nie wieder gesehen. Alles was ich noch bekam, war eine Feldpostkarte und seine Soldatenmarke. Ich habe geheult wie ein Schlosshund, weil mein inzwischen geborener Bub keinen Vater hatte. Ob ich auch weinte habe, weil ich keinen Mann mehr habe, weiß ich bis heute nicht so recht". Agathe hatte einen leeren Blick in ihrem Gesicht, so hatte er sie noch nie erlebt. Er wusste nicht so recht, was er von diesem Gespräch halten sollte und wunderte sich, dass sie ihm, ausgerechnet ihm, dies alles erzählte. So richtig verstand er es nicht, eigentlich verstand er gar nichts mehr. Es war schon fast zwei Uhr, als er sich verabschiedete und nach Hause ging. Der Abend hatte einen ganz anderen Verlauf genommen, als er beim Weggehen dachte. Er lag lang in dieser Nacht wach, und dachte noch lange, lange über das nach was Agathe zu ihm sagte, nach.

*

Marias Herz pochte, ihr Puls raste. Am kommenden Sonntag fand ein Fußballspiel in ihrem Ort Großwelzheim statt. Der Gastverein waren die Fußballer aus Kleinwelzheim. Immer wenn im Dorf ein Fußballspiel stattfand, gingen Alt und Jung auf den Sportplatz, um ihre Mannschaft begeistert und laut zu unterstützen. Und wie der Zufall es wollte, spielten heute die hessischen gegen die bayerischen „Welzemer". Dieses Freundschaftsspiel wurde alle zwei Jahre, in beiden Orten abwechselnd, abgehalten. Und heute fand es hier statt. Maria fuhr schon bald nach dem Mittagessen mit dem Fahrrad, die fast zwei kilometerlange Strecke über den holprigen Feldweg, zum Sportplatz. Die Reservemannschaften begannen gerade mit der zweiten Halbzeit als sie dort ankam. Es stand 1:1 unentschieden zwischen beiden Teams. Maria schaute sich um. Es waren noch nicht viele Zuschauer anwesend. Aber gegen Endes des Spiels der zweiten Mannschaften, füllte sich der Sportplatz. Es waren an diesem Tag bestimmt dreihundert bis vierhundert Zuschauer anwesend. Maria stand hinter dem Tor, so hatte sie den Eingang immer im Blick. Nach und nach kam auch ihr Klub durch das Tor herein. Mathilde war heute nicht dabei, sie interessierte sich nicht für Fußball, und war diesen Sonntag mit ihren Eltern zu ihren Großeltern in einen Ort hinter Gelnhausen gefahren. Dann kamen die Fans des Gastvereines. Gemeinsam stellten sie sich in ihre Nähe hinter das Tor. Josef war dabei, sah sie und kam direkt auf sie zu. Das Herz schlug ihr bis zum Hals. Er begrüßte sie und auch seine Freunde gesellten sich dazu. Das Spiel begann und von da an war nur noch der Fußball interessant. Als das Spiel zu Ende war, die hessischen Gäste hatten 3:1 gewonnen, wollte sie sich schon verabschieden, als Josef sagte. „Warte nur, wir haben fast den gleichen Weg, bei diesem schönen Wetter gehen wir über die Schleuse zurück, gerne will ich dich nach Hause begleiten".

Maria schrieb:

„Wir haben noch etwas geplaudert und dann fuhr er mit mir nach Hause. Ich habe bestimmt gehofft, dass er am nächsten Sonntag an unserer Kerb kommt, vergeblich. Nur einzelne Kleinwelzheimer waren da. Die sind alle nach Seligenstadt, hörte man sagen, die kommen morgen. (….) Es hat mir gut gefallen am Nachmittag. Ich denke heute Abend kommt Josef. Aber Melitta sagt, dass er seit Samstag krank ist. Erst war ich bestürzt, doch dann… Wenn er nur nicht woanders ist, dachte ich (…) Es hat mir gut gefallen und erst als für die Kleinwelzheimer eine Extratour ausgerufen wurde und Heiner mich zum Tanzen holte, wurde es lustig. Wir gingen dann auch geschlossen nach Hause. Mathilde hat auch einen neuen Freund kennen gelernt, Ernst. Dienstags war bei uns keine Tanz. Abends kommt Mathilde mit ihm zu mir und ich frage ihn nach Jupp. „Die sind nach Seligenstadt", sagte er. Ich bin aus allen Wolken gefallen. Ich bin bestürzt. Das kann nicht sein, nein, nein, nein. (…) Bin ich schon so verrückt nach ihm"?

*

Jetzt im frühen Sommer musste der Speicher des alten Bauernhauses, wo das Korn des letzten Jahres für das eigene Brot gelagert wurde, aufgeräumt werden. Es musste in Säcke abgefasst werden, damit es wieder Platz für die neue Ernte gab. In wenigen Wochen sollte gedroschen werden. Alois und die schwangere Anna füllten die Säcke, es staubte fürchterlich. Durch das kleine Giebelfenster zog der Staub kaum ab. Alois trug acht Säcke Korn runter und lud sie auf den Wagen. Seit vier Wochen hatte er seinen neuen Arbeitsgaul, welchen er anspannte, als Maria aus der Näherei nach Hause kam. „Fährst du das Korn zur Mühle?" fragte sie ihren Bruder. „Ja, damit es wieder Platz für das neue gibt, wenn gedroschen wird", antwortete Alois. „Oh, kann ich da mitfahren? Dann kann ich die kleine Müllertochter Wilma wieder mal sehen, das ist ein so nettes Mädchen", fragte Maria. „Ja, natürlich, beeile dich, wir brauchen mindestens zwei bis drei Stunden bis wir wieder zurück sind". „Wenn ich nicht beim Abladen helfen muss, brauche ich mich dafür nicht umzuziehen", sagte sie zu ihrem Bruder. Alois lachte: „Ja, ja nur nicht helfen müssen, aber mit den Müllerinnen rumalbern". Sie fuhren dann auch gleich los, Maria holte noch schnell zwei Flaschen gespritzten Apfelwein, um bei der Hitze genug zum Trinken dabei zu haben. Gegen halb sechs kamen sie schließlich beim Müller an. „Mensch Alois, du fehlst mir heute gerade noch, schau mal wie viel Restgetreide die Leute heute angeliefert haben, das ganze Jahr hätten sie dafür Zeit gehabt", maulte Müller Ferdinand. Er war ein richtiger Miesepeter und knurrte mit allen und über alles. Alois kannte ihn, deshalb sagte er auch nichts. Er musste fast eine Stunde warten, bis er sein Getreide abladen konnte. Dann erhielt er die dafür errechnete Menge Mehl und lud diese auf. Das Mehl wurde zu Hause für das Brot verwendet, das seine Mutter Agnes selber backte.

Während Alois draußen wartete ging Maria in die Küche. Die Müllerfrau, eine liebe ältere, kleine aber resolute Person, begrüßte Maria. Auch ihre Tochter Wilma war in der Küche und saß bei den Hausaufgaben. „Hallo Maria, schön dass du

mitgekommen bist", sagten Mutter und Tochter fast gleichzeitig. „Komm Maria, trinke eine Tasse Kaffee, und iss ein
Stück vom selbstgebackenen Pflaumenkuchen". Die Müllerin wartete die Antwort gar nicht ab, stellte ihr den Kaffee,
eigentlich war es ein Muggefugg aus gerösteter Gerste, und
ein Stück Kuchen hin und fragte." Na was machen denn die
„Welzheimer"? Ist dein Bruder Willi wieder aus dem Krieg
daheim? Wie geht es deiner Mutter Agnes, ihr habt ja auch
einen neuen Gaul, stimmt es, der Alois hat jetzt den Eber?"
Maria kam gar nicht zum Antworten. „Diese Frau ist einma-
lig", dachte sie, „die fragte und gibt alle Antworten gleich
selbst. Da hat man es einfach". Und die Tochter sprudelte
dazu, „Komm mit hinaus, ich will dir unseren neuen Fisch-
teich zeigen Wir haben letzte Woche zweitausend junge Forellen eingesetzt". Die kleine Wilma wollte immer, dass Maria ihr vom Theaterspielen erzählte. Sie wollte selbst einmal
eine Schauspielerin werden. So gingen beide hinter die
Mühle. Wilma zeigte gerade das neue Teichbecken mit den
jungen Forellen, als Heinz, der Sohn des Hauses, dazukam.
Der Heinz, der damals den Kurt so provozierte und sich mit
ihm geschlagen hatte. Sie schaute ihn sich heute noch ge-
nauer an. War er ihr früher schon nicht ganz geheuer, so er-
schien er ihr heute noch weniger angenehm. Immer wenn er
sie anschaute, hatte sie das Gefühl, er ziehe sie mit seinen
Froschaugen aus. Deshalb beachtete sie ihn nicht weiter. Auf
seine Standartfrage „Was machen die Welzheimer", antwortete sie deshalb nur knapp. „Wie immer". Er wollte das Gespräch weiter fortsetzen, und Maria war froh, als Wilma
sagte: „Schau hier, diese Forellen können wir nächstes Jahr
schon schlachten". „Dann musst du mir aber welche aufhe-
ben, wenn ich dann wieder komme, nehme ich sie dann zum

Essen mit nach Hause". Da hörten beide die Mutter rufen: „Wilma komm einmal herein". Wilma verschwand durch die hintere Türe in die Mühle, als Heinz zu ihr trat, und unverblümt sagte. „Du Maria, du gefällst mir sehr gut, komm mit mir ich will dir auch etwas zeigen". Maria wollte nicht unhöflich sein, und ging mit ihm hinter das Wehr, mit dem die Strömung zur Mühle gesteuert wurde. Da bedrängte er sie, griff ihr an die Brust, und versuchte sie zu küssen. Er drückte seine Lippen auf ihren Mund, und fasste sie heftig an Po und Busen. Maria wollte aufschreien, aber kein Ton kam über ihre Lippen. Es dauerte kurz, bis Maria die Situation erfasste. Sie griff nach einer Stange, mit der das Wehr geöffnet oder geschlossen wurde, und rammte sie Heinz in den Bauch. Er verlor den Halt und stürzte laut fluchend in den Teich. Schnell richtete Maria ihr Kleid und eilte ins Haus. „Hoffentlich hat das keiner gemerkt, und was passiert jetzt. Der Heinz ist doch ganz nass", sorgte sie sich, weil sie befürchtete, der könne sagen, dass sie etwas von ihm gewollte hätte. Aber nichts passierte. Heinz sah sie nicht wieder, und als sie sich von der Müllerin verabschiedete, war sie froh, dass offenbar keiner etwas von dem Vorfall bemerkt hatte. Unbehagen fühlte sie, als sich das Fuhrwerk nach Hause bewegte.

*

Rosmarie arbeitete häufige am Main. Von ihr erfuhren Maria und Mathilde, dass dort ein holländisches Schiff lag, welches am Sonntag Fische verkaufte. Das hatte sich wie ein Lauffeuer im Ort herumgesprochen und so eilten die Leute schnell hin, um welche zu kaufen. Mainfische bekamen sie ja von den Fischern aus Seligenstadt öfter, aber Fische aus dem Meer gab es nur ganz selten. Das holländische Schiff hatte kleine Bassins, in denen die Fische im Salzwasser gehalten und lebend verkauft wurden. So kamen auch die Leute von der hessischen auf die bayerische Mainseite über die Schleuse. Auch dort hatte sich der Fischverkauf herumgesprochen. Es herrschte ein reges Treiben am Schiff, als Rosemarie zu Maria sagte: „Dort kommt der Josef". Dieser kam auch gleich auf sie zu und begrüßte sie. Rosemarie rief „Schade, leider haben wir wenig Zeit, wir müssen in die Nachmittagsandacht um halb drei, es ist schon zwei Uhr. Zu sprechen sind wir erst wieder heute Abend bei uns im Saal, auf der Musik", rief sie ihm noch zu, und dann brachten sie die gekauften Fische noch schnell nach Hause und eilten anschließend zur Andacht in die Kirche. Dort hatten Maria und Mathilde Dienst als Vorbeterinnen, da der Pfarrer nicht anwesend war. Nach einer dreiviertel Stunde war die Andacht zu Ende.

Später hatten beide eigentlich geplant zur Fünf Uhr Tanzveranstaltung zu gehen. Mathilde meinte zu Maria: „Heute gehe ich nicht mit zum Nachmittagstanz, ich komme dann heute zum Tanzabend bei dir zu Hause vorbei. Wenn du aber schon jetzt m Nachmittag gehst, ist das auch in Ordnung. Dann komme ich heute Abend direkt in den Saal". „Nein, komm gleich bei mir vorbei, ich werde heute Nachmittag auch nicht hingehen, mein Cousin Karl aus Großkrotzenburg ist gekommen, da möchte ich mich mit ihm unterhalten". So trennten sich Mathilde auf den Weg nach Hause und Maria ging durch das Hoftor hinein. Als sie in die Küche kam, war ihr Cousin schon bei ihrer Mutter, und zu ihrer Überraschung wartete auch Kurt auf sie. Herzlich begrüßte sie den Cousin, und Kurt sagte unvermittelt. „Ich möchte heute mit dir zum Tanz gehen, Karl würde auch mitkommen, er möchte mal die Welzheimer Mädchen aufmischen". „Das habe ich nicht gesagt", erwiderte Karl, „ich sagte, ich möchte mal wieder mit meiner Lieblingscousine tanzen, das ist etwas anderes". Maria freute sich, dass Karl mitkommen wollte. Ihrer Mutter schien dies auch zu gefallen. Der Kurt hatte sowieso einen Stein bei ihr im Brett und den Neffen Karl mochte sie besonders gerne. Maria wunderte sich nur, dass der Kurt ohne jede vorherige Ankündigung da war. Als Mathilde später dazu kam, machten sie sich zu viert auf den Weg zum Tanzlokal.

*

Josef war überrascht über das Treffen mit Maria und ihren Freundinnen an der Schleuse beim Fischkauf. Seit er bei dem Spaziergang mit Maria, engumschlugen am Main spazieren gegangen war, und sie dann geküsst hatte, war er nicht mehr auf der bayerischen Mainseite gewesen. Er wusste selbst nicht warum, aber etwas hatte ihn verändert. Mehrmals hatte er sich mit Helga aus Seligenstadt getroffen, war mit ihr im Kino gewesen oder Eis essen gegangen. Sie kannten sich aus der Firma, in der Josef als Werkzeugmacher und Helga als Lehrling im Büro arbeiteten. Sie sahen sich dort fast täglich, und so kamen sie in der Kantine ins Gespräch, und wenn sie sich in ihrer Freizeit sahen, waren sie oft zusammen. „Kommst du am Sonntag nach Seligenstadt zum Turmpalast?", hatte Helga ihn damals gefragt. „Dort wird ein Film mit Hanns Albers gespielt". „Ja da können wir mal hingehen", sagte Josef und so trafen sie sich dann vor dem Kino. Nach der Vorstellung tranken sie in der daneben liegenden kleinen Gaststube noch ein Getränk und verabschiedeten sich. Das ging drei Wochen so. Doch seit er heute Nachmittag Maria wiedersah und sie begrüßte hatte, war alles irgendwie anders. Betroffen hörte er noch Rosmaries Antwort „...und zu sprechen sind wir erst wieder auf der Musik bei uns im Saal". Er brachte die gekauften Fische nach Hause. Dort angekommen bemerkte seine Mutter sofort den seltsamen Ausdruck auf seinem Gesicht. Sie sagte: „Was ist los mit dir, da bist so komisch seit heute Nachmittag, sind die Fische nicht gut"? Darauf antwortete Josef nicht. Er sagte nur: „Ich gehe heute noch mal über den Main".

Pünktlich, um halb acht saß er mit seinem Freund Gilbert im Saal auf der bayerischen Mainseite, gleich neben der Bühne. Josef hatte sich so an den Tisch gesetzt, dass er jeden kommen sah, der den Saal betrat. Gilbert saß ihm gegen über. Sie hatten sich ein Bier bestellt, und die Musik baute gerade ihre Instrumente und Noten auf, als er Maria und Mathilde kommen sah. Mit ihnen kamen Karl und Kurt. Dass Maria und ihre Freundin in Begleitung kamen, damit hatte Josef nicht gerechnet. Seine Miene verfinsterte sich und wurde ernster. Gilbert fragte ihn: „Ist dein Bier schlecht, weil du auf einmal so mürrisch drein schaust" „Nein alles gut", murmelte Josef. Die vier Angekommenen setzten sich in der Saalmitte an einen Tisch, den Willi und Melitta freigehalten hatten. So kamen nach und nach ihr ganzer „Club" an den Tisch. Als die Musik begann, tanzte Maria mit Kurt, dann mit Karl, wieder mit Kurt und wieder mit Karl, dann mal mit Willi, und da... Josef sich ein Herz gefasst und stand plötzlich vor ihr: „Tanzt du mit mir"? fragte er. Maria stand ohne ein Wort zu sagen auf und ging auf die Tanzfläche, Josef folgt ihr. Sie tanzten diese Tour. Heute war Josef ganz anders als das letzte Mal. Als sie ihn danach fragen wollte, wurde er wieder mürrisch und brachte sie zurück an ihren Tisch, bedanke sich und ging an den Tisch, von dem er gekommen war. Maria machte sich ihre Gedanken „Was will er eigentlich von mir? Möchte er mich nur ärgern?"

In ihrem Tagebuch schrieb sie später auf

„ ...haben wir uns etwas im Streit getrennt, sonst war er sehr zurückhaltend. Ich habe jetzt seit Sonntag eine ganz neue Seite an Josef festgestellt, nämlich, dass er am Sonntag wie am Dienstagmorgen, immer gleich beleidigt war und das kann ich nicht haben. Ich gehe höchst vergnüglich hin (...)will mal sehen wie es mit ihm wird mit ihm. Ich habe das Gefühl, dass wir nicht zusammenpassen. Er ist ja auch noch so jung für mich. Ich will mal abwarten"

Und nur ein paar Tage später erweitert sie die Notizen:

„.... Ich will nicht viel davon aufschreiben, denn das kann ich im Kopf behalten: nur so viel, dass Josef wahrscheinlich nicht mehr kommt, den ganzen Grund kenne ich nicht (...) ist er sehr beleidigt, Am Sonntag und Montag war alles gut und am Dienstag stur wie ein Panzer. Ich glaube zu wissen warum aber ich will mal sehen wie es weiter geht. Ich habe es schon ganz verwunden, weil er seine schönen Seiten schon früh genug gezeigt hatte. Sonst wäre es sicherlich schwerer gefallen, denn ich hatte noch nie einen der mir besser gefiel wie der Josef. Aber wenn er nicht mehr kommt, ich weine ihm keine Träne nach. Er wird ja bald wieder eine gefunden haben, das glaube ich bestimmt. Nun ich kannte ihn genau ein Viertel Jahr, das genügt auch, dass man vorher Schluss macht, denn einen festen Freund will ich doch nicht haben. Und trotzdem, wenn ich schlief, hart gegen mich selbst sein will, tut es mir doch das Herz auf. Aber es wird auch überwunden werden (es muss)"

Allerlei schoss ihr durch den Kopf, als Kurt sagte. „Komm lass uns die nächste Tour tanzen". Maria stand auf und tanzte mit Kurt. Doch sie hatte keine richtige Freude mehr an diesem Abend und wusste selbst nicht warum. Nur mit Karl konnte sie sich unterhalten. Er forderte Maria zum Tanz auf und als die Kapelle einen langsamen Walzer spielte, zog er Maria näher an sich und flüsterte ihr ins Ohr. „Komm lass doch diese zwei einfach laufen. Ich habe mich schon im letzten Jahr in dich verliebt, ja, ich kann gar nicht zusehen, wie du dich quälst. Der eine liebt dich, den anderen liebst du. Ich muss dir das jetzt einfach sagen, weil ich dich liebe" und er flüsterte ihr noch einmal leise ins Ohr „Maria, ich liebe dich, gerne will ich mit dir gehen und dir ein guter Mann sein, bitte sage ja, egal was die Leute denken oder reden". Maria konnte gar nichts sagen, sie glaubte ein Kloß stecke in ihrem Hals. Damit hatte sie nicht gerechnet und jetzt dachte sie auch nicht mehr an Josef und Kurt. Sie hatte das Gefühl ihr Gleichgewicht zu verlieren, der Boden unter ihren Füssen schwankte, und ihr Herz pochte. Das erste Mal sagte ihr ein Mann so klar, dass er sie liebte. Und ausgerechnet der Mann mit dem eine Liebe nicht sein durfte. Seit einem Jahr hatte sie Karl nicht mehr gesehen. Als sie im letzten Jahr bei Karls Eltern zu Besuch war, hatte Karl schon einmal gesagt: „Maria, wenn du nicht meine Cousine wärst, würde ich dich jetzt fragen, ob du meine Frau werden willst. Ich mag dich, seit ich dich kenne, und das ist immerhin schon siebzehn Jahre, länger als du mich kennst. Ich bin ja schon zweiundzwanzig". Damals lachten sie alle herzlich, und Karls Mutter ergänzte „Das würde eine schöne Hochzeit werden. Mit dir wüssten wir, welche Schwiegertochter wir bekämen". Als Maria damals wieder nach Hause fuhr, hatte Karl sie bis nach Hause mit dem Fahrrad begleitet. Sie hatte das damals alles als einen großen Spaß empfunden. Und heute sagte er ihr, dass er sie liebte. Als sie ihre Sprache wiedergefunden hatte, gingen sie an ihren Tisch zurück. Sie sagte leise zu Karl. "Kommst du bitte mit nach draußen. Nachdem sich beide auf den Toiletten frisch gemacht hatten, wartet Karl auf Maria. Sie kam aus der Damentoilette und sagte zu Karl: „Gehen wir hinten um das Haus. Dort ist es etwas ruhiger". Dort angekommen, meinte sie zu Karl:" Lieber Cousin, was du eben sagtest, hast du doch nicht ernst gemeint, das darf nicht sein, du, mein Cousin. Ja, ich habe dich auch sehr gerne. Ja, als ich das letzte Jahr bei euch war, hatte ich großes Herzklopfen, als du eine ähnliche Bemerkung machtest". „Still, sprich nicht weiter, liebste Maria, ich liebe dich. Ich liebe dich, ich liebe dich". Dabei zog er sie fest an sich, hielte sie lange fest, küsste sie innig und Maria ließ es geschehen. Nach einer Weile kehrten sie zu den anderen zurück, und bald gingen sie gemeinsam nach Hause. Mathilde, Albina, Maria, Karl, Willi, Kurt und Josef und Gilbert, alle waren dabei. Maria sprach kein Wort mehr. Als sie an ihrem Hof ankamen, gingen sie und ihr Cousin ins Haus. Zu den anderen sagte sie nur: „Also tschüss, bis nächstes Mal". Kurt und Josef wussten beide nicht, was sie heute von Maria

halten sollten. Dann waren die beiden im Haus verschwunden. Maria ging auf ihre Stube, Karl schlief auf der Couch
im Wohnzimmer. Sie machten beide diese Nacht kein Auge
zu.

*

Am nächsten Morgen stand Maria früh auf und half ihrem
Bruder bei den Stallarbeiten. Sie wollte gerade die Kuh melken, als Alois sagte: „Nanu, wie denn das, du gehst doch
sonst zur Frühmesse, und freiwillig im Stall helfen? Das ist
ja was ganz Neues, etwas stimmt doch nicht mit dir?" Sie
erwiderte nur „Alles gut, ich konnte nicht mehr schlafen
und wollte auf andere Gedanken kommen. Gehe dann mit
Mama und Karl in das Hochamt". „Ja, ja, die Liebe, die Liebe
ist eine Himmelsmacht", lachte ihr Bruder und dachte dabei
an Kurt, während sie die frische Milch in die Küche brachte
und zum Kochen aufsetzte. Dann wusch sie sich und zog ihr
schönes Kleid an. Karl war inzwischen auch wach, und saß
schon mit seiner Tante am Tisch. Die hatte am Vortag einen
Kuchen gebacken. Gerade als Maria herein kam, sagte ihre
Mutter zu Karl: „Und, wie hat es dir bei uns auf der Musik
gefallen? Hast du ein schönes Mädchen kennengelernt? Wer
ist sie? Wie heißt sie? Und erzähl mir bloß nicht, du hättest
keine kennengelernt. Dazu kenne ich dich viel zu gut. Die
Mädchen fliegen doch auf dich". Karl sagte lachend: „Das
schönste Mädchen ist Maria, was soll da in eurem Ort noch
Schöneres kommen". Die Tante lachte über den, wie sie
meinte, Scherz am Morgen. Maria errötet bei diesen Worten, setzte sich an den Frühstückstisch und Karl fragte seine

Cousine: „Hast du gut geschlafen? Ich hoffe du hast besser geschlafen als ich. Euer Strohsack war mir doch zu hart. Ich habe kein Auge zugemacht". „Den Strohsack hatte ich, du hattest die Couch, aber besser geschlafen als du, habe ich auch nicht", erwiderte Maria. „Ja", meinte ihre Mutter, „wenn man bis in den frühen Morgen tanzt, dann dreht sich noch alles in der Nacht, da braucht ihr euch nicht wundern, wenn ihr nicht ausgeschlafen seid. Der beste Schlaf ist der vor Mitternacht". „ Immer die gleichen Sprüche, die ich zu hören bekomme", sagte Maria, als ihre Mutter aus der Küche hinaus in die Futterkammer ging. Schnell nahm Karl ihre Hände und sagte so leise, dass nur Maria es hören konnte. „Danke für den schönen Abend, dafür liebe ich dich umso mehr. Du bist ein wunderbares Wesen". Maria zog ihre Hände zurück und stammelte: „Lieber Karl, wenn du nicht mein Cousin wärst, ich würde dich gerne auch liebhaben". Schnell ging sie zur Küche hinaus, um sich für den Kirchgang fertig zu machen. Gemeinsam mit ihrer Mutter und Karl besuchten sie den Gottesdienst. Darauf konzentrieren was der Pfarrer sagte, konnte sie sich nicht. Ohne dass es jemand bemerkte sah sie nur zu Karl hin, und musste an seine Küsse denken. Und dann betete sie leise, ganz für sich: „Lieber Gott, mach es ungeschehen. Das darf nicht sein, gib mir bitte dieses Gefühl für Kurt, der liebt mich doch auch und ist nicht mein Cousin".

Nach der Kirche blieb Karl noch zum Mittagessen, um sich dann zu verabschieden. Marias Mutter sagte zu Alois gewandt „Schade, dass aus den beiden nichts werden kann, sie wären ein schönes Paar, und eine schöne Metzgerei bekommt er auch einmal. Alois meinte: „Mach dir nur mal nicht zu viele Gedanken um Maria, die weiß schon was sie will". Dann verabschiedeten sie gemeinsam Karl. „Grüße deine Eltern von uns und vielen Dank für den Ringel Fleischwurst, den du mitgebracht hast." Maria begleitete Karl noch bis an den Ortsrand. Dort an einem Busch hielt Karl an, zog Maria noch einmal fest an sich, küsste sie wieder innig und lang auf den Mund und sagte „Maria ich liebe dich, irgendwann komme ich wieder, um an deine Hand anzuhalten. Zuerst werde ich das meinen Eltern, und dann deiner Mutter beibringen". Maria antwortete nicht, sie küssten sich noch einmal, dann fuhr Karl los, und sie winkte ihm noch lange nach.

*

Schon am darauffolgenden Samstag ging Maria zur Beichte. „Gelobt sei Jesus, Christus", sprach sie als sie den Beichtstuhl betrat. „In Ewigkeit, Amen". Die Antwort des Pfarrers kam ihr vor, als käme sie von weit her, ihr Knie zitterten. „Ich habe gesündigt." Dann beichtete sie ihre üblichen Sünden. Eigentlich waren das alles gar keine, aber etwas musste sie ja beichten. Und dann sagte sie weiter: „Ich habe besonders schwer gesündigt, ich habe mit meinem Cousin Unkeusches getan". „Was habt ihr da gemacht?" kam die Frage des Beichtvaters, es war wie immer ihr Pfarrer Alfons, deshalb schämte sie sich noch mehr. „Wir haben uns geküsst und ich liebe ihn, ich weiß nicht mehr weiter". „Mädchen, es ist normal, wenn du deinen Cousin liebst, aber bedenke, es darf nur eine platonische Liebe sein. Alles was sonst noch geschehen könnte, am Ende hast du einen missgebildeten Balg. Meide jeden Kontakt zu deinem Cousin, bis du und auch er, bis ihr jemanden Neuen gefunden habt. Bete als Strafe fünf Gegrüßt seist du Maria, und immer wenn du an ihn denkst, bete gleich das nächste. Du wirst sehen, das geht vorbei. Gehe hin und bereue deine Sünden, gelobt sei Jesus, Christus", und Maria antwortete: „In Ewigkeit, Amen". Mit diesen Worten verließ sie den Beichtstuhl, kniete sich auf ihre Kirchenbank und betete still die auferlegten fünf Bußgebete. Dabei weinte sie leise.

*

Kurt war direkt nach Hause gegangen. Er war den ganzen Abend über einmal zufrieden, obwohl er das Gefühl nicht los wurde, immer sei ein anderer in der Nähe von Maria. Dann wieder verspürte ein Unbehagen. Marias Cousin war ein toller Unterhalter, das hatte ihm imponiert. Er war ja auch vier Jahr älter, als er selbst. Da hat man doch schon mehr erlebt und das merkte man bei Karl. Er hatte Verständnis dafür, dass Maria mit Karl tanzte, aber mit diesem Josef! Bei jedem Tanz der beiden hatte er ein komisches Gefühl, ließ sich jedoch nichts anmerken. Und außerdem hatte er ja selbst oft mit Albina getanzt und wenn er sah, wie Albina Josef von Maria ablenkte, beruhigte er sich wieder. Aber seine innere Unruhe wurde er nicht los.

Schon am nächsten Tag traf er Albina und fragte sie direkt: „Albina ich muss das wissen", begann er das Gespräch. „Du hast gestern so oft mit Josef getanzt, gefällt er dir. Ich frage, weil ich wissen möchte wo ich bei Maria dran bin. Ich dachte immer, der Josef und die Maria". Albina lachte und antwortet ihm: „Alle lieben Josef, auch ich verstehe mich sehr gut mit ihm. Das hat er mir gestern Abend auch gesagt". „Danke, Albina, danke. Ich drücke dir bei Josef die Daumen. Ich mag nämlich die Maria sehr, mehr als alles andere". „Das wissen doch alle, du Dummkopf", erwiderte Albina lachend. Kurt war schon weitergeeilt, den letzten Satz hatte er gar nicht mehr gehört.

*

Karl war auf dem Nachhauseweg, als ihm Heinz, der Müllersohn begegnete. Dieser kam von der Hasenjagd und hatte einen frisch geschossenen Hasen, der noch warm war, an seinem Rucksack hängen. „Schönes Tier, das wird bestimmt eine gute Mahlzeit", sagt Karl zu Heinz. „Ja" antwortet Heinz. „den will ich Maria schenken, ich habe bei ihr was gut zu machen. Kommst du von dort, hast du deine Cousine besucht und wie geht es ihr, ist sie zu Hause"? „Der geht's gut, wir waren gestern zusammen zum Tanzen. Maria ist eine herrliche Frau", Karl schwärmte immer noch, seinen Gefühlen freien Lauf lassend. „He, he, das ist deine Cousine, du wirst dich doch nicht in sie verliebt haben, so wie du schwärmst", kam stirnrunzelnd die Antwort von Heinz.

„Lieben darf man alle", Karl lachte und verabschiedete sich von Heinz.

„Das will ich ausnutzen", dachte Heinz und machte sich auf den Weg, direkt zum Hof von Maria. Es war Sonntagnachmittag und als er den Hof betrat kam ihm Alois entgegen. Der wollte gerade auf den Sportplatz zum Fußballspiel gehen. „Ja Heinz, du heute hier bei uns, und einen schönen Hasen hast du auch dabei. Für wen ist denn der? Du trägst doch sonst dein Wildbret nicht spazieren". „Den möchte ich Maria schenken, ich habe etwas bei ihr gutzumachen". „Die ist nicht da, aber den Hasen will ich dir gerne abnehmen. Auf diese Mahlzeit freuen sich bestimmt alle. So einen schönen Braten bekommt man nicht alle Sonntage". Heinz sah man die Enttäuschung im Gesicht, als er sagte: „Grüße sie von mir, und sage ihr, dass ich sie bei der nächsten Gelegenheit besuchen komme". Heinz verließ den Hof, und Alois brachte den Hasen in den kühlen Keller, damit die Fliegen nicht an ihn konnten. Dann ging er auf den Sportplatz. Was Alois nicht wusste, Maria war auf ihrem Zimmer und wollte an diesem Sonntag keinen mehr sehen. Nur zum Essen kam sie noch einmal in die Küche, als alle im Stall bei der Arbeit waren.

Am nächsten Tag ging sie sehr früh in die Näherei. Sie musste eine Kollektion neuer Winterkleider fertigen und arbeitete bis nach sechs Uhr am Abend. Um sieben ging sie zur Gruppenstunde, um die Bannerweihe für den kommenden Sonntag vorzubereiteten.

1947 Dreschtag

Es war jetzt schon September, die Ernte war eingeholt und alle machten sich für den Dreschtag fertig. Dazu hatte Alois alle Bekannten zum Helfen eingeladen. Und manche nahmen sich sogar Urlaub von der Arbeit, um bei diesem Tag dabei zu sein. Schon am Vortag kam der Dreschmaschinenbesitzer mit seinem uralten Lanzbulldog. Mit diesen wurde die Dreschmaschine gezogen, dann auch rückwärts auf den Hof geschoben, wobei der Ludwig ein besonderes Geschick für das Einfahren bewies. Die Einfahrt selbst war nur drei Meter fünfzig breit. Die Dreschmaschine selbst maß drei Meter. Mit viel vor und zurückrangieren stand sie nach zehn Minuten auf dem Platz vor der Scheune. Dann wurde der Traktor entgegengesetzt zur Dreschmaschine gestellt, und ein langer Riemen verband die Antriebswelle des Traktors mit der Welle der Dreschmaschine.

Schon um sechs Uhr wurde am nächsten Tag mit der Arbeit begonnen. Ludwig nahm den großen Bunsenbrenner und hielt ihn unter den alten Traktor. Als dieser vorgeglüht war, steckte er die Kurbel vorn in die Öffnung und drehte diese mehrfach. Endlich sprang der Motor an. „Popp, popp" immer schneller „popp, popp, popp". Jetzt war er auf Tour und der lange Riemen setzte die Dreschmaschine polternd in Bewegung.

Kurt hatte sich bei seinem Vater freigenommen, Albina, Mathilde, ihre Schwestern, alle halfen heute mit beim Dreschen. Albina und Mathilde warfen die Garben aus der Tenne in die Scheune, Alois und Kurt gabelten diese abwechseln auf die Dreschmaschine, Hermine und Anna von dort in den Dreschschacht. Der alte Adam, ein Besenmacher und die noch ältere Nachbarin- sie stammte aus Böhmen und hieß auch Anna -, nahmen die gedroschenen Körner am hinteren Auslass der Dreschmaschine ab. Dabei mussten sie immer die Säcke wechseln, wenn diese gefüllt waren. Obwohl Anna nur einen Meter fünfzig groß war, stemmte sie die Säcke mit dem Korn, sodass sich mancher Mann eine Scheibe hätte abschneiden können. Zwei weitere Helfer trugen die Säcke dann auf den Speicher über dem Saustall. Das beste Getreide wurde aussortiert und auf den Wohnhausspeicher unter dem Hausdach, zwei steile Treppen hoch, gebracht. Marias schwangere Schwägerin Anna und eine weitere Helferin brachten die gedroschenen Strohbündel wieder auf den freien Platz zur Winterlagerung, und setzten sie dort auf. Eine Knochenarbeit. Staub, Staub und wieder Staub. Alle halbe Stunde gab es eine kleine Pause, wo sich jeder am großen Wasserfass labte, literweise trank, um dann weiter zu arbeiten. So ging es bis zwei Uhr am Nachmittag. Die Hitze stand auf dem Hof, die Sonne brannte herab. Endlich war es geschafft. Gerade als alle fertig waren, kam Heinz, der Müllersohn mit einem alten LKW vorgefahren. Er kam auf den Hof, ging auf Alois zu und sagte: „Ich hatte heute hier zu tun, und wusste, dass ihr drescht, dachte ich, nimmst du doch gleich das Korn mit, dann braucht ihr es nicht mit dem Fuhrwerk nach Kahl bringen". „Das ist mal ein Service", freute sich Alois und sie luden fünf Malter Säcke, gefüllt mit Korn auf den alten LKW. „Komm iss und trink noch mit uns" sagte Alois zu Heinz. Alle saßen zusammen an einem langen Tisch im Hof, aßen und tranken. Es wurden die letzten Büchsen aus der Hausschlachtung vom Frühjahr ge-öffnet. Fünf Laib Brot, Apfelwein und Apfelsaft, ja auch zwei Kasten Bier gab es zur Freude aller. Als dann noch eine Flasche Zwetschgenschnaps geöffnet wurde, war der Heimweg nicht mehr derselbe, auf dem die Helfer gekommen waren.

Was Alois natürlich nicht wusste: Heinz war wegen Maria gekommen. Diese saß beim Mahl neben Kurt und unterhielt sich mit ihm, den Freundinnen und ihren Schwestern. Sie wusste gleich, dass Heinz nur wegen ihr gekommen war; das Abholen der Kornsäcke war ein guter Vorwand, um sie zu sehen. Während sie sich alle angeregt und lustig unterhielten, ging Maria in die Futterkammer. Heinz hatte bei Alois Platz genommen. Maria ging so dorthin, dass Heinz es sehen musste. Die anderen konnten von ihren Plätzen nicht zur Futterkammer schauen. Heinz kam ihr auch gleich nach, und noch bevor er etwas sagen konnte, sprudelte Maria los: „Ich weiß genau, weshalb du heute hier bist. Vielen Dank für den Hasen, der hat allen geschmeckt. Ich habe aber keinen Bissen davon versucht, viel weniger davon gegessen. Und jetzt sage ich dir etwas. Du hast nichts gut bei mir. Ich vergesse all das, was du mir angetan hast. Aber von dir verlange ich, schau mich nicht mehr an und versuche nie, nie mehr, dich mir zu nähern!" Damit ließ sie ihn stehen und ging wieder zu den anderen zurück. Alle feierten sie noch lange an diesem späten Spätsommertag. Kurt war sehr bemüht um Maria, und sie zeigte, so gut sie konnte, dass sie Kurt mochte. Dennoch hat sie auch oft an Karl gedacht.

1947 Herbst

Der September war in seinem letzten Drittel und der Sommer vorbei. Es folgte ein schöner Altweibersommer. Die schlimme Zeit, die nach dem Krieg herrschte, besserte sich merklich. Heute kamen die Amerikaner, die seit dem Krieg schon Deutschland besetzt hatte, im Rahmen eines Manövers in den Ort zurück. Von einer auf die andere Stunde waren zwei Jeeps und drei Panzer die Hauptstraße hereingefahren. Der eine Jeep wurde am Ortseingang, der zweite am Ortsausgang postiert. Die drei Panzer fuhren direkt am Hof von Maria vorbei und bogen an der Kirche nach rechts Richtung Main ab. Alle Kinder und Jugendlichen des Dorfes standen mit Abstand neugierig auf dem schmalen Gehsteig, um zu sehen, was da passieren würde. Ein Soldat kroch aus dem Panzer, und ging diesem voraus, um ihm die Richtung anzuzeigen. Die Straße war so eng, dass jeden Augenblick der Panzer die Kirche oder das gegenüberliegende Haus streifen konnte. Der Soldat winkte dem Panzerfahrer und leitete ihn so auf das Mainvorland, wo die riesigen Ungetüme mit ihren über zwei Meter langen Kanonenrohren Position auf den Ort einnahmen. Tiefe Furchen rissen sie in das Grasgelände. Dann öffnete sich die hintere Klappe und zwei weitere Soldaten stiegen aus. Auch der Fahrer kletterte durch eine schmale Luke vorne aus dem Riesen. Die Jugendlichen trauten sich und kamen dem Ungetüm immer näher. „Have you gums? Have you cigarets?" riefen sie durcheinander den Soldaten zu. Ein Soldat zog ein Päckchen Kaugummi aus der Tasche, öffnete es und warf kleine weiße Stückchen unter die Kinder. Alle stürzten sich darauf, um einen Kaugummi zu erhaschen. „Thank you, thank you" riefen sie den Soldaten zu und waren glücklich und ein Soldat lächelte sogar. Ein anderer zog drei Zigaretten Lucky Strikes aus seiner Schachtel und reichte diese dem ältesten der Jugendlichen. „For you, you and you" sagte er zu diesem und deutete dabei auf ihn und seine zwei ältesten Freunde. Thank you, for cigarets", bedankten sich die Jugendliche und waren schnell hinter einem Busch verschwunden, um die Zigaretten zu rauchen. Jetzt fuhr ein dritter Jeep die Straße an der Kirche zum Main hinunter und wieder stieg ein Soldat aus. Die Besatzung der drei Panzer stand jetzt in einer Reihe. Der Soldat mit den drei Streifen auf dem oberen Hemdsärmel rief den Angekommenen etwas zu, das die staunenden Jugendlichen nicht verstanden. Aber es war ihnen klar, dass es sich um den Kompaniechef – vermutlich ein Sergenant - handelte, der die Befehle gab. Dann fuhr der zuletzt Angekommene wieder die Straße hinauf, in das Dorf zurück, während die Panzersoldaten ein großes Zelt aufbauten. Sie übernachteten auf den Wiesen am Main.

Der Offizier fuhr direkt in den Ort zum Gemeindehaus. Dort verschwand er mit einem weiteren Soldaten im Haus, der Fahrer wartete im Jeep. Da kam Kurt gerade auf seinem alten Fahrrad von der Arbeit zurück, und fuhr an dem Soldaten vorbei." Hey boy, come to here" rief der Kurt zu. Kurt wunderte sich, Was er wohl von ihm will? Hatte er etwas Falsches gemacht? Mit großem Unbehagen ging er auf den Soldaten, sein Fahrrad jetzt schiebend, zu. „Beer, beer, bring me a bottle of beer". Kurt stotterte: „Ja, yes, I gehe, ich go, I go, bin gleich wieder back, wieder da, wieder hier". Kurt schwang sich in den Sattel, fuhr um die nächste Ecke, zurück direkt zur nächsten Gastwirtschaft. Dort hatte der Gastwirt gerade geöffnet: „Schnell, Eugen, bitte gib mir drei Flaschen Bier, ich bringe das Geld, nachher. Ich habe gerade kein Geld einstecken. Schnell, der Ami am Gemeindehaus will Bier". Der Gastwirt kannte den Kurt und gab ihm drei Flaschen Bier. So schnell er konnte, fuhr Kurt zurück, wo der Soldat auf ihn wartete. Er überreichte ihm die Flaschen und der Soldat bedankte sich: „Thank you, you are a good boy" und drückte Kurt eine Münze in die Hand und gab er ihm noch eine kleine Tafel mit dunkler Schokolade. Er hatte Kurt einen Dollar gegeben. Irritiert schaute Kurt die Münze an, solches Geld hatte er noch nie gesehen, traute sich aber nicht, etwas zu sagen. Er fuhr nach Hause, holte Geld und fuhr zum Wirt zurück, um die drei Flaschen Bier zu bezahlen. Diese kosteten mit Pfand neunzig Pfennige. In der Zwischenzeit war der Offizier beim Bürgermeister und kontrollierte alle Listen. Besonders genau wollte er wissen ob neue Soldaten heimgekehrt waren, und hakte die Angekommenen ab. Die Suche nach Nazis wurde offenbar auch noch von den Amis fortgeführt. Und es fehlten noch immer zwanzig junge Männer, die bis heute nicht aus dem Krieg zurückgekehrt waren.

*

Noch am gleichen Abend ging Kurt zu Maria. Seit sie mit Karl zu Tanzen war, lief es zwischen den beiden eben mal wieder besser. Sie gingen in den letzten zwei Wochen so gut wie nicht weg, waren hauptsächlich zu Hause geblieben. Was Kurt nicht ahnte, Maria trauerte im Geheimen Karl nach. Dabei kam ihr die Ablenkung durch Kurt sehr recht. Immer wieder hörte sie die Worte des Beichtvaters und ihr Gewissen plagte sie sehr. Sie bemühte sich auch Kurts Liebe zu erwidern. Der widmete sich ihr liebevoll, auch wenn Maria etwas anders fühlte, spürte sie, dass Kurt glücklich war und sie ließ es geschehen.

„Da wird Maria sich sicher freuen, die Schokolade ist nur für sie". Er stürmte er an Marias Mutter vorbei und rief ihr dabei freudig zu: „Ich habe Schokolade vom Ami, die will ich Maria schenken". Ohne zu Zögern lief er die Treppe hoch, direkt in die Stube von Maria. Sie hatte ihm schon gehört und fragte erfreut: „Was hast du? Schokolade vom Ami für mich?". Kurt erzählte, was er gerade erlebt hatte und gab ihr stolz das kleine Täfelchen. Maria bedanke sich: „Die essen wir beide zusammen ein Stück nach dem Abendessen. Du isst doch mit mir zu Abend". „Ja, gerne", sagte Kurt. Und er erzählte ihr erneut die Begegnung mit dem Soldaten und zeigte ihr den Dollar. Nach dem Abendessen brach sie ein Stückchen der Schokolade ab, biss eine kleine Ecke ab und presste diese zwischen ihre Lippen. Dabei machte sie einen spitzen Mund hin zu Kurt und er merkte, wie Wärme in ihm hoch stieg. Jetzt spitzte auch er seine Lippen, nahm mit diesen das Stückchen Schokolade von ihren und küsste er sie dabei heftig. Glücklich lagen beide nebeneinander auf dem Bett. Es war das erste Mal, dass Maria nur an Kurt dachte.

Am nächsten Tag ging Kurt zur der kleinen Bank, die direkt neben seinem Haus lag. Er legte den Dollar auf den Schalter. Der Rechnungsführer nahm die Münze und schaute diese lange an. Dann sagte er zu Kurt: „Das Geld wird jetzt in der

Zentrale geprüft und wenn es echt ist, bekommst du den Dollar in Mark umgetauscht, in unser Geld". Drei Tage wartete Kurt, als er die Nachricht erhielt, wieder zur Bank zu kommen. Dort wurden ihm vier Mark und vierzig Pfennige für den Dollar auf die Theke gelegt. Erstaunt sagte er zum Bankleiter „Oh Gott, dafür muss ich ja über eine halbe Woche bei meinem Vater arbeiten. Der gibt mir acht Mark in der Woche". Und er Rechnungsführer meinte noch: „Mach weiter solche Geschäfte, dann kannst du bald deinen Betrieb erweitern". Lachend ging Kurt.

So schnell die Soldaten ins Dorf gekommen waren, so schnell waren sie am nächsten Tag auch wieder weiter gezogen.

*

Am folgenden Samstag war Kerb auf der hessischen Seite. Gemeinsam machte sich die Jugend auf den Weg zum Main ganz in der Nähe der Kirche. Dort lag ein Nachen, ein großes Ruderboot. Es war ungefähr drei Meter lang und etwas über einen Meter breit. Zweihundert Meter oberhalb des Flusses wohnte der Fährmann. Vor dort schaute er auf die andere Seite des Flusses und wenn sich Leute der Anlagestelle näherten, ging er zum Fluss hinunter, ruderte nach drüben und holte die Leute dort ab. Umgekehrt, klopften die hiesigen an seine Fensterscheibe. Dann kam er heraus, um die Reisenden auf die andere Seite des Maines zu bringen. Die Schar aus Jugendlichen hatte sich an der Kirche getroffen und ging jetzt zum Haus des Fährmannes. Sie klopften an seinem Zimmerfenster. So kam er nach draußen und ruderte sie auf die andere Seite des Flusses. Mit ihm hatten sie vereinbart, dass er alle um dreiviertelzwölf in der Nacht wieder zurückbringen würde. Das tat er normalerweise um diese späte Zeit nicht mehr, aber da heute Vollmond und die Nacht sehr hell war, sagte er: „Ausnahmsweise fahre heute einmal so spät. Aber wirklich nur einmal, seid alle und seid pünktlich da".

Fährmann im Nachen beim Übersetzen einer Familie

Gut gelaunt feierten sie an diesem Abend, tanzten viel und sangen lustige Lieder. Maria sah, wie sehr sich Josef mit Albina beschäftigte, sie jedoch kaum beachtete. Gerade tanzte er mit Albina an ihr und Kurt vorbei. Sie ließ Kurt stehen, packte Josef am Arm und sagte. „Hast du meinen Ring? Ich bitte dich, gib ihn mir zurück". Ohne viele Worte griff Josef in die Hosentasche, zog die kleine Schachtel heraus und gab ihr den Ring zurück, den er für sie aufbereitet hatte. Kurt glaubte, es sei ein Geschenk gewesen und bemühte sich noch mehr um Maria, was sie auch geschehen ließ. In ihrem Tagebuch vermerkte Maria

„Am 21. September war in Mainflingen Kerb. Wir natürlich rüber, hoffte ich doch im Stillen, Josef zu sehen. Richtig, es war auch wieder alles vertreten. Ich tanzte jede Tour, allerdings nicht mit ihm. (…) Als sie fort gingen, verlangte ich meinen Ring, den er mir auch sehr, sehr schön neu aufpolierte, wieder gab. Er sprach auch wegen Schuld oder Nichtschuld und noch allerlei, nur so viel, dass er sich mit Albina näher befasste.(…) Jupp befasste sich mit Albina, und ging mit ihr spazieren (…) An diese Kerb denke ich ewig (…) Ich habe auch noch erfahren, dass er viele Mädchen hatte .Also mit dem ist es nichts und wird niemals etwas werden (dafür habe ich meinen Grund) (…) Zu meinem Erstaunen tanzte er mit mir, redete so viel wie nichts, und als sein Freund Gilbert fragte „na, alles wieder in Ordnung" antwortete er „ein Mädchen, das mit einem anderen spazieren geht, ist nichts für mich. Also das alte Lied, er ist wie immer der Beleidigte. Er ging mit Albina heim (…) Über Albina habe ich mich nicht geärgert, weil ich weiß, dass sie in Jupp verknallt ist, wo für sie selber nichts kann. Also mal sehen, wie diese Geschichte weitergeht. Ich sage mir immer wieder, lass den Jupp laufen, es gibt auch noch andere. Aber er war halt meine erste Liebe"

So freuten sich die jungen Leute Woche für Woche auf das nächste Wochenende. Jetzt war die Zeit, an der an jedem Wochenende in einem der umliegenden Orten Kerb gefeiert wurde. Überall war Tanz, meistens am Samstag, Sonntag und auch am Montag. Die Abwechslungen vom tristen Alltag hatten alle, Jung und Alt in den Kriegsjahren und auch schon in den Vorkriegsjahren so sehr vermisst. Selbst in den nahen Städten wurde zwischen den Kriegstrümmern gefeiert, wann und wo es ging. Die Leute strömten wieder in die Gaststätten, wo sie sich einen Ringel Fleischwurst, oder eine Bratwurst mit Sauerkraut gönnten. Ja, sogar ein Rippchen mit Sauerkraut, lag auf manchem Teller. Nach fast zwanzig Jahre, fühlten sie wieder. Sie fühlten das Leben.

*

In der letzten Woche war Heinz mit seinem Vater auf der Jagd. Sie hatten vier Hasen und zwei Rehe geschossen. Diese verkaufte der Vater an zwei Gastwirtschaften im Ort. Als besonderes Angebot stand neben dem Kerbburschen ein Schild. „ Heute an Welzemer Kerb gibt es Reh- und Hasenbraten mit Klößen, bitte vorbestellen"

Kurts Vater gab ihm fünf Mark Kerbgeld und sagte: „Gehe mit Maria einen Rehbraten essen". Freudig nahm Kurt das Geld an und lud Maria für den Sonntag zum Essen in die Gastwirtschaft ein. Am späten Nachmittag kamen sie an, der Gastraum war sehr voll, und sie fanden gerade noch zwei freie Plätze am Tisch der Nachbarn. „Kommt setzt euch zu uns", rief ihnen Pitt, ein immer lustiger Geselle, gleich zu, als er Maria und Kurt herein kommen sah. Ein Akkordeonspieler spielte gerade das Kerblied „die Welzemer Kerb is´ do, was sin die Leut´ so froh, halli, hallo" und alle sangen, nein grölten mit. Pitt schrie, so laut er konnte „Wem ist die Kerb?" Und wieder brüllten alle zurück „Unser, vom Nabel bis zum Brunzer". Mit Schunkeln und viel Gelächter wurde bis so bis tief in die Nacht gefeiert.

Als Kurt zwei Portionen vom Rehbraten bestellen wollte, sagte Maria. „Nein, du bestellst nur einen Teller, diesen essen wir zusammen". Einmal Rehbraten und zwei kleine Bier. Ohne sie zu fragen hatte er auch für Maria ein Bier bestellt. Als der Wirt Getränke und Essen brachte, aßen sie sehr langsam, mit viel Genuss, immer ein Stück vom Kloß, dabei ein kleines Stückchen des Rehbratens mit den Preiselbeeren, um ja viel von dem seltenen Geschmack zu genießen. Der Wirt sah, wie die beiden sparsam und bedächtig aßen und fragte Maria: "Möchtest du noch einen Kloß"? Das ließ sie sich nicht zweimal fragen. „Ja, gerne". Und als der Wirt ihnen gleich zwei Klöße nachreichte, bedankten sie sich wie aus einem Mund: „Danke, danke, womit haben wir das verdient?" „Du musst was essen, Mädchen, damit du weiter so schön Theaterspielen kannst", meinte lachend der Wirt.

Nach dem Essen verließen sie das Gasthaus und gingen zur Tanzveranstaltung. Auf halbem Weg trafen sie ihre Freunde und gingen zusammen hin. Kurt begleitete Maria auch später wieder nach Hause. Er brachte sie heute bis auf ihr Zimmer und verabschiedete sich dann nach Hause. Marias Mutter war beruhigt. Sie hatte sich für ihre kleinste Tochter immer einen guten Mann gewünscht. Und jetzt sah sie, dass sich der Wunsch erfüllen könnte. „Marias Leben wird ruhiger", dachte die Mutter zufrieden. Und wirklich, Maria fühlte sich von Tag zu Tag besser, seit sie nicht mehr so oft an Karl dachte. Mit dem Josef war es auch nicht anders, der kam jetzt hin und wieder zu Albina. Sie hatte ja Kurt.

*

Maria widmete sich jetzt mehr dem Theaterspielen, denn die Proben für den Theatertag, der in diesem Jahr Ende November war, hatten begonnen. Die Arbeit auf dem Feld wurde weniger, nur die Hektik in der Familie wurde mehr. Ihre Mutter stritt oft mit ihrer Schwägerin Anna. Die hatte immer noch nicht die versprochene Küche erhalten. So mussten immer alle in der alten großen Küche zusammen sein, was zu Reibereien führte. Die Arbeiten in Hof und Stall wurden täglich mehr, Alois hatte jetzt den neuen Eber. Dauernd waren irgendwelche Bauern aus dem Ort oder den umliegenden Dörfern mit ihren Sauen, die vom Eber gedeckt werden sollten, auf dem Hof. Nicht selten mussten die eine oder Sau ein oder zwei Tage mitgefüttert werden, bis der Deckvorgang zustande kam. Maria schreibt in ihrem Tagebuch:

„…. Bald wird wieder Winter sein. Bei uns zu Hause gefällt es mir eben nicht, es ist fast immer so ein Durcheinander. Ich möchte wissen, wie das alles noch wird. Nun ist unser Vater schon fast zwei Jahre tot. Ich glaube, wenn er noch bei uns wäre, wäre es bei uns schöner und alle würden in Einigkeit leben. Heute bin ich ganz bedrückt und geschlagen. Ich weiß gar nicht was schuld ist".

Nun ging es bereits auf Ende November zu und die letzten Tanzveranstaltungen vor dem Jahresende standen bevor. Während der Advents- und Fastenzeit war Tanzmusik strikt verboten. Die jungen Leute alle noch einmal nach Dettingen, wo der letzte Tanz stattfand. Es war auch alle Kleinwelzheimer und Mainflinger, die ganze Meute anwesend. Albina lernte an diesem Abend ihren neuen Freund kennen. Der war mit der Gruppe von Josef gekommen. und hatte ihr gleich gefallen.

„Wie, ich dachte du und der Josef. Er würde mit dir tanzen" fragte Maria ungläubig und Albina antwortete: „Durch den Josef habe ich jetzt den Günter, seinen Freund kenngelernt. Und der ist viel freundlicher". „Ja dann. Viel Glück" sagte Maria, und tanzte mit Kurt. Den Josef hatte sie an diesem Abend nicht beachtet. Schließlich ist sie mit Kurt hier und der liebt sie sehr.

*

Dann war es wieder so weit. Die letzten Wochen waren wie im Flug vergangen und die Theateraufführung im kleinen Saalbau stand kurz bevor. Trotz ihrer großen Nervosität wurde der Abend ein voller Erfolg. Sie spielten die Stücke „die zwölf Zylinder", und „Im Glauben stark". In diesem Stück spielte Maria die heilige Ursula. Auch die Meute aus Hessen war gekommen, und bejubelte gemeinsam mit den Dorfbewohnern Maria in ihrer Rolle. Ob Josef dabei war? Sie wusste es nicht und es war ja auch egal, sie hatte ja Kurt.

Während der Adventszeit waren Maria und Kurt öfter im Kino in Kahl. Einmal war Albina mit ihrem neuen Freund Günther dabei. Auf Marias Frage, was der Josef macht, zuckte Günter nur mit den Schultern und sie dachte nur „aber schön war´s doch mit ihm". Und in den neugegründeten Gesangverein „Volkschor", bei dem seit einigen Wochen endlich Frauen mitsingen durften, hatte sie sich auch eintragen lassen.

„Am Weihnachtsfest hatten wir gewiss gehofft, unser Willi sei wieder zu Hause, aber wieder nicht. Ich habe vom Christkind allerhand bekommen, worüber ich mich freute. (…) Am 2. Weihnachtsfeiertag waren wir mit dem Pfarrer im Altersheim und brachten einige frohe Ständchen den alten Leuten, (…)Für dieses Jahr schließe ich mein Tagebuch, und hoffe, nächstes Jahr, nur Schönes in mein Tagebuch schreiben zu können, nämlich: dass Willi wieder entlassen wird, dass es keinen Krieg gibt, dass bei uns alle einig sind, dass wir gesund bleiben und dass ich …. Na den großen Wurf, den behalte ich für mich …"

So schließe ich das Jahr 1947 mit einem feierlichen Strich."

Mit diesen Worten beendet Maria ihr Tagebuch 1947 und macht einen großen Kritzel darunter. Beim Lesen versteht man es so, dass ihr Leben wieder in der gewünschten Bahn verläuft.

1948 erstes Halbjahr

Weihnachten war vorüber, Silvester vorbei und es stand wieder die närrische Zeit vor der Tür. Der Fasching war in diesen Jahr sehr früh, bereits am 11. Februar war Aschermittwoch. Da galt es, nichts aufzuheben. Maria konnte es kaum erwarten, Kurt dagegen war nicht sehr begeistert. Nur zu gut wusste er, dass er Maria nicht aufhalten konnte, wenn sie in ihrem Element dem Tanzen war. Davor hatte er schon beinahe Angst. Marias Spontanität, ihre Lebenslust, ja ihre, man könnte sagen Tanzwut, da hatte er es schwer, mitzuhalten. „Mathilde und die anderen tanzen doch auch, aber doch nicht gleichzeitig mit allen Männern im Saal", hatte er einmal zu ihr gesagt. Nicht einmal darüber wurde sie zornig. Nein sie lachte ihn an und meinte: „Freue dich doch, dass du eine so lebenslustige Freundin hast. Oder wäre es dir wirklich lieber, ich würde jedes Mal so ein Gesicht wie Mathilde machen, wenn nicht alles rund läuft? Das mach ich ja selbst bei dir nicht, obwohl du mir oft genug Anlass dazu gibst. Seit Weihnachten bist du nett, immer nett und nochmals nett. Denkst du, nur nett zu sein würde mir imponieren? Lass dir ruhig mal etwas einfallen, und sei nicht immer nur höflich. Wenn du mich wirklich liebst, musst du mich schon nehmen wie ich bin. Mir ist es sehr wichtig, dass du mit meinem Temperament umzugehen weist." Sie sagte das in einem bissigen Ton und ärgerte sich gleich über sich selbst, weil sie ihn eigentlich nicht provozieren wollte. Er aber gab gar keine Antwort. Das ärgerte wiederum sie, während Kurt eigentlich sich nur über sich selbst ärgerte, weil er nichts zu erwidern wusste, obwohl... sie ja Recht hatte. Es ergab sich, dass er an diesem Abend missgelaunt nach Haus ging. Auch Marias Stimmung war dahin.

So ging es in die tolle Zeit. Mal ging Kurt mit ihr zum Ball, mal blieb er zu Hause. Maria war schon eine anstrengende Frau. Er zog sich zurück und überließ den Fasching ganz Maria. So konnten sie wenigstens dem Streit aus dem Weg gehen.

8. Februar: Die Zeit vergeht wie im Fluge, nun haben wir schon den 2. Monat im Neuen Jahr. Und heute an Fasnacht-Sonntag habe ich gerade ein halbes Stündchen Zeit, so möchte ich auch einiges aufschreiben und zwar möchte ich

da gleich Silvester zu Anfang nehmen. Noch am Nachmittag haben wir nichts Bestimmtes ausgemacht, wo und ob wie überhaupt Neujahr feiern. Erst gegen Abend haben wir uns besonnen, um einiges zu feiern u. dann gab es doch noch eine nette Gesellschaft. Also das war: Heinz, Hermann, Nachbar Josef, Melitta, Albina, Mathilde und ich. Zu unserer Überraschung kam noch gegen zehn Gregor, also hat´s gestimmt. Julchen und Annemarie waren auch ein wenig gekommen. Es war sehr gemütlich bei uns. Viel gelacht und getanzt, das gehört dazu. Auch gab es ein tüchtiges Abendessen, vielmehr nach Mitternacht habe wir nach allgemeinem „Prosit Neujahr", gut gegessen .Mit allerlei Gesellschaftsspielen ging die Nacht bald herum und geschlossen gingen wir zur Frühmesse. Es war sehr schön. Am 1.1. war dann auch gleich Tanz, wie überhaupt an den kommenden Sonntagen. Es war immer gemütlich, immer die alten Tänzer, bis die Maskenbälle kamen und damit „Mädel, heut ist Damenwahl". Ich habe mit Dettingern viel getanzt, und zwar mit Horst Oster und Josef Michl. Es war immer nett. Am Montag, dem 2.2. war ich mit Mathilde noch in Auheim auf dem Rummel, auch war das da prima! Ich hatte einen kennen gelernt und weiß nicht mal wie er heißt. Jedenfalls in Ordnung! und heute Abend ist bei uns nichts, so fahren wir eben noch mal nach Auheim. Zu unsrem Leidwesen wird unser Herr Pfarrer Alfons fortkommen, warum weiß ich noch nicht genau."

Und bereits am 13.3. ergänzt Maria

„Ob ich heute Abend doch endlich mal am Schreiben bleiben kann? Besuch bekomme ich heute doch nicht. Ich möchte die Ereignisse der letzten Wochen in kurzen Worten zusammenfassen, denn sonst wir meine Tagebuch ziemlich voll. Also ich lernte an Fasching Dienstag Ewald kennen und so trafen wir uns Samstag und Sonntag. Sein Freund Heinz ging mit Albina, aber ihr passte es nicht, So hat sie heute vor acht Tagen schon zu ihm gesagt, dass er nicht mehr kommen braucht, ich ging aber am letzten Sonntag noch mal mit Ewald nach Kahl ins Kabarett. Ich sagte ihm dann auch, dass es keinen Wert hat, wenn wir beide jetzt zusammen herumlaufen. Leider muss ich mir nun gestehen, dass ich mich halb und halb ärgere, dass ich so prompt Schluss gemacht habe. Denn dass Ewald ein anständiger braver Mensch ist, wurde mir bei jedem Beisammensein deutlicher spürbar. Ich werde ihn so schnell nicht vergessen und hoffe, dass wenn wir uns irgendwo begegnen, er nicht böse auf mich ist. Allerdings war er auch jünger wie ich, was auch viel Schuld mit trug, dass wir nicht mehr miteinander gehen. Dann war auch Mama nicht sehr begeistert für ihn, und was tut man nicht alles, wenn man folgsam ist!!! Wie oftmals habe ich Vergleiche gezogen, zwischen Kurt, Ewald und Jupp; das heißt, in seiner Art und Weise wie er sich gibt, er hat ein Gemüt, nein ich denke nicht daran. Jupp dagegen: Herrisch, stolz, beleidigt! Was ja Auftreten und Kleidung betrifft, da ist der Kleinwelzheimer oben, gibt an und spricht. Na ja, lassen wir sie laufen, wenn ich mit Ewald zusammenkommen soll, dann kann es noch in ein oder zwei Jahren sein. Ich überlasse es Gott, denn er hat ja alles beschlossen! Trotzdem werde ich die schöne Zeit mit Ewald nicht vergessen und oft an dies oder jenes kleine Erlebnis denken. Kurt ist ja auch noch da."

*

Seit dem 15. Februar war Pfarrer Alfons nicht mehr Pfarrer im Ort. Er wurde nach Nordheim hinter Würzburg versetzt. Die ganze Gemeinde war deshalb wie in einer Schockstarre. Die Beliebtheit des Pfarrers, sein offenherzige Art, die Leute vermissten ihn sehr. Und keiner konnte verstehen warum er sie verlassen hatte, zu Mal nicht eine einzige Erklärung, weder vom Pfarrer selbst, noch von einer anderen Stelle, abgegeben wurde.

Schon am 14. März sollte der neue Pfarrer eingeführt werden. Er hieß Burkhard und war aus Gemünden gekommen. Zur Begrüßung wurde das Dorf mit Girlanden geschmückt und der Pfarrer am Ortseingang empfangen. Der Bürgermeister hielt seine Rede und dann zog eine Prozession mit Standarden und Fahnen zur Kirche, gefolgt von der ganzen Gemeinde. Maria und ihre Freundinnen hatte hellblaue Kleider, die der Jungfrauen, angezogen und trugen die Statue der Mutter Gottes zur Kirche. Ihr Bruder Alois und Nachbar Karl trugen den Rock des neuen Pfarrers in der einen und in der anderen Hand eine große Kerze. Genauso hatte früher ihr Vater bei Pfarrer Alfons den Rock getragen und heute war sie stolz auf ihren Bruder, der jetzt dazu ausgewählt worden war. Vier weitere Männer trugen den Himmel, so wie sonst bei den Prozessionen an St. Bonifatius und an Fronleichnam. Sie dachte: „Hoffentlich ist der Pfarrer auch ein klein wenig der Jugend gesonnen, denn wir hätten das gar zu gerne, dass die Katholische Jugend im Dorf endlich mal ein paar männliche Mitglieder in ihren Reihen hätte. Kaplan Orth aus der Nachbargemeinde war in der pfarrerlosen Übergangszeit als Pfarrverweser eingesetzt und alle waren von ihm sehr begeistert".

Gerade hatte Marias Bruder Alois den neuen Pfarrer bei der Einführung kennen gelernt, da musste er auch gleich zu ihm auf das Pfarramt, um seinen Sohn zur Taufe anzumelden. Denn am 2. März kam ihr Neffe Richard zu Welt. Alle freuten sich darüber sehr. Nicht so groß war die Freude, als ihr Bruder ihn auf dem Gemeindeamt anmeldete und die Taufe auch gleich am darauffolgenden Sonntag stattfand.

Eigentlich wollte die junge Mutter den Namen Wolfgang für den Stammhalter. Aber Alois meldete das Kind auf den Namen Richard an, in Anlehnung an den verstorbenen Vater, darüber gab es keine Diskussionen. Die Zeremonie war im Wesentlichen die gleiche, wie schon ein Jahr vorher bei Marias Patenkind. Doch hatte sie den Eindruck, dass der neue Pfarrer nicht diese Wärme ausstrahlte, die ihr Pfarrer Alfons hatte. Irgendwie trauerte sie ihm noch immer nach.

Die Zeit verging wie im Flug und bald darauf war Ostern. Mit Kurt war es, seit der Fasching vorbei war, wieder besser gelaufen. Es gab ja auch keinen Grund für ihn, wenn Maria nicht andauernd auf irgendwelcher Tanzmusik mit jedem und allen tanzte. Das hatte Kurt schon schwer zu schaffen gemacht. Die Zeit, in der alle fast jeden Sonntag ins Kino gingen, sollte jetzt vorbei sein. Diese Tage hatten Kurt besonders gut gefallen. Maria war bei ihm, sie trafen den einen Freund oder die andere Freundin. Maria lief ihm nicht davon und das war schön. Nun aber kam Ostern, und all die anderen freuten sich auf die kommenden Tanzveranstaltungen nach der langen Pause während der Fastenzeit. Kurt jedoch grauste es davor, denn er fürchtete, dass ihre Liebe wieder in eine Sackgasse geraten könnte und fragte sich immer wieder, wie er das am leichtesten vermeiden würde. Er spürte seine Anspannung, und je mehr er verkrampfte, umso lockerer schien Maria zu werden. Der Eintrag vom 24. Mai 1948 ins Tagebuch gibt Aufschluss:

„Ein herrlicher warmer Sommerabend, ich bin gut gelaunt und habe etwas Zeit, so nehme ich mein Tagebuch zur Hand, um einiges aufzuschreiben. Da möchte ich Ostern doch gleich zum Anfang nehmen. Am 1. Feiertag gingen wir ein wenig spazieren und so gerieten wir nach Mainflingen Ab 4 Uhr Tanz! Na, dann aber mal ran. So haben wir von 4 bis 7 Uhr getanzt. Ach es war herrlich, und wir wären auch gerne noch am Abend drüben geblieben, aber am 1. Feiertag war es schon allerhand, dass wir überhaupt zum Tanze gingen. Am Ostermontag war bei uns Tanz. Am Nachmittag spielten unsere in Kleinwelzheim Fußball, wir waren auch drüben und sahen unseren alten Freund: Jupp usw.

Allerdings begrüßten wir uns nicht, aber am Abend kamen sie rüber, ich traute meinen Augen nicht, ich erinnere mich noch genau, ich tanzte gerade mit Richard aus Kahl, als Jupp mich sah. Als er mich zum Tanz aufforderte, wusste ich nicht, wie mir geschah. Sieben, acht Monate waren sie nicht da und nun meinten sie, na die warten auf uns, die machen wir heute Abend mal wieder verrückt. Wir saßen bei ihnen auf der Galerie; Albina bei Gisbert, Melitta bei Gottfried, Mathilde blieb unten. Sie gingen mit uns heim, und luden uns für den kommenden Sonntag nach Kleinwelzheim ein. Ich wunderte mich, dass ich Jupp gegenüber so kühl blieb. Mit einem Wort, ich hatte kein richtiges Vertrauen mehr zu ihm. Am darauffolgenden Samstag war bei uns Tanz. Nur Gottfried war da. Jupp und Gilbert waren nicht da. Ewald saß mit seinen Freunden auf der Galerie, er war auch mal wieder in Welzheim, aber er tanzte nicht. So tanzte ich halt mit meinen alten Tänzern, woran es mir keine Tour fehlte. Gegen halb zwölf kam Jupp mit Gilbert. Mir schien, sie seien voll (betrunken) und ich kümmerte mich nicht um sie. Ewald tanzte eine Tour mit mir usw. Ich ging dann auch mit den Krotzenburgern ein Stückchen heim und dann allein, bis mich die ganze Meute (darunter Jupp) aufhielten. Also ihr kommt morgen nach Kleinwelzheim, wir kommen auch und es ging uns wie schon einmal. Sie betranken sich und hatten andere Mädchen.

Ich wusste nun endgültig, dass es vorbei ist. Nur froh bin ich, dass es mir gar nichts ausmachte, im Gegenteil, wenn man Jupp ernst mal näher kennt, ist man froh, wenn man nichts mit diesem Trotz (Trotzkopf) zu tun hat. Wenn er heute noch mal käme, glaube ich kaum, dass ich ihn einem anderen vorziehen würde. Dann wiederum kann ich ihm nicht direkt böse sein, wie er ja auch „seine Jugend" genießen will. Aber schließen wir das Kapitel Jupp und mit ihm Kleinwelzheim ab".

„Folgendes wollte ich noch ausführlicher schreiben, aber ich bin so müde und ich kann mir das alles ja auch merken: Seit drei Wochen kommt Ewald wieder und ich könnte den ganzen Tag singen und lachen. Ich arbeite nochmal so gern und weiß nicht woher das kommt. Allerdings ist noch nicht alles so ganz in Ordnung, aber "kommt Zeit, kommt Rat".

Hatte Kurt es nicht schon lange geahnt, gespürt? War wieder einmal für ihn kein Platz mehr in ihrem Herzen?

*

Die Distanz zu Maria führte dazu, dass Kurt in diesen Tagen öfter die neue Gaststätte im Oberdorf an. Meist ging er erst sehr spät dorthin. Er wusste, dass Agathe dann nicht mehr so viel Arbeit hatte. Wie meist setzte er sich zu den Kartenspielern, spielte als Ersatzmann einige Runden mit, und wenn alle das Lokal verlassen hatten, bezahlte er und ging ebenfalls. Aber an der nächsten Kreuzung, als die anderen außer Sichtweite waren, drehte er um und ging noch einmal zu Agathe zurück. „Hast du noch etwas Zeit für mich?", Kurt fragte sie direkt, obwohl es jetzt schon sehr spät war. „Wenn es nicht zu lange dauert", meinte Agathe. Und Kurt sprach bei ihr aus, was ihm bei Maria einfach nicht über die

Lippen ging. Er erzählte Agathe, wie sehr er Maria liebe, und wunderte sich selbst, dass sie, ohne viel zu sagen, ihm zuhörte. Es war schon fast halb drei, als Kurt erleichtert nach Hause ging. Er fühlte so, als hätte er eben alles Maria gesagt. Und dann hörte er Agatha noch sagen: „Du kommst schon noch auf den richtigen Weg, Kurt, mach nur weiter so". Er hörte diesen Satz noch, konnte aber nichts damit anfangen. Wie hatte Agathe das jetzt gemeint? Er zermarterte sich die ganze Nacht den Kopf, eine Antwort fand er aber nicht.

*

Nur einige Tage später sollte es Kurt wieder treffen. Maria fragt ihn, was er davon halte, wenn sie ein Angebot als Näherin von Nachbar Willi annehmen würde. „Da fragst du mich? Ich hätte mit vielem gerechnet, aber nicht was deine Zukunftsplanung betrifft. Weshalb bei Willi?" Kurt war sehr überrascht. „Gefällt es dir bei Frau Merget nicht mehr, da hast du es doch sehr gut". Kurt sagte dies, weil er wusste, dass Maria von ihrer Chefin gut bezahlt wurde und auch ein sehr gutes Verhältnis zwischen den Familien bestand. Deshalb war er skeptisch: „Hast du schon mit deiner Mutter darüber gesprochen". „Nein, wenn ich sie frage, weiß ich jetzt schon was sie antwortet, sie wird absolut nicht davon begeistert sein, vielleicht wird sie es mir gar verbieten". „Und warum möchtest du für Willi arbeiten? Jeder weiß, dass er ein Schwerenöter ist, der will dich nur in seiner Nähe haben". In Kurts Stimme merkte sie Eifersucht. Trotzig sagte sie: „Das hat damit gar nichts zu tun. Willi arbeitet an einer neuen Kollektion, für einen bekannten Unternehmer aus Frankfurt. Da würde ich das doppelte Geld verdienen und könnte auch noch eine Spezialausbildung für Damenhosen machen". „Bist du jetzt ganz verrückt? Was denkst du, wie das im Ort aufgefasst wird, wenn eine Frau Hosen schneidert. Das ist Männersache, egal ob Männer- oder Damenhosen. Das wird ein Aufruhr geben, dann hast du das ganze Dorf gegen dich!" Sie merkte, dass Kurt sich sorgte, und entgegnete: „Mal abgesehen davon, mich interessiert deine Meinung, würdest du hinter mir stehen?" „Ich würde gerne, aber ich weiß nicht so recht". Zweifelnd verzog Kurt das Gesicht und Maria hatte das Gefühl, dass sie von ihm nicht die gewünschte Unterstützung bekam, die sie gerne gehabt hätte. „Aber du kannst es doch einmal versuchen, nimm dir bei Frau Merget einen Tag Urlaub, und arbeite bei Willi einen Tag zur Probe". „Nein, das geht nicht, das würde meine Mutter noch am gleichen Tag erfahren, dazu kennen sie sich zu gut. Und auch Frau Merget würde gleich durch unseren Garten kommen und in der Küche bei Mama stehen. Nein, das geht nicht." Kurt überlegte. „Dann mache ich dir einen anderen Vorschlag, du sprichst mit Frau Merget, sagst ihr klipp und klar, was du möchtest. Und hörst auf ihren Rat. Wenn sie der Meinung ist, dass du das machen solltest, dann wird es bestimmt auch deine Mutter erlauben". Maria zögerte: „Ich weiß nicht recht, ob das eine gute Idee ist, aber vielleicht sollte ich es wirklich so probieren". „Wenn es dir hilft, gehe ich mit zu Frau Merget, du kannst es ja auch damit begründen, dass du dabei etwas Neues lernen möch-test". Kurt war erleichtert, er merkte dass er ihr eine Tür ge-öffnet hatte. „Danke, dass du mitgehen willst, aber ich werde mir ein Herz fassen und Frau Merget fragen, ich sage dir dann, welche Antwort sie mir gibt. Ich danke dir, du bist ein wirklicher Freund".

Schon am nächsten Tag ging Maria zu ihrer Chefin. „Liebe Maria, wenn du das möchtest, werde ich dir keine Steine in den Weg legen. Ich werde dich und deine Arbeit vermissen, und verstehe gut, dass du nicht immer nur Schürzen, Kittel und Arbeitshosen nähen möchtest. Du kannst mehr, und das will ich auch deiner Mutter sagen, mache dir da mal keine Sorgen. Aber eines versprich mir. Keine Techtel-mechtel mit dem Willi. Das wäre das Ende deiner Zukunft". Maria schaute ihre Chefin verwundert an. „Nein Maria, ich verstehe dich sehr gut, die neue Mode ist etwas für junge Leute, bei mir kannst du nicht immer nur Klamotten für die Trümmerfrauen nähen. Nur, eine Bitte habe ich an dich. Ich habe noch den großen Auftrag zu erfüllen. Bleibe wenigs-tens bis wir diesen Auftrag abgearbeitet haben, und wech-sele dann erst zu Willi". Noch am gleichen Abend sprach Maria mit ihrer Mutter. Die war gar nicht begeistert von Ma-rias Vorhaben, aber wenn Frau Merget das sagte …

Schon am nächsten Tag erzählte sie Kurt stolz wie ihr Ge-spräch mit Frau Merget verlaufen war, um danach auch gleich Willi die Zusage zu machen. Ihr Gespräch hatte wie-der einmal eine Wende genommen.

1948 Heuernte und Sommer

Kurt wollte Maria zum Tanzen abholen, als gerade ein Gewitter von Westen her aufzog. Die Bauern eilten mit ihren Fuhrwerken, vollgeladen mit Heu und trieben ihre Zugtiere an, um noch vor dem großen Regen die Scheunen zu erreichen. Kurt sah, dass niemand auf dem Bauernhof war. Er rannte nach Hause, holte zwei große Planen, packte diese auf das Fahrrad, und fuhr so schnell er konnte auf die Mainwiesen am alten Bergwerk. Wo genau Alois und die Frauen waren, wusste er nicht, er hoffte aber, sie schnell zu finden. Der Wind wurde immer stärker, als er das Mainvorland erreichte. Er sah viele Bauern, aber nirgends Alois und Maria. Da fragte der Bauern des entgegen kommende Fuhrwerkes. „Kurt, wo willst du denn hin? Fahre heim, es gibt ein schweres Gewitter". "Wo ist Alois, auf welcher Wiese ist der?" fragte Kurt ganz außer Atem. „Alois ist ganz hinten am Bergwerk", erhielt Kurt zur Antwort, und schon hatte er sich wieder auf sein Fahrrad geschwungen und fuhr so schnell er konnte, den holprigen Wiesenweg entlang. Noch einen Kilometer. Das Gewitter kam immer näher. Es fing schon an zu regnen, als er auf der hintersten Wiese einen hoch beladenen Heuwagen sah. So fest er konnte trat er in die Pedalen. Dort angekommen rief er: „Alois, hilf mir, die Planen sind verdammt schwer". Alois rannte ihm entgegen und zusammen zogen sie die erste Plane im Laufen auseinander und warfen sie über den Wagen. Dann die zweite. Es regnete immer stärker, doch dann war es geschafft. „Fahre du zur Kellerwaldwirtschaft, da sind auch unsere Frauen. Ich bleibe hier beim Pferd, und suche Schutz unter dem Heuwagen. Danke für deine Hilfe". Kurt radelte, so schnell er konnte, zur nahen Gasstätte. Vollkommen durchnässt kam er an. Die Wirtin Paula hatte gerade frischen Tee für die Frauen gekocht. Nach dem anstrengenden Tag waren sie froh, noch vor dem einsetzenden Regen das Lokal zu erreichen. „Möchtest du auch einen Tee, Kurt?" fragte Paula, doch der war schon mit Maria aus dem Gastraum gegangen. Beide setzten sich auf das vorgebaute Treppengeländer und schauten dem langsam nachlassenden Regen zu. „Hoffentlich hört es bald auf. Sonst kommen wir so spät nach Hause und verpassen auch noch die Abendveranstaltung. Der Nachmittag Tanztee, ist jetzt fast schon vorbei. Es ist schon gleich sechs Uhr. Hoffentlich wird es nicht auch noch für die Abendveranstaltung zu spät", meinte Maria zu Kurt. Sie hatten sich draußen auf die Bank gesetzt und schauten dem abziehenden Gewitter zu. Es war schon den Main in Richtung Spessart hinauf gezogen. Kurt antwortete: „Ich fahre jetzt mit dem Fahrrad noch einmal zu Alois und schaue, ob er das Gewitter gut überstanden hat. Fahre du mit deinen Schwestern nach Hause. Wir kommen dann sicher noch zum Tanz, und wenn es etwas später wird, ist das sicher auch nicht schlimm. Mathilde und die anderen werden unsere Stammplätze schon frei halten". Kurt machte sich darüber die wenigsten Sorgen, dann fuhr auf die Wiese zurück.

*

Inzwischen hatte Alois dem Pferd die Decke übergelegt, damit es nicht zu sehr durch den Regen auskühlte. Den Hafersack hatte das Pferd um das Maul gebunden und kaute. Bei jedem Blitz zuckte es zusammen. Alois ging zu seinem Kopf, streichelte und tätschelte, um es zu beruhigen. Der Regen prasselte vom Himmel, Blitz und Donner wurden immer heftiger. Das Pferd war sehr unruhig, so rutsche die übergelegte Decke nach unten. Gerade als Alois diese wieder richten wollte, schlug ein riesiger Feuerstrahl in die höchstens hundertfünfzig Meter entfernte, vielleicht zwanzig meterhohe alte Weide ein. Die Luft war durch die Spannung so sehr geladen, dass Alois zwei, drei oder waren es fünf Meter durch die Luft geschleudert wurde. Das Pferd stieg senkrecht aus der Deichsel hoch, riss alle vier Beine in die Höhe, drehte sich um die eigene Achse, die Deichsel des Heuwagens brach, dieser stürzte mit der hohen Ladung um und blieb auf der Seite liegen. Dabei begrub er Alois unter sich. Gerade fuhr Kurt auf den Wiesenweg ein, als ihm „Lotte", so hieß das Pferd, entgegen kam und ihn beinahe umrannte. Ohne sich um das Pferd zu kümmern raste er zu dem umgefallenen Heuwagen. „Alois, Alois, wo bist du, antworte, ich kann dich nirgends sehen?" Es kam ihm wie eine Ewigkeit vor, mit den Händen schaufelte er das Heu zur Seite. Da hörte er ein Röcheln. Jetzt konnte er eine Gabel greifen, die unter dem Heu lag. Er gabelte riesige Haufen des Heues zu Seite, dann sah er Alois liegen, ganz benommen und nicht ansprechbar. Kurt nahm die halbvolle Wasserflasche, die unter dem Wagen in einer Tasche war und schüttete Alois einen Teil in das Gesicht. Langsam kam der zu sich und rappelte sich auf. Seinen rechten Arm konnte er nicht spüren. Er trank den Rest des Wassers und sagte noch benommen zu Kurt: „Wir müssen den Wagen aufrichten und das Pferd suchen". Gemeinsam versuchten sie den Wagen anzuheben, aber Alois hatte keine Kraft in seinem Arm. „Das hat keinen Zweck, Kurt gabele das Heu wieder um den Wagen zusammen, dann decken wir es ab, und holen es morgen heim". Der Regen hatte inzwischen fast aufgehört und ein lauer Wind machte alles erträglicher. Nachdem Kurt die Arbeit verrichtet hatte, sagte er: „Ich fahre jetzt mit dem Fahrrad, den Gaul suchen, Alois laufe du inzwischen los. Wenn ich Lotte habe, komme ich dir entgegen. Hoffentlich finde ich sie". Kurt stieg auf das Fahrrad, während Marias Bruder mit schmerzverzerrten Gesicht über den Wiesenweg zurück nach Hause lief.

*

Dort waren die Frauen zwischenzeitlich angekommen. Ihre Kleider waren durchnässt, aber das war nichts Ungewöhnliches. So was passierte öfter bei der Feldarbeit, allerdings gab es ein so schweres Gewitter Gott sei Dank doch nicht so oft. Marias Mutter und die Schwestern fingen auch gleich mit der Stallarbeit an. „Wenn Alois mit dem Heuwagen kommt, muss dieser ja auch noch abgeladen werden", sagte die Mutter „und du Maria, fahre mit dem Fahrrad Alois entgegen, hoffentlich ist der Kurt bei ihm". Maria fuhr direkt los. Gerade als sie den Ortsrand erreicht hatte, sah sie Kurt entgegen kommen. „Was ist passiert, wo ist mein Bruder"? rief sie ihm angstvoll entgegen. Kurt erzählte was passiert war. „Ich suche die Lotte, hast du sie gesehen, ist sie schon daheim"? „Nein, komm dann suchen wir zusammen, du hier den Weg entlang, ich fahre den Pfad in Richtung Kipp. Wenn die Kirchturmuhr dreiviertel schlägt, fahren wir beide direkt nach Hause, egal ob wir sie gefunden haben oder nicht". „Ja, so machen wir es, Alois muss dann zwar den ganzen Weg laufen, aber das wird das kleinste Übel sein". Sie fuhren beide los und als Kurt den Weg zurück radelte, sah er schon auf halber Strecke Lotte an einem Gebüsch. So als wäre nichts gewesen fraß sie das frische Gras unter dem Busch. Kurt nahm den Zügel, an dem noch das gebrochen Deichselstück hing. Dies legt er zur Seite, fuhr los, Lotte dabei neben sich herführend, in die Richtung, aus der er vermutete, dass Alois kam. Nach ungefähr zehn Minuten sah er ihn, humpelnd und seinen Arm haltend. „Gott, sei Dank, dass du da bist, ich kann kaum noch laufen, alles schmerzt und brennt in mir", rief Alois ihm erleichtert entgegen. Kurt half ihm auf das Pferd und so ritt Alois und er selbst schob das Fahrrad nebenher, zurück zum Hof. Dort war Maria, nachdem sie Lotte nicht fand, wie verabredet, schon angekommen. Auf der holprig gepflasterten Hauptstraße hörten sie endlich den ihnen vertrauten Hufschlag. Langsam kamen sie an und die Frauen erschraken sehr, als sie Alois sahen. „Was ist passiert?", Anna hatte ihren kleinen Sohn auf dem Arm. „Nichts Besonderes, nur ein kleiner Blitz hat mir eine gewischt". Als Alois dies lächelnd antwortete, brach er zusammen.

Sofort eilte Anna, Alois Schwester, die daneben stand, zu den Nonnen. Dort war auch gleich Krankenschwester Speziova. Anna erzählte ihr, was passiert war. Die Schwester nahm ihren Koffer, schwang sich auf ihr Fahrrad und nur ein paar Minuten später schon versorgte sie Alois. Die offene Wunde am Arm behandelte sie mit Jod und verband diesen.

„Das Bein ist wahrscheinlich sehr gestaucht, zum Glück hast du keine Verbrennungen. Das hätte ganz schlimm enden können. Lege dein Bein hoch und schone es. Versuche aber immer einmal aufzutreten. Das muss bis morgen wieder gehen, ansonsten ist zu befürchten, dass es gebrochen ist. Und immer gut kühlen. Morgen nach der Messe schaue ich wieder rein". Mit diesen Worten verließ sie den Hof. Für Maria und Kurt war der Tanz an diesem Tag beendet, noch bevor er angefangen hatte. Und sie sagte: „Kurt, ich danke dir dafür, was du für Alois getan hast". So half sie heute noch das Heu, das gestern nicht eingefahren werden konnte, mit der Mutter und Schwägerin einzuholen. Ein Nachbar fuhr das Fuhrwerk, da Alois im Bett liegen musste.

Am darauffolgenden Tag musste sie nicht in der Näherei arbeiten. Sie arbeitete nun schon seit vier Wochen bei Willi und nähte die schönste Mode für Damen. Ihre Arbeiten bei Frau Merget wurden sehr freundschaftlich beendet. Mit einigem Unbehagen verabschiedete sie sich von ihrer alten Chefin, nachdem diese ihr ein sehr gutes Zeugnis ausgestellt hatte. „Aber Freunde und gute Nachbarn wollen wir doch bleiben", meinte Frau Merget.

Erleichtert ging sie am folgenden Montag den ersten Tag zu Willi arbeiten.

*

Kurt kam jetzt wieder fast täglich zu Maria. Sie war sehr freundlich zu ihm, und so planten sie mit dem Fahrrad nach

Vormwald, einem kleinen Ort am Fuß des Spessarts, zu ihrem Onkel zu fahren, um dort zum Heidelbeerpflücken zu gehen. Sie war vor zwei Wochen schon einmal mit Mathilde dort gewesen und hatte zwei Eimer Heidelbeeren gepflückt. Eine mühselige Arbeit, aber für einen Heidelbeerkuchen, oder das feine Mus, nahm sie die Plagerei gerne in Kauf.

Dazu schreibt sie am 11. Juli in ihr Buch:

„Heute am Sonntagmittag einige Zeilen in mein Tagebuch. Am Samstag, den 26. Juni waren wir nochmals in den Heidelbeeren. Kurt, Melitta und ich. Wir fuhren um vier Uhr mit dem Rad ab und waren um dreiviertel sieben im Wald. Leider brachten wir unsere Eimer nicht ganz voll, denn an Unterhaltung fehlte es bei Kurt ja keinesfalls. Wir waren bei Tante, aßen frischgebackenen Heidelbeerkuchen und tigerten gegen viertel acht abends wieder heimwärts. Kurt wollte unbedingt noch am Abend mit mir spazieren gehen, überhaupt, er ist sehr freundlich zu mir, und hat mich (…) ins Kino eingeladen".

„Lieber Kurt, du hast Nerven", meinte Mathilde. „Ja", bestätigte Maria, „nach diesem Tag noch ins Kino gehen. Dort ist das Licht noch nicht aus und wir schlafen wir nach diesem Tag ein, das wird heute wohl nichts mehr werden". „Na, ja, ihr habt ja Recht". Kurt gab sich damit zufrieden und verabschiedete sich. Er ging aber nicht nach Hause …, er ging in das Gasthaus im Oberdorf.

*

Doch schon in den folgenden Wochen ließ Kurt mal wieder nichts von sich hören und sehen. Da besuchten Maria und Albina am folgenden Wochenende eine Tanzveranstaltung in Kleinwelzheim, wo aber weder Jupp noch Ewald anwesend waren. Maria hatte ohnehin das Gefühl, wenn es schon nichts mit Josef wird, den Ewald mehr zu mögen als Kurt. Immer mehr spürte sie diesen Zwiespalt. Sie fühlte sich wie auf einer Achterbahn. Kurt, Josef, Ewald, ja selbst an Karl musste sie dann denken. Sie hatte ihn noch nicht vergessen. Aber wenn Kurt bei ihr war, konnte sie die Gedanken an ihn wenigsten verdrängen. Da war ja auch noch Musik und Tanz bei Karl in Krotzenburg, und Maria war froh, dass die Freundinnen sich nicht dafür entschieden hatten. Enttäuscht weder Josef noch Ewald zu sehen war sie schon, doch dann…

„Auf einmal stehen sie im Saal und dann tanze ich mit ihm (das abgeschlossene Kapitel tut sich wieder auf). Ich gehe mit ihm raus und wir unterhalten uns über allerhand, vor allem entschuldigte er sich über sein Benehmen von damals. Gilbert und Albina und Jupp und ich, so gehen wir nach Hause. Ich kann Jupp nicht böse sein und so habe ich ihm verziehen. Immerzu hat er von meinem Freund gefabelt, na ja, es ist vorbei. Am darauffolgenden Sonntag war bei uns wieder Tanz. Von den Kleinwelzheimern natürlich nichts zu sehen, dafür aber Ewald. Ich hätte ja sonst auch gar nicht gewusst, was ich machen sollte".

Schreibt sie am 11. Juli und ergänzt am 8. August

„Einige Zeilen in mein Tagebuch! Nun haben wir unsere Ernte schon zu Hause, die schlimmste Arbeit des Sommers geschafft, die Zeit eilt unablässig weiter, immer erlebt man etwas Neues. Ich bin mit mir selber nicht mehr zufrieden, denn einmal bin ich bei Jupp und einmal bei Ewald. Am 11. Juli waren wir in Mainflingen auf Kiliani, natürlich bei Kleinwelzheimern, während Ewald in

Dettingen auf mich wartete. Am darauffolgenden Sonntag waren wir zu Hause, dann Kahler Kerb. Sonntag und Montag; da hat es mir am Montag besonders gut gefallen. Wir haben Wein getrunken, Mathilde mit Heinz, Ewald und ich. Am 31.Juli spielte die Kapelle „Will Charlie" bei uns. Jupp und Ewald waren da. Ich kann nicht ausführlicher alles aufschreiben, jedenfalls ging ich mit Jupp heim und am Sonntag lud er mich nach Kleinwelzheim ein, wo es mir auch sehr gut gefiel. Wir haben uns auf dem Weg über allerhand unterhalten. Und ich konnte wieder hören, was es mir schon beim erstem Mal gesagt hat: Ich will noch keine feste Freundin. Ja, was tut man da! Wir können uns gut leiden „aber was soll ich nun tun mit Ewald? Auch er ist mir sehr sympathisch, ich kann ihn gut leiden. Ich schaffe mir am liebsten auch noch keinen festen an, und wenn ich an Kerb bei Jupp bin, wird Ewald böse mit mir sein, was ich ihm nicht verdenken kann. Also da ist guter Rat teuer. Das was ich hier aufgeschrieben habe, das weiß ich doch alles längst. Nun für spätere Jahre einmal! Ja, was tu ich bloß? Ich werde alles der Zukunft überlassen. „Der Mensch denkt, und Gott lenkt".

Hatte Kurt, jetzt wieder einmal mehr, keine Chance? Je mehr Maria überlegte, umso weniger wusste sie selbst, was sie wollte oder auch nicht wollte. Vielleicht erleichterte sie ihr Gewissen auch nur damit, dass er sich die ganze Zeit ja hatte auch nicht sehen lassen.

*

Die Worte, die Agathe bei Kurts letzten Gaststättenbesuch an ihn gerichtet hatte, wollten ihm einfach nicht mehr aus dem Sinn gehen. Immer wieder fragte er sich, was sie „mit du kommst schon auf den richtigen Weg, Kurt" meinte. Soll er Maria jetzt zu Kreuze kriechen? Musste er sich ihre Launen immer gefallen lassen? Sie wusste, wie sehr er sie mochte. Aber möchte sie ihn denn auch? Hat sie es mir denn schon einmal gesagt? Diese Fragen stellte er sich immer wieder. Er grübelte so vor sich hin, zog dann seine leichte Jacke über und verließ das Haus. Ein starkes Gewitter war vor einer Stunde herniedergegangen und die schwüle Luft war jetzt reiner. Überhaupt, es gab in diesem Sommer schon viele Gewitter. Er ging los, und sagte zu sich selbst „ Ich gehe jetzt zu Maria und will es von ihr wissen" (wieder einmal). Doch als er den Hof erreicht hatte, ging er in Gedanken versunken, einfach weiter. Maria sah ihn durch das offene Hoftor vorbei gehen und wunderte sich, dass er nicht einmal in die Einfahrt herein schaute. „Hallo Kurt", rief sie. Kurt aber ging weiter um die nächste Straßenecke, entlang der Kirche Richtung Main ins Oberdorf. Schon fünfzehn Minuten später hatte er das Gasthaus über den Weg am Main erreicht. Von dort sah er Agathe in der Gartenlaube auf der Bank sitzen. Sie spielte mit ihrem kleinen Sohn und Kurt ging direkt durch das schmale, schäbige Gartentor zu ihr hin. „Hallo, Agathe, na meine Kleiner was spielst du da Schönes"? Und so gesellte er sich zu dem kleinen Wolfgang, nahm ihn auf die Schulter und tobte mit ihm im Reitergalopp durch den Garten. „Und, gefällt dir das?" Kurt wollte ihn herunterheben, der Kleine aber rief und immer wieder „weitermachen, weiterreiten, Kurt, das ist schön!" Nach einer Weile hob er Wolfgang von den Schultern und begrüßte

Agathe mit einem Kuss auf ihre Wange. Sie war darüber sehr überrascht, damit hatte sie nicht gerechnet. Und Kurt murmelte: „Entschuldigung, das musste jetzt sein. Ich habe die Schnauze voll, ich will jetzt wissen wohin ich gehöre. So geht es einfach nicht mehr weiter". Obwohl er nicht auf den Mund gefallen war, und immer eine passende Antwort parat hatte, wunderte er sich über sich selbst, über seine Spontanität und Gelassenheit, wenn er bei Agathe war. „Agathe, ich glaube jetzt zu wissen was ich will". Agathe sagte nichts, sie fühlte sich zu Kurt hingezogen. Vom ersten Tag an, als sie ihn in der Gasstätte sah. Als Mutter merkte sie auch, dass er den kleinen Wolfgang mochte und das gefiel ihr. Sie holte ihm ein Bier aus dem Lokal, brachte den Kleinen ins Bett, dann ging wieder zu Kurt in den Garten hinaus. „So, Kurt jetzt bleiben mir noch einige Minuten Zeit für dich", begann sie das Gespräch und Kurt erwiderte: „Als du mir beim letzten Mal sagtest: du kommst schon auf den richtigen Weg, da ich wusste nicht, was du damit sagen wolltest. Aber ich glaube, ich weiß es jetzt." Er ging zu Agathe hin und ohne sie zu fragen, nahm er sie in seine Arme, drückte sie fest an sich und küsste sie auf den Mund. Ohne viele Worte saßen beide festumschlungen in der Laube. Es war inzwischen dunkel, nur der Mond erhellte den lauen Sommerabend, als sich Kurt auf den Heimweg machte. Jetzt hatte er ein schlechtes Gewissen.

*

Auf dem Bauernhof von Alois ging es zu dieser Zeit sehr turbulent zu. In der Woche waren Horst und Fritz aus Frankfurt auf den Hof gekommen. Viele Städter kamen zum Hamstern auf das Land gefahren, um einiges zum Überleben bei den Bauern zu tauschen. Geld hatten die wenigsten, so wurden Waren zum Tausch angeboten. Schon nach dem Winter waren Horst und Fritz aus Frankfurt das erste Mal auf den Hof gekommen. Alois hatte ihnen für einen kleinen Ballen Stoff, Kartoffeln, vom restlichen Gemüse und auch einen Laib Brot, den die Mutter frisch gebacken hatte, gegeben. Besonders freuten sie sich auf ein Stück Schinken, der noch in der Räucherkammer hing. Die beiden übernachteten damals in der Scheune neben dem Stall. Dort war es, wenn die warme Stallluft den Raum erwärmte immer angenehm mild. Doch bei der Sommerhitze heute war diese fast unerträglich. So waren die beiden eigentlich froh darüber, als sie am nächsten Tag zurück nach Frankfurt fahren konnten.

Und heute standen sie wieder auf dem Hof, um Essbares zu bekommen. Sie waren auch schon beim Müller, der ihnen einen halben Zentner Mehl gab. Alois sagte ihnen: „Ihr könnt Gemüse, Kartoffel und auch noch Büchsenwurst bekommen. Die Büchsen müsst ihr aber wieder zurückbringen, wenn ihr wieder in der Gegend seid". Aber das Besondere heute war, dass die beiden viel besser gekleidet waren, als bei ihrem letzten Besuch. „Ihr seid heute ja richtig fesche Jungs, habt ihr gute Geschäfte in Frankfurt gemacht"? Maria, fragt ohne sich etwas dabei zu denken. „Wir haben heute Damenunterwäsche dabei, schaute sie euch in aller Ruhe einmal an. Die konnten wir bei den Amis in Hanau eintauschen obwohl das streng verboten, ist. Da ist bestimmt etwas Passendes für euch dabei". Freudestrahlend rief Maria auch ihre Schwestern und die Schwägerin dazu. „Schaut, die schönen Mieder, die passen euch wie angegossen". Horst und Fritz führten einen ganzen Koffer voller Unterwäsche, Mieder, Strapse und Büstenhalter vor. Damit machten sie eben überall auf dem Land gute Geschäfte. Die drei Schwestern, die Schwägerin Anna, ja sogar ihre Mutter, alle fanden etwas Passendes. Alois feilschte jetzt mit beiden und die erstanden Ware wurde mit dem Schinken, Wurst und Gemüse verrechnete. Eigentlich war es nur ein Tausch.

„Wir haben gehört, dass bei euch am Wochenende Tanz ist, nimmst du uns mit? Bei uns in Frankfurt sind jetzt ja auch viele Tanzveranstaltungen, aber wir würden uns gerne einmal eure Bräuche ansehen", sagte Fritz und Horst fügte an „aber nur, wenn es dir nichts ausmacht, Maria". „Klar, könnte ihr mitkommen, aber vorsichtig und etwas zurückhaltend müsst ihr schon sein, damit nicht der eine oder die andere denkt, ihr wolltet unseren Männern hier die Frauen entführen". Maria musste über sich selbst lachen, denn sie wusste, dass Horst mit den Bräuchen die hiesigen Mädchen meinte. „Wo übernachtet ihr eigentlich"? Horst erwiderte „Im Gasthaus im Oberdorf, dort haben wir zusammen ein Zimmer". „ Gut dann treffen wir uns um halb acht vor dem Eingang zum Saalbau. Ich sage meinen Freundinnen rechtzeitig Bescheid, dass sie sich heute vor euch in Acht nehmen müssen", sagte Maria, immer noch laut lachend.

Am Abend wartete Kurt schon vor dem Saal auf Maria. Die wiederum hatte auf Mathilde gewartet und hatte sich wieder einmal verspätet. Jetzt kam noch Rosemarie dazu, als Horst und Fritz aus der Gegenrichtung eintrafen. Gemeinsam gingen sie alle in den Saal. In den letzten Tagen kam Kurt nicht zu Maria. Eine Aussprache schob er von Tag zu

Tag vor sich her und er hoffte heute eine passende Gelegenheit beim Tanz zu finden. Doch als Horst und Fritz dabei waren, wusste er, dass dies wohl wieder nichts werden würde. Dann hoffte er auf den Nachhauseweg. Nach der Tanzveranstaltung verabschiedeten sich Horst und Fritz, um zu ihrem Quartier zurück zu kehren. „Vielen Dank, Maria für den wirklich schönen Abend". Horst war ins Schwärmen geraten. „Die Melitta hat mir besonders gut gefallen". Und Fritz fügte an: „Aber am besten von allen kannst du tanzen, es war sehr schön. Danke für alles, bis morgen, dann holen wir unsere Sachen bei euch ab, ehe wir nach Hause fahren". Kurt, der heute auch ein paarmal mit Maria getanzt hatte, stand daneben. Innerlich stieg Zorn in ihm auf. Auch ärgerte er sich, dass er wieder nicht mit Maria sprechen konnte. „Maria, gehst du mit mir nach Hause?" fragte er. Maria sagte nur: „Gehen wir". Schweigend gingen sie die Pflasterstraße runter bis zu ihrem Hof. „Also, mach´s gut Kurt." Mit diesen Worten verschwand sie durch das Tor. In ihrem Tagebuch vermerkt sie später:

„Nun ist unsere Kirchweih schon vierzehn Tage vorbei und ich finde nicht ein paar Minuten Zeit, das in mein Tagebuch einzutragen, was mir an Kerb merkenswert erscheint. Aber jetzt wird es nachgeholt. Am 15.8. war Dettinger Kerb. Es hat mir ganz gut gefallen. Jupp war allerdings nicht da; aber an Tänzern fehlte es nicht. Ewald und Heinz gingen mit mir heim, ich war jedoch nicht in Stimmung. Montags waren sie auch nicht da, was mir aber auch nichts ausmachte. Ich tanzte viel mit Horst und Fritz, den beiden Frankfurtern, auch Otto von Mainflingen, sowie mit Kurt und andere mehr waren vertreten. Zu meinem Bedauern ging Kurt mit mir heim. Ich konnte doch nicht gerade sagen, hau ab, obwohl ich ihm genug sagte, das ihn „kränken" konnte."

*

Nun war wieder die Zeit, wo Wochenende für Wochenende eine Tanzveranstaltung, auf die andere folgte. In jedem Dorf der Umgebung war der Höhepunkt des Jahres, die Kerb. Kurt ging auch in den nächsten Tagen nicht zu Maria. So verabredete sie sich schon für den nächsten Samstag mit E-wald für die heimische Kerb in die Turnhalle. Am Sonntag blieb sie bei Melitta und deren neuem Freund Günther zu Hause. Melitta hatte einen Trauerfall in ihrer Familie und durfte deshalb nicht zum Tanzen gehen. Und am Kerbmon-tag feierten sie zu Hause auf dem Hof. Sie hatten Tische und Stühle auf dem gepflasterten Hof aufgestellt. Jeder der Ti-sche musste mit Bierdeckeln ausgerichtet werden. Nur so kippte der Tisch nicht und die Speisen und Getränke blieben einigermaßen gleichmäßig stehen. Maria hatte alle ihre Freunde eingeladen. Ewald konnte am Montag nicht dabei sein, weil er mit seiner Firma außerhalb arbeitete. Auch Kurt hatte sie Bescheid gegeben, der ließ sich aber nicht blicken. Jedoch dann kam ein Gast, mit dem sie überhaupt nicht ge-rechnet hatte. Melittas Freund Günther hatte ihn mitge-bracht und sofort war Marias Herz in Flammen. Mit dabei war .... und in ihr Buch schreibt sie:

„Ja, ich konnte es heute selbst nicht glauben, waren wir bei uns. Jupp und ich, Melitta und Günther. Ich muss schon sagen, die 1948er Kerb hat mir gefallen, ach überhaupt, wenn Jupp bei mir ist, so ist es immer schön. Am letzten Sonn-tag war Seligenstädter Kerb, wo es mir auch gefiel. Und gestern Abend waren sie auch wieder da, die beiden Schwarzen. Heute habe ich gemischte Gefühle in mir, ich glaube die längste Zeit hat es wieder gut getan mit ihm. Heute sehen wir uns nicht und von einem „Wiedersehen" war nicht die Rede. Manchmal ärgere ich mich selbst darüber, dass ich eine so große Schwäche für ihn habe, denn er hat Manieren, die mir sehr oft nicht behagen. "Aber, kannst du machen nichts, musst du gucken zu". Ewald hat an Kerb nicht mit mir getanzt. Nun, er hätte doch mal kommen können, er hätte gewiss ein Stück Kerbkuchen bekommen. Ich will nur mal sehen, wie alles mit Jupp noch endet. Manchmal denke ich, wenn ich den nicht kriege, will ich keinen anderen. Nun wenn er für mich bestimmt ist, wird's was, wenn nicht, nun dann wird sich auch eine Lösung finden lassen. Nun habe ich wieder genug von Jupp geschrieben, ich glaube, ich könnte immerfort an ihn denken und schreiben"

*

Schon seit dem neunten Jahrhundert gibt es eine ständige Verbindung über den Main, da das Seligenstädter Kloster das Recht hatte, Personen und Güter auf die andere Mainseite zu befördern. Gegen Geld oder Naturalien wurde dieses Recht weitergegeben, woraus sich die „Fährgerechtigkeit" entwickelte. Diese „Fährgerechtigkeit" blieb meist viele Jahre im Besitz einer Familie und konnte weitervererbt werden. Als 1803 das Kloster aufgelöst wurde, ging das Fährrecht auf das Großherzogtum Hessen über, der Fährbetrieb wurde verpachtet. Im Jahr 1868 übernahm die Stadt Seligenstadt für 4.000 Gulden alle Rechte und Privilegien zur Mainfahrt von den damaligen Fährleuten. Die Stadt verpachtete damals das Fährrecht an den Höchstbietenden.*

*Wikipedia

Endlich fuhr wieder die alte Mainfähre vom hessischen Seligenstadt auf die bayerische Mainseite. Früher hatte das
Fährboot keinen Motor. Es war an ein starkes Seil gespannt,
mit dem die Fähre an einem starken Tau, das über den Main
gespannt war, gesichert wurde. So konnte sie nicht durch
die Strömung weggetrieben werden. Zwei Fährmänner stie-
ßen sie mit ihren Staken vom Ufer gegen die Strömung ab.
Dabei wurde sie bis zur Flussmitte dagegen gedrückt, um
dann durch die Strömung auf der jeweils anderen Mainseite
wieder an das Ufer zu fahren. Die Fähre hatte im Krieg man-
gels Wartung sehr gelitten und hatte jetzt sogar einen Motor
erhalten, der sie antrieb. Jetzt mussten die Leute nicht mehr
über die gefährliche Schleuse die Mainseiten von Bayern
nach Hessen und umgekehrt, wechseln. Der Schleusensteg
war nur etwa zwei Meter breit. Auf der Stauseite des Nadel-
wehrs reichte das Wasser bis knapp unter den Steg, und auf
der mainabwärtsliegenden Seite stürzte rauschend das
Mainwasser durch die Spalten des Wehres tief in den hier
zwei bis drei tieferliegenden Main hinunter. Als Sicherheit
diente auf beiden Seiten nur ein Stahlseil in knapp einem
Meter Höhe. Das Begehen des Nadelwehres war höchst gefährlich, besonders bei Regen war der Steg glatt und glit-
schig. Bei schönem Wetter war Maria schon das eine oder
andere Mal über die Schleuse nach Seligenstadt und auch
zurück gelaufen und war immer froh, wenn sie die jeweils
andere Seite des Flusses erreicht hatte.

Motorfähre nach dem Krieg, links der Nachen, mit dem bei
Hochwasser nur Personen übergesetzt wurden.

*

Marias ältester Bruder Willi war nach seiner Rückkehr aus
der langen Gefangenschaft seit drei Wochen wieder zu
Hause und hatte sich da erholt. Die Familie hatte sich über
seine Heimkehr gefreut und ganz besonders freute sich Maria. Willi war ein gemütlicher Mann, nicht sehr groß und
sein rundliches Gesicht war immer freundlich. Sein ver-
ständnisvolles Gemüt, das schätzte Maria so sehr an ihm.
Viele Soldaten kamen nach dem Krieg traumatisiert oder
verwundet und verletzt nach Hause kamen. Willi hatte
Glück, einigermaßen unbeschadet heim zu kommen. Auch
hatte er seine Ausgeglichenheit schnell wieder gefunden.

Im Gegenteil zu Alois, der immer voller Tatendrang war, sagte Willi. „Nur langsam, was heute nicht kommt, kommt morgen". Das brachte seinen Bruder oft auf die Palme, und der sagte dann zu Willi: "Mensch, jetzt mach doch einmal, jedes Mal bis du soweit bist, krieg die Kuh ein Kalb". Willi nahm es lächelnd hin. Ihm lag die Landwirtschaft überhaupt nicht. Der Vater war damals froh, als Willi vor dem Krieg eine Lehre beim Bäcker Bayer in Seligenstadt machen konnte. Seit dieser Zeit wohnte Willi auch im Haus des Bä-ckers, um immer früh um zwei Uhr in der Backstube zu ste-hen. Die Fähre fuhr ja erst ab sechs Uhr, und im Winter erst beim Sonnenaufgang bis zum Sonnenuntergang. Heute sagte Willi beim Mittagessen: „Also, morgen gehe ich wie-der auf die Arbeit. Ich habe mich bei euch gut erholt. Aber ich falle euch ohnehin mehr zur Last, als dass ich hier helfen kann". So packte er seine Sachen und fuhr am nächsten Tag mit der Fähre über den Main, wo er auch sofort wieder in der Bäckerei arbeiten konnte. „Mensch Willi, du bist ja nur noch ein Strich in der Landschaft", begrüßte ihn sein Meister und drückte ihm eine Brezel in die Hand. „Hier, esse erst mal was Gescheites", sagte er „es freut mich, dass du wieder gesund da bist. Hättest ja mal was von dir hören lassen kön-nen". Und Willi erzählte jetzt zum zweiten Mal seinen lan-gen Weg im Krieg und der Gefangenschaft. Dann aber fragte er gleich nach einem Mädchen, das er vor dem Krieg kennen gelernt hatte: „Wie geht es eigentlich der Daus Greta?" „Bei denen hat sich in all den Jahren nichts geändert", meinte sein Meister. „Nur jetzt habe die noch mehr Arbeit. Denen Daus´ reicht es nicht, Brot und Weck zu verkaufen, jetzt ha-ben die auch noch einen Kohlen- und Briketthandel. Und auf dem Feld rennen die auch noch umher, um Äpfel für den

Kuchen und das Mehl für die Backstube nicht kaufen zu müssen". Sein Chef sagte dies in einem bissigen Ton. Er konnte seinen Bäckerkollegen nicht gut ausstehen. „Der Daus, das ist doch ein Geizhals, du willst doch hoffentlich nicht…", er sprach nicht weiter. Aber er befürchtetes es, und seine Frau meinte zu ihm. „Ja, wo die Liebe hinfällt, da kannst du auch nichts machen". Auch sie befürchtete, dass der Willi nicht mehr lange bei ihnen blieb. „Schade, für den Willi, schade, dass wir keine Tochter haben". Und schon am nächsten Monatsende zog Willi aus der Straße nahe am Marktplatz aus, und in der Bahnhofstraße ein. Er war der neue Geselle in der Bäckerei Daus.

1948 Spätherbst

Nachdem der älteste Bruder nun wieder fort war, widmete Maria sich neben ihrer Arbeit vornehmlich den Aufgaben als Jugendführerin. Sie organisiere eine Fahrt zum früheren Pfarrer Alfons nach Nordheim, sammelte den Fahrpreis von 7,20 Mark ein und kaufte die Fahrkarten.

Am folgenden Sonntag kamen sie um zehn Uhr dort an, wo der Pfarrer und fünfundzwanzig junge Leute die Abordnung empfingen. Die Jugendlichen erhielten Quartier bei Familien der hiesigen Jugend. Maria hatte es gut getroffen. Sie war bei der Jugendführerin Mechthild, die so alt war wie sie selbst, untergebracht und verstand sich gleich sehr gut mit ihr. Leider gingen die schönen Stunden bei Musik und Gesang viel zu schnell vorbei. In ihr Buch trug sie ein:

„Es war ein schönes Erlebnis, nun wissen wir wenigstens wo unser „Onkel Alfons" wirkt und lebt"

Wieder zu Hause war die Zeit der Kartoffelernte gekommen, bei der sie wieder sehr viel mithelfen musste. Tagelang hatte sie Kreuzschmerzen von dem Bücken beim Lesen der Kartoffeln. Am liebsten glaubte sie die kleinen Kartoffeln auf, nachdem ihre Mutter, die Schwestern und die Schwägerin vornweg gingen und die großen, schönen Kartoffel, die für den Verkauf vorgesehen waren, ausgelesen hatten.

Dann war am Wochenende wieder Tanz in Mainflingen. Obwohl sie mächtige Kreuzschmerzen hatte, traf sie sich mit Jupp und tanzte nur mit ihm. Ihre Hoffnung, dass er ihr heute mehr zu sagen habe, wurde aber erneut enttäuscht. Kaum ein Wort kam über seine Lippen. Und wieder einmal wusste sie bei ihm nicht, wo sie dran war.

In der folgenden Woche wurden die Vorbereitungen für die Theatersaison getroffen. Es wurde viel geprobt, damit zum Geburtstag des Pfarrers das Stück „Das Licht leuchtet in der Finsternis" aufgeführt werden konnte. Obwohl Josef sagte, dass er vielleicht komme würde, hatte er nichts von sich hören lassen. Dann am Wochenende waren die Vorstellungen. Der Saal war erneut voll und die Darsteller wurden danach frenetisch gefeiert. Dass Josef nicht mit dabei war, verstimmte Maria leicht, doch dann hatte sie sich wieder gefangen und sie verdrängte ihre Enttäuschung indem sie für das nächste Wochenende ihrem Nachbarn Karl zusagte, mit ihm zum Tanz zu gehen. Und der fragte sie auch gleich, ob sie mit ihm gehen will. Sie konnte ihn sehr gut leiden und nachdem sie Karl, ihren Vetter nicht mehr traf, glaubte sie auch ein bisschen nach dem Nachbarn verrückt zu sein. Bald kam sie dann aber doch davon wieder ab. Zu Karl sagte sie: „Das ist mir viel zu früh, du bist noch nicht so lange aus der Gefangenschaft zu Hause, da kann ich dir noch nicht antworten". Nein sagen wollte sie nicht.

„Ich will nicht sagen dass ich Karl nicht leiden kann, das nicht, nur dürfte ich nicht Jupp kennen, dem meine ganze Liebe gehört…"

Und ergänzt später:

Mit Karl ist`s auch nichts richtiges (wir passen nicht zusammen)"

*

„Kurt, wenn ihr mit der Arbeit hier fertig seid, beeilt euch und kommt gleich zurück ins Lager, wir müssen noch ein Gerüst aufbauen. Es könnte bald regnen, wenn wir es vorher nicht schaffen, können wir den Putz am Haus nicht entfernen und verlieren wertvolle Zeit. Komme mit Hans-Peter gleich zurück". Kurts Vater gab heftig Anweisungen, damit die Baustelle noch vor dem drohenden Unwetter gereinigt würde. „Alles klar, wir beeilen uns", antwortete Kurt. Er war mit Hans-Peter dabei die Baustelle zu säubern und die Werkzeuge auf den Hanomag LKW zu verladen. Kurts Vater war schon mit dem Fahrrad losgefahren. „Hans-Peter, wenn du willst, kannst du fahren, du hast ja schon Fahrstunden und kannst lernen, mit unserem Auto zu fahren". Kurt wollte dem Freund einen Gefallen tun. „Jetzt um diese Zeit ist sowieso wenig Verkehr auf der Straße, da kannst du schon einmal für deine Prüfung üben". Hans-Peter war über den Vorschlag sehr begeistert und setzt sich gleich ans Steuer. Kurt auf dem Beifahrersitz gab Anweisungen, wie er sich zu verhalten habe. „Das ist auch nicht anders als mit dem VW-Käfer in der Fahrsunde", meinte Hans-Peter. „Sei dir da mal nicht so sicher, Blick nach hinten und auch immer auf die Ladung, alles musst du gut im Spiegel beobachten". Hans-Peter legte den Gang ein und fuhr langsam los. Kurt war überrascht, wie gut er fahren konnte und nach einigen Minuten fuhren sie auf den Hof bis vor ihre Werkstatt. Kurts Vater, der hier gerade arbeitete, sah die beiden ankommen und brüllte gleich los: „Ihr wisst genau, dass der Ortspolizist weiß, dass Hans-Peter keinen Führerschein besitzt. Wenn er jetzt kurz vor der Prüfung erwischt wird, kann er die Prü-fung erst einmal vergessen und muss umso länger warten. Vor der Geldstrafe will ich gar nicht reden. Dafür sollte euch euer Geld zu schade sein". Die beiden lachten laut, und nachdem sie den Transporter abgeladen hatten, luden sie das Gerüst auf und brachten es noch zur nächsten Baustelle. Dann fuhr Kurt zurück und als sie in die Dorfstraße einbo-gen, sah Kurt Agathe, die mit ihrem kleinen Wolfgang auf dem Gehweg entgegen kam. Er fuhr das Auto an die Seite, hielt an und sagte zu Hans-Peter: „Fahre du zurück, ich habe noch etwas vergessen und will das noch erledigen. Ich muss sonst noch einmal den ganzen Ort herauf fahren". Hans-Pe-ter wechselte vom Beifahrersitz an das Lenkrad und fuhr da-vor, während Kurt auf Agathe zuging. „Kurt, lass doch den

Hans-Peter nicht fahren, das ist so leichtsinnig von euch beiden", tadelte sie Kurt. Der lachte und erwiderte: „Der muss
es endlich auch mal lernen. Als ich dich eben sah, wollte ich
dich nicht aus den Augen verlieren. Deshalb der fliegend
Wechsel am Steuer". „Ihr seid aber auch leichtsinnig". wiederholte Agathe. „Das hat mein alter Herr zu Hause auch
schon gesagt, was soll schon passieren. Außer den zwei
Kuhfuhrwerken siehst du doch keinen auf dieser Rumpel-
gasse. Ich möchte euch zwei ein Stück begleiten, meine Arbeit läuft mir nicht davon". „Das ist ja lieb von dir, aber…"
„Kein aber, ich möchte dich etwas fragen, und ehe ich dem
Mut verliere, will ich das jetzt tun". „Was gibt es denn so
Wichtiges"? Agathe ahnte schon, was er meinte. Kurze Zeit
später kamen sie am Waldrand an und setzten sich auf eine
Bank. „Ich sage heute kein Wort von …", er unterbrach sich
selbst und fragte frei heraus „Agathe willst du mit mir gehen"? Ihre Augen leuchteten und sie dachte: „Er hat es ja
wirklich erkannt", hauchte aber nur ein leises „Ja, gerne, bist
du dir da auch ganz sicher? Hast du mit deinen Eltern gesprochen, was sagen sie zu meinem Kind? Wenn das alles
geklärt ist, stelle uns deinen Eltern vor, ich will dir gerne
eine gute Frau sein. Aber bitte verstehe es richtig. Ich will
mich nicht zwischen dich und Maria drängen. Ich muss vorher klar wissen, dass du auch wirklich mich willst, und ob
ich bei euch zu Hause auch willkommen bin". Er nahm A-
gathe in die Arme und küsste sie lange und innig. Anschließend begleitete er sie noch nach Hause. Von dort eilte er zurück, wo Hans-Peter schon fertig war. Kurts Mutter kam
ihm entgegen und fragte besorgt „Wo kommst du jetzt her,
dein Essen ist schon kalt und den Hans-Peter hast du alles

alleine machen lassen". „Mama das ist jetzt nicht so wichtig, ich muss mit dir und Papa reden".

*

Maria hatte von Josef seit Tagen nichts mehr gehört. Sie dachte nur, den, den ich möchte, bekomme ich nicht. Dass sie den Karl nicht leiden könne, das nicht, nur hätte sie den Jupp, dem ihre ganze Liebe gehört, nicht kennenlernen dürfen. „Ich weiß nicht einmal, ob er es überhaupt verdiente, dass ich mir Gedanken machte. Das war ja gerade das Quälende". Aber sie überließe es Gott, wenn er will, dass sie mit Josef zusammen käme, dann würde es schon passieren, wenn nicht, nun, dann muss sie sich eben drein schicken.

Wie rasch doch die Zeit vergeht. Es war schon wieder November. Und wieder einmal von Josef keine Spur, kein Lebenszeichen. Hatte er noch beim letzten Mal noch gesagt:

„Unseren 20. Geburtstag feiern wir aber dieses Jahr zusammen"! Und was ist jetzt? Ich höre und sehe nichts von ihm. Morgen hat er und Donnerstag ich. Ja, ja, ich weiß längst, dass all die Gedanken, die ich mir über „ihn" mache, vergebens sind. Nun vielleicht ist es auch so besser, wenn er mich ja doch nicht will! Trotzdem muss ich täglich, ja stündlich an ihn denken, ich kann aber selbst nichts dafür. So oft ich mir vornehme, lass ihn aus dem Sinn, es geht einfach nicht… Nur gut, dass ich das Tagebuch habe. Da kann ich alles hineinschreiben, was mich bedrückt. Oft denke ich: Geht das anderen Mädchen auch so? Ich glaube, wenn sie einen so gerne haben, wie ich Jupp, dann auch.

Wenn ich jetzt nichts mehr von ihm höre, will ich gewiss nichts mehr von ihm schreiben und denken (letzteres wird nicht wahr)… "

*

Kurts Mutter war gespannt, was Kurt ihnen zu erzählen hatte. Es musste ja sehr wichtig sein, wenn er auch noch seinen Vater zum Gespräch mit dabei haben wollte. Sonst redet er mit ihm nur über die Arbeit und Vereine. Sicher wollte er ihnen Neues über Maria erzählen. Als sie bei Abendessen saßen, sagte sie deshalb auch gleich zum Vater: „Der Kurt will uns was sagen, du musst heute etwas länger am Tisch sitzen bleiben", und zu Kurt gewandt sagte sie „also, fange gleich damit an und sage uns was du zu sagen hast". Sie selbst konnte es kaum erwarten. Kurt verschluckte sich an seinem Bissen; er hatte nicht damit gerechnet, dass seine Mutter das Gespräch eröffnet. „Nun, es ist so, also ich will sagen, nein ich will euch darauf vorbereiten". Seine Mutter unterbrach ihn: „Du willst bestimmt…" Jetzt unterbrach Kurts Vater und sagte: „Jetzt lass doch den Kurt einmal aussprechen, man könnte denken, du hättest etwas zu sagen". Darauf die Mutter ganz ungeduldig: „Also Kurt raus mit der Sprache". Kurt nahm sich zusammen und antwortet: „Setzt euch hin und hört, das was ich euch zu sagen habe. Mit Maria ist Schluss, ich gehe zu Agathe und werde diese heiraten. Sie ist die Schwester der Wirtin aus der Gaststätte im Oberdorf. Ich kenne sie nun schon fast ein halbes Jahr". Dem Vater fiel das Messer aus der Hand, die Mutter wurde aschfahl und stammelte nur: „Das, das geht doch nicht, das kannst du nicht machen, das darfst du nicht tun. Was denken denn die Leute, wir dachten, ihr wollt euch verloben, du und Maria, alle wollen dass ihr zusammen kommt. Welche Schande, welche Schmach, wir können der Familie von Maria nicht mehr in die Augen schauen und in Kürze hat Maria auch noch Geburtstag, oh Gott, oh Gott". Der Mutter standen die Tränen in den Augen und Kurts Vater sagte nur bestimmt. „Merke dir eins, diese Agathe kommt mir nicht ins Haus". Er hatte Agathe nur einmal kurz gesehen, gekannt hatte er sie nicht. Das Abendessen war beendet, bevor es richtig begonnen hatte.

Die Tränen der Mutter hatten Kurt sehr ergriffen. Sonst hatte sie ihn immer gegen den Vater verteidigt, wenn es Meinungsverschiedenheiten gab. Dass sie nicht sehr begeistert sein würde, damit hatte er gerechnet, aber dass auch sie jetzt so reagierte. Ja, Maria war das schönste und liebste Mädchen, das er kannte. Kein Vergleich zu Ingrid. Aber was sollte er machen. Maria hatte ihn schon länger geschnitten, er wusste nicht woran er bei ihr war. Er hockte auf dem Kanapee, während seine Mutter den Tisch abräumte, der Vater war schon hinausgegangen. „Kurt, überlege dir das sehr gut, auch wenn es zwischen dir und Maria eben nicht so gut läuft, das wird es im Leben immer wieder geben, du darfst nicht stur bleiben. Was denkst du denn, wie oft ich deinem Vater schon den Hals hätte umdrehen können, wenn er so da hockt, als gehöre er nicht zur Familie. Der war auch schon vor unserer Ehe so. Bei allen den anderen ist er der lustige August. Und da hast du viel von ihm geerbt". Seine Mutter hatte sich jetzt wieder gefangen. Kurt wusste nicht was er sagen sollte und seine Mutter fuhr fort: „Gehe zu Maria, rede mit ihr, die hat jetzt bald Geburtstag, schenke ihr was Schönes und entschuldige dich, auch wenn du mal nicht weißt für was du dich entschuldigen sollst". Kurt wusste nichts mehr zu sagen, verließ die Küche, ging auf seine Stube und an diesem Abend nicht mehr aus dem Haus.

*

Es war der zweite Freitag, nachmittags im November. Marias neuer Chef Willi belud seinen schwarzen Opel, mit den einhundert gefertigten Damenhosen, um diese nach Frankfurt zu seinem Auftraggeber zu bringen. „Maria, kannst du mir beim Beladen helfen?", fragt er sie. „Mache ich, dann muss ich mich aber auch sputen, ich habe heute noch Chorprobe und meinem Bruder Alois muss ich am Wochenende beim Melken helfen und dann auch noch die Milch wegbringen. Tschüss, bis Montag ". „Danke dir Maria, tschüss", hörte sie Willi noch sagen, dann war er nach hinten verschwunden, um sich umzuziehen.

Als Maria am Sonntag am Abend die Milch zur Sammelstelle brachte, fragte Gretchen, die in dieser Woche die Molkerei führte, gleich: „Maria, hast du schon gehört, der Willi ist tödlich verunglückt. Weißt du mehr, was und wo, und wie es passierte?" Da fiel Maria in die Milchkanne aus der Hand. Das hatte sie noch nicht gehört. Tränen rollten über ihre Wangen und dann eilte sie nach Hause, stellte die leere Milchkanne ab und fuhr direkt mit dem Fahrrad weiter zu Willis Frau. Aber sie traf sie nicht an. Nur den Nachbarn

Paul. Der sagte zu ihr: „Die Polizei war gestern Abend bei Willis Frau. Willi ist mit dem Auto in der Nähe von Fechenheim gegen einen Baum gefahren. Er muss gleich tot gewesen sein. Es wird gemunkelt, dass er vorher in der Frankfurter Unterwelt war, aber ich weiß nichts und will auch nichts gesagt haben". Maria hörte dem gar nicht mehr zu und fuhr nach Haus zurück.

Schon am folgenden Dienstag war die Beerdigung. Ihr Bruder Alois, der mit seinem Pferd, dem eine schwarze Decke übergelegt worden war, den alten Leichenwagen fuhr, stand schon vor der Einfahrt des Hauses von Willi. Gerade als Maria ankam, brachten vier Helfer den Sarg heraus und luden ihn in den schwarzen, kastenförmigen Leichenwagen. Jetzt kam der Pfarrer mit den Messdienern aus dem Haus, wo die letzten Gebete für den Toten in seinem vertrauten Heim gesprochen worden waren. Dann setzte sich der Zug in Bewegung zum Friedhof.

*

Marias Geburtstagsfeier sollte am Samstagabend stattfinden. Am ersten Adventssonntag wurde sie zwanzig und am Vorabend wollte sie in den Geburtstag hinein feiern.

„Na wen hast du denn alles eingeladen?" fragte ihre Mutter. „Melitta, Mathilde, Gerda und Albina, den Vetter Richard, (Sohn ihrer Tante Katharina, der Schwester ihres Vaters) den Willi und den Karl". „Welchen Karl meinst du denn heute, den Nachbarn oder deinen Vetter aus Krotzenburg?" Maria errötete und sagte: „Nein der Karl ist unser neuer

Schäfer, der unsere Schafe hütet". „Oh Maria hilf, schon wieder ein neuer? Das halte ich bald nicht mehr mit dir aus. Du wirst jetzt zwanzig, da solltest du aber langsam wissen, wohin du gehörst. Was ist mit Kurt, kommt der denn nicht?" Maria antwortete nichts und verließ das Zimmer, um nichts Falsches zu sagen.

Der Geburtstag nahte und ihre Gäste kamen alle. Mathilde war schon früher gekommen, um ihr bei den Vorbereitungen zu helfen. „Ich habe gehört, dass du mit dem Kurt jetzt endgültig Schluss gemacht hast". „Wer hat das gesagt, das weiß ich selbst nicht. Es läuft nur eben nicht so gut zwischen uns". „Ja, wenn das so ist" meinte Mathilde, „dann wird es schon wieder". Alle ihre Gäste waren pünktlich da. Sie brachten kleine Geschenke mit, über die Maria sich sehr freute, aßen zusammen und tranken Apfelmost, den Marias Mutter eingekocht hatte. Für die Männer gab es sogar eine Flasche Bier. Maria hatte gegenüber beim Krämer fünf Flaschen gekauft. Außer Albina waren jetzt alle schon zwanzig Jahre alt, sie war die letzte in diesem Jahr und Albina als Jüngste hatte dann im kommenden April Geburtstag. Die Stimmung war gut, Willi und Karl erzählten Witze, als es an der Tür klopfte. Maria ging, um die Haustüre zu öffnen. Da stand Kurt vor ihr, in der Hand hatte er drei Flaschen Wein. „Herzlichen Glückwunsch, alles Gute zu deinem Geburtstag, liebe Maria, und was ich dir noch mehr wünsche; dass dein Strahlen in deinen Augen wieder zurückkehren möge. Das habe ich so sehr an dir vermisst". „Hallo Kurt", schaltete sich Mathilde dazwischen. „Weshalb kommst du denn so spät? Du kennst doch unsere Zeiten, wann wir beginnen. Komm erzähle gleich einmal einen Witz, die der beiden", dabei deutete sie auf Willi und Karl „erzählen doch nur immer die gleichen, alten Witze". Kurt ging noch näher auf Maria zu. Er wollte noch etwas sagen, sie aber drehte sich zur Seite und sagte „Setze dich, möchtest du auch ein Bier?" „Mache lieber den Wein auf, den Kurt mitgebracht hat. Den bekommen wir nicht alle Tage", riefen Willi und Karl fast gleichzeitig. Maria holte den Flaschenöffner und Gläser, und Kurt öffnete die Flasche Wein. Ihre Stimmung war verflogen und Albina prostet in die Runde" „Auf Maria, auf ihren Geburtstag, sie soll leben, hoch, hoch, hoch". Und die anderen antworteten im Chor „Hoch, hoch, hoch". Kurt quetschte sich neben Albina und Willi auf das Sofa, um direkt neben Maria zu sitzen. Langsam kehrte auch bei ihr die Stimmung wieder zurück. So feierten sie bis noch lange bis in die Nacht hinein. Als sie zum Gehen aufbrachen, war Kurt nicht mehr zu sehen. „Wo ist der denn hin?" fragte Gerda, „der war doch gerade noch hier". Sie verabschiedeten sich und gingen. Maria ging mit bis an das Hoftor. Als sie wieder in den Flur zurückkam, stand Kurt vor ihr und sagte: „Maria, kann ich jetzt noch mit dir reden?" „Komm mit auf meine Stube, aber bitte nicht mehr zu lange, ich bin jetzt auch müde". „Liebe Maria", begann Kurt „du weißt, dass ich dich liebe, du aber hast es mir noch nie gesagt. Ich bitte dich heute, lass mich wissen, woran ich bei dir bin. Ich halte das nicht mehr aus, so wie es zwischen uns in den letzten Wochen läuft. Ich möchte mit dir gehen, und bitte dich mir zu sagen, ob du mich auch liebst. Du musst mir jetzt nicht antworten, aber lasse es mich bitte sehr bald wissen. Ich sage dir noch einmal, ich liebe dich". Maria hatte mit vielem, aber nicht damit gerechnet. „Ja Kurt, du hast Recht, ich muss mich entscheiden. Ich will noch einmal über alles nachdenken, und denke, nächste Woche können wir dann in Ruhe über uns sprechen". Kurt verabschiedete sich mit einem Kuss auf die Marias Wange. Ein kleines Geschenk, das er noch in seiner Tasche hatte, ließ er darin stecken.

„Jetzt habe ich die Bescherung, Kurt will jetzt unbedingt zu mir. Nun ja, überlassen wir alles der Zeit, ich bin mir noch nicht schlüssig. Melitta geht jetzt fest mit Willi".

*

In den nächsten Wochen wurde wieder fleißig für das Theater geübt. Am zweiten Advent führte der Gesangverein die Operette „Das Glücksmädel" auf. Erstmals spielte Maria nicht für die Theatergruppe des Pfarrers. Dass war eine neue Erfahrung, obwohl Adolf auch hier wieder ihr Partner war. Ein langer Eintrag in ihr Buch klärt auf:

„ Zu den Proben schon unterhielt sich Adolf viel mit mir und zu meinem Erstaunen fragte er mich, ob ich nach der Vorstellung nicht mit ihm ein bisschen feiern wollte, denn es war ausgemacht, dass die Spieler dann noch ein wenig gemütlich beisammen bleiben wollen. Da ich Kurt ja nicht dazu eingeladen hätte, sagte ich Adolf zu. Es wunderte mich wohl etwas, warum er seine Freundin Rosemarie nicht mitnahm, machte mir jedoch darüber keine Gedanken und so verbrachte ich einige schöne Stunden, die ich, das muss ich sagen, lange nicht mehr erlebte. Adolf ist ein netter Gesellschafter, das muss man sagen und es war einfach herrlich. Er begleitete mich natürlich nach Hause und ich sagte lachend zu ihm: „Warte, morgen früh, wird deine Schwiegermutter zu mir kommen, und mich ausschimpfen, weil ich mit dir feierte", worauf er lachend erwiderte: „Heute sind wir noch in der Baronie, morgen ist alles vorbei". Aber es war nicht vorbei, die Leute hatten guten, guten Stoff für einen Dorftratsch.

Man weiß ja, wie die Leute gleich sind. Der Adolf hat sich ein neues Mädchen angeschafft usw. Natürlich wurde auch über mich geschimpft, wie es halt so ging. Aber Adolf war am Montag schon wieder bei Rosemarie und alles war gut. (Trotzdem kam ich aus dem Gerede am Sonntag nicht ganz heraus, nein lassen wir das). Auch Kurt wusste allerhand Neuigkeiten, von dieser Sache. Er „verzieh" mir natürlich großzügig, was mich jedoch, wenn er das Gegenteil gemacht hätte, auch nicht geärgert hätte. Am darauffolgenden Sonntagmorgen begegnete ich Adolf auf dem Weg nach Seligenstadt. Nun war alles gut. Er war mit seiner Rosemarie wieder glücklich und alles andere war vorbei.

*

Schon am nächsten Abend geschah das Unfassbare. Rosemarie hatte einen Auftrag von ihrem Vater erhalten, und sollte Kohlen auf dem Schiff am Main, nahe der Schleuse kaufen. Sie nahm den Handwagen und zog diesen von daheim, auf dem direkt gegenüber ihres Hauses liegenden Weges, dorthin. Sie stellte den Bollerwagen am Uferrand ab. „Hallo Schiffmann", rief sie. „Ich will Kohlen kaufen, den Handwagen voll". „Ich habe jetzt keine Zeit", hörte sie eine Stimme aus dem Maschinenraum rufen. „Nimm den Eimer und lade dir selber welche auf, wenn du fertig bist, dann rufe mich wieder". Rosemarie nahm den Eimer und schaufelte ihn voll, trug denselben aus der Kohlenkammer des Schiffes über einen schmalen Steg, bestehend nur aus einer schmalen Bohle, die so den Schiffsrand mit dem nahen Ufer überbrückte. Eimer für Eimer trug sie nach draußen. Es wurde schon dunkel und immer kälter. Sie ging eben wieder mit einem vollen Eimer vom Schiff und betrat die Bohle, da passierte es. Sie rutsche aus und wollte sich noch an dem einfachen Seil, das als Sicherung an der Bohle befestigt war, festhalten. Aber sie erreichte das Seil nicht und stürzte. Mit voller Wucht schlug sie mit dem Kopf gegen einen Poller, an dem das Schiff festgemacht war. Dabei wurde sie ohnmächtig und fiel kopfüber zwischen das Schiff, die Bohle und das Ufer. Sie verklemmte sich so, dass ihr Kopf voraus in das eiskalte Mainwasser hing. Niemand auf dem Schiff hatte den Unfall bemerkt. Der Schiffer wunderte sich, als es auf einmal so ruhig auf dem Schiff wurde. Das Kratzen, mit dem die Schaufel auf dem Schiffsboden entlangfuhr, es hatte auf einmal aufgehört. Vorher war es immer wieder in gewissen Abständen zu hören gewesen. Mit einem komischen Gefühl im Bauch, ging er nach oben. Gleich sah er wie Rosemarie halb im Wasser, halb im Seil des Geländers hing. Er brüllte so laut er konnte nach seinen zwei Schiffjungen und seiner Frau. Die kamen herbei gestürzt und halfen ihm Rosemarie zu befreien und auf das Ufer zu legen. Sofort versuchte er Rosemarie mit Mund zu Mund zu beatmen. Dann drückte er mit beiden Händen auf ihren Brustkorb, um sie wieder zu beleben. Seine Frau holte heißes Wasser und wusch Rosemarie ab, in der Hoffnung sie mit der Wärme des Wassers wieder zu beleben. Alles Bemühen war umsonst. Rosemarie starb in den Armen der Frau des Schiffers. Der schickte gleich seine Schifferjungen los, um weitere Hilfe zu holen. „Brüllt, so laut ihr könnt in die Dorfstraße hinein, damit die Leute hierher kommen. Wir müssen wissen, wer das Mädchen ist und ihre Eltern benachrichtigen". Die rannten den Weg hoch und brüllten, so laut sie konnten. „Hallo ihr Leute, wer ist das Mädchen, das gerade Kohlen holt?" Das hörten auch daheim Rosemaries Eltern und ihr Vater war gleich auf der Straße draußen. „Was ist passiert"? fragte er und gemeinsam rannten jetzt alle drei zum Schiff zurück. Im Laufen und keuchend erzählte der Schiffsjunge, was passiert war. Wie von Sinnen kam Rosemaries Vater am Schiff an. Da sah er seine Tochter liegen. Schweigend nahm er sie in seine Arme und trug sie über den Weg nach oben zu seinem Haus und legte den Leichnam in der Küche auf das Kanapee. Dann brach er ohne ein Wort zu sagen, zusammen. Der inzwischen herbei gerufene Arzt, konnte jetzt nur noch die Eltern behandeln. Dazu trägt Maria in ihr Buch ein: „An diesem Abend ereignete sich ein tragischer Unglücksfall: Rosemarie verunglückte beim Kohle holen am Schiff tödlich. Es ist hart für ihre Eltern, das einzige Kind zu verlieren. Auch in unserer Gruppe tat es weh, denn sie war allen eine gute Kameradin und vor einem dreiviertel Jahr war sie noch unsere Freundin, bis sie Adolf fest hatte. Es ist eben nichts zu ändern".

*

Nach dem Gespräch mit seinen Eltern ging Kurt am nächsten Abend zu Agathe. „Ich wollte dir nur sagen, dass ich meinen Eltern klipp und klar gesagt habe, dass ich jetzt zu dir und nicht mehr zu Maria gehe". „Wie war denn ihre Antwort? Sie waren bestimmt nicht begeistert, da die Maria aus dem Dorf ist, und ich eine Unbekannte aus dem Spessart bin, die auch noch ein Kind hat". Es klang ironisch wie Agathe das sagte. „Ja, so ähnlich war es schon", gestand Kurt ein. „Aber das ist mir völlig egal, entweder sie akzeptieren, oder …" „Kurt, lass es gut sein, was wolltest du denn dann tun? Davon laufen, mit mir auswandern, mein Lieber, so geht es wirklich nicht". Kurt wusste es selbst, auch wenn er ihr nicht Recht geben wollte. „Die müssen es akzeptieren, ob sie wollen oder nicht", meinte er trotzig. „Bevor du etwas Überstürztes tust, denke daran. Ich habe dich sehr gerne, aber nicht um jeden Preis. Ich bin hier her gekommen, um mit meinem Buben Ruhe zu finden, nachdem mein Mann gefallen war. Ich wollte dort im Spessart nicht dauernd an ihn erinnert werden. Wo mich jeder nur noch bedauert hat, wenn er mich sah. Die arme, ein kleines Kind und schon keinen Mann mehr. Nein Kurt, so geht das nicht. Wenn deine Eltern uns akzeptieren, so wie wir sind" und sie betonte besonders das wir, womit sie ihren kleinen Sohn meinte „dann stellst du uns ihnen vor, und dann können sie mir auch in das Gesicht sagen, was ihnen nicht an mir, an uns, gefällt. Danach sehen wir weiter. Nur wenn unsere Liebe das aushält, dann haben wir beide eine Zukunft". Das war eine lange Antwort, die Agathe ihm gab. Er bewunderte ihr Selbstbewusstsein. Die drei Jahr die sie älter war als er selbst und ihre Erfahrung beeindruckten ihn doch sehr. Er sagte nur „Agathe, ich glaube du hast schon wieder Recht. Ich muss das doch irgendwie anders lösen". Als Kurt ging, lächelte Agathe ihn an, obwohl sie innerlich traurig wurde. Sie spürte, dass sie den Kurt liebte, aber sie wollte keine Ungewissheit.

1948 Jahresende

Kurt hatte seiner Mutter versprochen mit Maria zu reden. Aber wie sollte er das anstellen? Immer wieder zermarterte er sich seinen Kopf: „Wie komme ich an Maria ran, wie sage ich ihr es? Ich liebe sie, ich liebe Agathe, wen liebe ich wirklich, wen mehr?" Bald wusste er selbst nichts mehr.

Weihnachten stand vor der Tür und Kurt wollte vor allem seiner Mutter das Fest nicht verderben. Also fasste er sich ein Herz und ging zu Maria. „Kurt, gut dass du kommst, ich hatte dir ja versprochen dir eine Antwort zu geben". Maria wartete gar nicht ab, und fragte auch nicht weshalb er gerade jetzt gekommen war. „Ich habe großen Zoff mit meiner Mutter, und auch mein Bruder hält große Stücke auf dich, ganz besonders nachdem du ihm im Sommer so aus der Patsche geholfen hattest. Jeden Tag bekomme ich das zu hören. Überlege dir gut, wie du mit dem Kurt umgehst, und so weiter, und so fort ". „Ja", Kurt unterbrach sie jetzt: „Mir geht es genauso, meine Eltern, besonders aber meine Mutter, sind so untröstlich über uns. Jetzt steht Weihnachten vor der Tür, und ich schlage vor, dass wir über die Feiertage einen neuen Versuch für unsere Liebe wagen. Vielleicht finden wir wieder zusammen. Wenn du einverstanden bist, feiern wir das Fest der Liebe zusammen, gehen zusammen in die Christmette, und ich verspreche dir, mich zu bemühen, dir dabei nicht auf die Nerven zu gehen. Ich möchte dir meine Liebe zeigen". „Gut, wir können es versuchen, aber versprechen will ich nichts. Sage dies deinen Eltern, und ich sage meiner Mutter, dass du am ersten Feiertag dann bei uns bist". „Darf ich das als eine Einladung verstehen?" „Ja", antwortete Maria und Kurt freute sich darüber, jedoch mit Agatha sprach er nicht.

1948 Heiliger Abend

Es war Nachmittag gegen drei Uhr, als die kleine Wilma mit ihrer Bastelarbeit fertig wurde. Sie hatte einen wunderschönen, doppelseitigen, goldenen Stern mit einem Schweif aus gelbem, durchsichtigem Papier gebastelt. Ihr Bruder Heinz hatte ein kleines Birnchen an einem Kabel in den Stern geklebt. So leuchtete dieser, wenn er an die Stromdose angeschlossen wurde. „Wilma, merke dir, den Stern darfst du nicht am Strom anschließen. Das werde ich für dich tun, wenn du ihn Mama und Papa geschenkt hast. Es ist viel zu gefährlich, da du noch zu klein bist, da darfst du nie mit Strom spielen". Ihr Bruder machte sich immer Sorgen um sie, obwohl sie doch jetzt schon fast elf Jahre alt. Dabei war es überhaupt nicht schwer, den Stecker in die Dose zu stecken. Sie verpackte den Stern noch mit Weihnachtspapier, das ihre Mutter für Geschenke gekauft hatte und übrig war. Liebevoll nahm sie das verpackte Geschenk und brachte es nach oben in die Mühle. Hier gab es leere Getreidefächer, und sie legte es in ein Fach, damit die Eltern ihre Überraschung vorher nicht sehen konnten. Die Mühle war über die Feiertage abgeschaltet, doch der Mühlenstein drehte sich draußen mit dem im Bach vorbei fließenden Wasser unaufhörlich. Er bewegt eine Verbindungswelle, die in die Mühle hinein führte und mit der ein Treibriemen über ein großes Rad aus Holz die nächste Welle, die nach oben führte, antrieb. Mit dem nächsten Riemen wurde eine weitere Welle bewegt. Mit einen vierten, kürzeren Riemen wurde das Mahlwerk im oberen Stock in Gang gesetzt. Hier war jetzt der Riemen abgenommen worden und so stand die Mühlenanlage still. Doch die Treibriemen, die immer gut eingefettet waren, um so das laute Getöse der knarrenden Wellen im Haus erträglicher zu machen, drehten immer weiter. „Wilma, mache dich fertig, das Christkind will bald kommen", rief von unten ihre Mutter. Die Mutter hatte den Christbaum schön geschmückt sollte nach dem Abendessen rechtzeitig zur Bescherung leuchten. Sie wollten ja auch alle zusammen um zehn Uhr in die Kirche zur Christmette, wohin ein Fußweg, durch die verschneite Au entlang an der Kahlbach führte. „Ja. Mama, gleich bin ich soweit, ich muss nur noch einmal schnell nach oben" rief sie ihrer Mutter zu. Wilma war ein sehr schönes Mädchen. Mit ihren goldenen Zöpfen sah sie wie der Weihnachtsengel aus. Sie hatte schon ihr schönes Sonntagskleid angezogen, um später für die Kirche gekleidet zu sein, da sie genau wusste, dass nach der Bescherung wieder keine Zeit zum Anziehen wäre. Schließlich wollte sie mit der neuen Puppe spielen und hoffte, dass das Christkind ihr diese heute bringen würde. Sie ging die schmale, steile Treppe nach oben, um ihr Geschenk für die Eltern aus dem Fach zu holen. Gerade bückte sie sich, um es zu entnehmen. Sie rutschte auf dem mehligen Boden aus ihren Pantoffeln heraus und stürzte zu Seite. Dabei verfing sich ihr Zopf in dem laufenden Treibriemen, wo sofort Wilmas schönes, langes Haar daran klebte, und das Mädchen von dem gnadenlos weiterdrehten Rad in die Welle reingezogen wurde. Wilma konnte nicht einmal schreien, so schnell war es passiert. „Wilma, komm, beeile dich" rief ihre Mutter wieder laut nach oben. Doch sie erhielt keine Antwort mehr. Ahnend, dass etwas passiert sein musste und voller Angst hastete Heinz die steile Treppe hoch. Er merkte gleich, dass etwas nicht stimmte. Oben angekommen riss er geistesgegenwärtig den laufenden Riemen von der Welle und hielt diese mit den bloßen Händen an. Auch sein Vater kam eben, so schnell er konnte, die Treppe hoch. Dann hörte Heinz den Schrei des Vaters. Diesen wird er sein Leben lang nicht vergessen. Nur noch tot hielt der seine kleine Schwester in den Armen. Gemeinsam trugen sie die kleine Wilma nach unten und legten sie auf ihr Bett. Die Mutter brach ohnmächtig zusammen und auf die starren Blicke des Vaters, der unbewegt daneben stand, konnte Heinz nicht achten. Er hatte gleich ein Handtuch mit kaltem Wasser auf die blutenden Wunden der fast haarlosen Schädeldecke seine Schwester gelegt. Wilma schlug noch einmal die Augen auf, als wollte sie ihm danke sagen. Ohne ein Wort von sich geben zu können, fiel ihr Kopf zu Seite. Sie war tot. Jetzt musste Heinz sich um Mutter und Vater kümmern. Mit dem nassen Handtuch wischte er das Gesicht seiner Mutter ab. Dabei kam sie wieder zu sich und starrte ihren Sohn an. Der Vater stand immer noch erstarrt daneben. Heinz rannte in das Schlafzimmer und holte aus dem kleinen Kästchen, wo die Medikamente waren, ein Fläschchen mit Tropfen. Diese schüttete er in ein Glas mit Wasser und gab es den Eltern zu trinken. Nach kurzer Zeit waren beide Eltern eingeschlafen.

Danach kämpfte er sich draußen durch den hohen Schnee, um den Arzt zu holen. Nach einer halben Stunde kamen beide an der Mühle an. Als der Arzt Wilma da liegen sah, schüttelte er den Kopf. „Tut mir leid Heinz, du hast alles richtig gemacht. Aber der liebe Gott hat sie zu sich geholt, es tut mir sehr leid". Dann kümmerte er sich noch um die Eltern. Und als er wieder ging, sagte er: „Ich gehe auf dem Rückweg im Pfarrhaus vorbei und sage dem Pfarrer Bescheid".

Es war schon fast neun Uhr, als der Pfarrer in die Mühle kam. Heinz Eltern waren jetzt wieder bei Bewusstsein, aber weiterhin nicht ansprechbar. Der Arzt hatte ihnen noch eine Spritze gegeben, so saßen sie ganz ruhig auf ihren Stühlen am Küchentisch. Der Pfarrer betete, gemeinsam mit Heinz die Totengebete. Dann ging auch er bald, da er ja noch die Christmette halten musste. Heinz zündete eine Kerze an, stellte diese neben seine Schwester auf und legte ihr einen Rosenkranz in die Hände. Danach ging er hinter das Haus und musste sich fürchterlich übergeben.

Als die Christmette begann war die Kirche dunkel, nur die Kerzen am Altar brannten. Die Leute wunderten sich sehr, weil sonst immer eine spärliche Beleuchtung die Kirche erhellte. Die Glocken hatten gerade aufgehört zu läuten, als der Pfarrer aus der Sakristei heraus kam, und sich vor den Altar kniete. „Liebe Pfarrgemeinde", begann er seine Worte. "Wir wollen in dieser Nacht die Geburt Jesus feiern. Wir werden es heute ohne Gesang, nur im Gebet verbringen. Wir beten für die kleine Wilma von der Mühle. Sie verstarb heute Abend bei einem schweren Unfall, als sie sich bereits auf das Kommen des Christkindes freute". Alle Kirchenbesucher waren von dieser Nachricht geschockt. So wurde es eine leise Mette, kannten doch alle die kleine, süße Wilma. Das ganze Dorf trauerte mit der Müllerfamilie.

Am Tag nach dem zweiten Feiertag fuhr Maria mit ihrem Bruder im Schlitten durch den Wald zum Friedhof nach Kahl. Die Nachricht vom Tod ihrer kleinen Freundin hatte sie über die Feiertage schnell herum gesprochen. Vom Schmerz gerührt sah Maria Heinz, seine Eltern und die Großeltern am offenen Grab stehen. Es war sehr kalt, ein eisiger Ostwind ließ die Tränen auf den Wangen gefrieren. Stumm verabschiedete sie sich mit einer Blume von Wilma, die sie in ihr Grab warf.

*

Das Weihnachtsfest, Silvester und Neujahr verliefen bei Maria und Kurt harmonischer, als beide dachten. Sie gaben sich Mühe und es war fast so, wie sie es sich wünschten. Nur die Nachricht vom Tod der kleinen Wilma hatte das Fest getrübt.

Maria schreibt:

„Weihnachten 1948! Kurt schenkte mir einen Pelzmuff. Ich gab ihm ein paar selbstgestrickte Norwegerhandschuhe. Ich wollte ja erst nicht, aber was tut man nicht alles. Und vorgestern an Silvester feierten wir zu acht bei Kurt zu Hause. Jeder stellte etwas, und so wurde es ganz gemütlich. Kurt und ich. Melitta und Willy, Albina und Gerda hatten nicht ihre Freunde, die sie wollten. Da war auch noch Walter, unser Schneider und mein Vetter Richard dabei. Wir gingen wieder geschlossen in die Frühkirche. Gestern an

Neujahr spielten wir nochmals „das (Theaterstück) Glücksmädel". Für Adolf spielte Günther. Es war für die neuen Glocken, die übrigens auch gestern feierlich geweiht und getauft wurde. Die eine der Mutter Gottes zu Ehren, „Sankta Maria", die andere „Sanktus Bonifatius", unserem Kirchenpatron zur Ehre. Ich bin in der letzten Zeit nicht mehr von Herzen froh; ich könnte mich oft darüber ärgern, aber ich kann nichts dafür, dass ich Kurt nicht so gern habe, wie er mich hat. Er tut mir alles, was ich will, ist auch anständig und tut alles was ich will. Aber die richtige Liebe, die man für einen Menschen haben muss, wenn man ihn heiraten will, fehlt bei mir vollständig. Ich sagte ihm schon oft, dass ich noch frei sein will, aber er will es nicht hören und kommt immer wieder. In diesem Falle würde mir auch nichts im Wege stehen; jeder will es haben mit uns zwei, nur ich, ich stelle mich so eigensinnig an. Ich bin trostlos, wenn ich bloß mal wissen würde, was ich tun soll."

1949

Seit seiner letzten Aussprache mit Agathe war Kurt nicht mehr bei ihr gewesen. Er hoffte, nachdem die Feiertag recht harmonisch verlaufen waren, dass er jetzt doch mit Maria, seiner Liebe seit der Jugendzeit, wieder zusammen käme. Maria konnte es kaum erwarten, dass endlich am 2. Januar wieder Tanz war. Die Zeit in der das Vergnügen nicht erlaubt war, war endlich vorüber. Kurt hatte sie abgeholt und so gingen sie zusammen mit Melitta und Willi in die Turnhalle. Schon beim ersten Tanz mit Kurt spürte sie, wie sie sich wieder quälte. Sie fand keine Stimmung und so sehr sich Kurt auch anstrengte, es regte sich keine gute Laune in ihr. Sie bemühte sich, Kurt eine gute Partnerin zu sein, doch es gelang ihr nicht. „Heute kommen wir beim Tanz nicht gut zu Recht". Kurt der merkte, dass Maria nicht ihre gewohnte Stimmung fand, überlegte: Was mache ich nur falsch, etwas stimmt mit Maria nicht". Dann fragte er sie: „Wollen wie uns setzen?" Maria wollte nicht und meinte nur: „Es geht schon". Schon beim nächsten Tanz merkte er erneut ihr komisches Verhalten. „Komm mit mir auf die Galerie, da sind kaum Leute". Maria folgte ihm willig. Oben angekommen, setzten sie sich ganz hinten an den letzten Tisch. Kurt wollte gerade das Gespräch beginnen, als Maria im zuvor kam: „Lieber Kurt, ich hatte dir vor Weihnachten versprochen, dir zu sagen, was ich für dich empfinde. Ich will ehrlich zu dir sein, du bist ein lieber Kerl, aber ich fühle für dich nicht das, was du für mich fühlst. Es ist besser wir trennen uns endgültig, als dass wir so weiter machen wie bisher". Maria wunderte sich über sich selbst. Hatte sie das doch lange schon Kurt sagen wollen. „Eigentlich wollte ich es dir schon vor Weihnachten sagen. Ich gestehe dir, ich habe es nur meiner Mutter zu Liebe nicht getan, damit das Fest friedvoll blieb. Das war nicht ehrlich von mir und dafür bitte ich dich um Verzeihung". Kurt war leichenblass geworden und Maria von sich selbst überrascht, dass sie es jetzt Kurt so unverblümt ins Gesicht sagen konnte. „Nein Maria, das darf nicht wahr sein, es war doch alles so schön in den letzten zwei Wochen, denke an unsere Silvesterfeier bei uns zu Hause, habe ich doch erst gestern noch zu meiner Mutter gesagt, dass alles wieder in Ordnung ist, und jetzt…" Kurt brach ab, und sie sah wie ihm eine Träne die Wange herunterlief. „Kurt, verstehe doch, es geht nicht, ich kann dich nicht so lieben, wie du mich liebst. Ich weiß, dass es weh tut, auch ich liebe einen, den ich nicht bekommen kann". „Du meinst den Josef, ich dachte den hättest du längst vergessen". „Nein Kurt, nicht vergessen, wenn ich das könnte, wäre zwischen uns sicher manches anders verlaufen. Ich entschuldige mich nochmals bei dir, dass ich dich so lange im Ungewissen ließ". Sie gingen wieder in den Saal hinunter und setzten sich an den Tisch zu Melitta und Willi und auch die merkten gleich, dass es zwischen den beiden nicht mehr stimmte. Maria schrieb in ihr Buch:

„…aber auf dem Heimweg habe ich es Kurt noch einmal klipp und klar gesagt, dass es keinen Wert hat. Er ist natürlich untröstlich und will es nicht wahr haben. So kam er am Dreikönigstag noch mal am Nachmittag und abends wartete er auf mich, um mich zu unserer nachträglichen Weihnachtsfeier der Jugendgruppe abzuholen. Und jetzt sagte ich ihm endgültig ab. Alles schimpfte mich natürlich, aber ich kann nicht".

*

„Liebe Frauen, liebe Mitarbeiterinnen", so begann Willis Frau ihre Ansprache an die Belegschaft. „Ich muss euch heute die traurige Mitteilung machen, dass ich die Schneiderei aufgeben muss. Leider kann ich euch nicht weiter beschäftigen und muss euch entlassen. Ich selbst habe keinen Führerschein und kann auch nicht die Arbeiten fortführen. Der Willi fehlt halt an allen Ecken. Ich danke euch für eure bisher geleistete Unterstützung. Schneider Krumm aus Seligenstadt wird das gesamte Inventar von hier in seine Schneiderei nach Seligenstadt mitnehmen. Ihr sollt euch in den kommenden Tagen bei Herrn Krumm melden. Er will euch übernehmen, aber ihr müsst jede für sich mit ihm selbst verhandeln".

Maria fuhr schon in der nächsten Woche nach Seligenstadt. Freudestrahlend kam sie zu Hause an und sagte zu Mutter und Bruder: „Ab Montag arbeite ich in Seligenstadt. Ich bekomme dort dreißig Pfennige mehr in der Stunde".

*

Kurt ging jetzt nicht mehr zu Maria. Täglich musste sie sich die Vorwürfe der Mutter anhören. Auch ihr Bruder, der sie sonst in allem unterstützte, konnte nicht billigen, dass sie die Beziehung zu Kurt beendet hatte. Am Mittwoch war ihre Mutter beim Krämer auf der gegenüberliegenden Straßenseite zum Einkaufen. Es waren vier Kundinnen vor ihr und so musste sie warten. Da öffnete sich die Ladentüre. Die laute Glocke schreckte sie aus ihren Gedanken, als Kurts Mutter den Laden betrat. Die anderen Kundinnen schauten alle gespannt auf die beiden Frauen. Keine wusste so recht wie sie sich verhalten sollte. Jeder im Dorf wusste von der Trennung derer Kinder Maria und Kurt. Eine ungewohnte, peinliche Stille erfasste den Krämerladen. Marias Mutter fasste sich zuerst und sagte laut, sodass es alle hören konnten: „Es ist nicht schön, dass unsere Maria und dein Kurt nicht mehr zusammen sind. Und liebe Franziska, es tut mir auch leid. Ich hoffe der Kurt wird es bald verkraften. Deshalb aber denke ich, soll es doch zwischen uns so bleiben, wie es immer war". Nun hatte sich Kurts Mutter auch wieder zusammen genommen und antwortete Agnes: „Es fällt mir schwer, wir haben Maria sehr gerne, aber besser ist ein Trennung heute, als wenn sie verheiratet gewesen wären und sich hätten scheiden lassen. Ich glaube, sowas hätten wir beide nicht überlebt". Die Frauen gaben sich die Hände, und das Getratsche der Leute hatte dann auch bald ein Ende gefunden.

*

Schon am folgenden Freitag war der erste Maskenball. Marias Mutter wollte, dass Maria noch nicht hin ging, nach alle dem, was passiert war. Aber Maria sagte trotzig. „Heute bin ich jung, heute möchte ich was erleben". Und sie floh auch vor der Stimmung, die zu Hause herrschte. An diesem Abend lernte sie den Schiffmann Reinhold aus Dorfprozelten kennen. „Ein klarer Kerl, in den man sich direkt verlieben könnte", dachte Maria den ganzen Abend lang. „Ich komme mal wieder" mit diesen Worten verabschiedete er sich. Doch davon erzählte sie zu Hause kein Wort. Dann am folgenden Sonntag war der nächste Maskenball. Sie hatte sich an diesem Abend noch nicht maskiert, und wollte es erst einmal ruhiger angehen lassen. Sie saß bei Melitta und Willi am Tisch, während sich Mathilde maskiert hatte und mit dem Einzug der Masken erst später in den Saal kommen würde. Die Musik fing pünktlich um 19.61 Uhr, wie es auf dem Plakat stand, an zu spielen. Es ging gleich mit einem Stimmungswalzer los, Melitta und Willi tanzten, während Maria auf ihrem Platz sitzen blieb. Danach spielte die Kapelle eine Polka und dann wieder ein Walzer. Auf einmal stand Josef vor ihr am Tisch und fragte, ob sie mit ihm tanzen würde. Sie sagte nur: „Ja, gerne", stieg auf und sie tanzten. Während der Tour sprach keiner ein Wort. Josef brachte sie zum Tisch zurück und ging. Das wiederholte sich mehrmals. Immer noch sprachen sie kein Wort miteinander. Erst gegen halb zwölf sagte Maria, dass sie jetzt nach Hause gehen müsse. „Darf ich dich heimbringen?" fragte Josef. „Ja gerne", antwortete Maria. Schweigend brachte er sie bis vor den Hof und sagte dann nur: „Tschüss, bis zum nächsten Mal" und ging erneut. Verwundert dachte Maria, wie sie in ihrem Tagebuch vermerkte: „Er brachte mich nach Hause. Aber sonst nichts. Es war mal wieder schön, mal sehen wie es weiter geht". Vor Aufregung konnte sie keinen Schlaf finden.

Die nächsten Wochen waren weitere Bälle. Bei einem Preisball erhielt sie einen dritten Preis, als sie mit einer weiteren Freundin, sie hieß auch Maria, als Haremspaar gingen. Nach der Demaskierung zog sie ihr neues Dirndl an, tanzte viel mit Werner, und auch Kurt, der heute anwesend war, tanzte mit ihr. „Darf ich dich nach Hause begleiten"? fragte er sie. „Nein, Kurt, ich möchte mit dir weiter in Freundschaft bleiben, ich tanzte mit dir. Aber schlage dir alles Weitere aus dem Kopf. Endgültig." Er brachte Maria an ihren Platz zurück, und ging alleine in die Bar. Auf einmal stand Reinhold, der Schiffmann an ihrem Tisch. Über die Faschingstage war er mit seinem Schiff drei Tage in Aschaffenburg und hatte von dort sofort Kurs auf Maria genommen.

„Ich habe mich mit ihm sehr nett unterhalten, (die Leute werden sicher schon wieder Stoff für einen neuen Klatsch gehabt haben), aber ich sagte es ihm am vergangenen Montag, als er wieder mal klar, dass es mit uns beiden keinen

Wert hat. 1. Weil meine Mutter es nicht zulässt und 2. Weil ich selbst niemals auf ein Schiff gehe. Wir haben uns, nachdem er auch auf seine Bitten hin, ich soll doch bei ihm bleiben, nichts erreichte, in Freundschaft getrennt. Es kam bei ihm ja sehr schmerzlich an, aber ich sehe es immer mehr ein, dass Reinhold nie der Mann für mich sein könnte. Als er mich bat, ob er mir nicht noch manchmal einen Kartengruß senden darf, habe ich natürlich gesagt, dass ich durchaus nichts dagegen habe".

*

Kurts Mutter wollte mit dem Omnibus in die Stadt fahren. Sie musste zu Fuß ungefähr eine halbe Stunde durch das Dorf bis zur Bushaltestelle an der Landstraße laufen. Diese führt von Hanau nach Aschaffenburg. Der Bus fuhr morgens um sechs Uhr in beide Richtungen und am Abend noch einmal um halb sieben von dort ab. Zwischendurch wurde noch um halb elf eine Verbindung angeboten. Kurts Mutter ging vor zehn zu Hause weg, um den halb elf Uhr Bus zu erreichen. Als sie an der Bushaltestelle ankam, stand eine junge Frau mit ihrem kleinen Sohn schon da. Sie waren die einzigen, die jetzt mit dem Bus nach Aschaffenburg fahren wollten. „Na mein Kleiner, du bist aber ein fescher Bub", begann Kurts Mutter ein Gespräch. „Wollt ihr auch in die Stadt"? „Ja, der Junge braucht eine Hose und eine Lederhose will ich ihm auch kaufen. Dauernd hat er Löcher in den Knien und eine Lederhose hält doch länger". „Ja, das ist wahr, das kenne ich noch von meinem Buben. Aber der ist ja heute schon ein Mann". Die Frauen lachten, und der Kleine fügte an „ ich bekomme heute einen Lutscher, wenn ich brav bin". Die Frauen unterhielten sich noch bis sie am Bahnhof in der Stadt ausgestiegen waren. Dann trennten sich ihre Wege. Kurts Mutter dachte: „Das ist aber eine nette junge Frau".

Mit dem Sechsuhrbus fuhren sie auch gemeinsam wieder in ihr Dorf zurück. Sie gingen über die Hauptstraße durch das Oberdorf, da sagte die junge Frau: „Hier trennen sich unsere Wege, ich habe mich sehr über die Unterhaltung mit Ihnen gefreut, ich wohne dahinten in der Gasstätte". Marias Mutter wurde hellhörig und sagte: „Jetzt haben wir uns so nett unterhalten, und wissen nicht einmal unsere Namen. Ich bin die Frau des Malermeisters...". „Ja ich weiß", antwortete die junge Frau. „Ich bin die Agathe, und das ist mein Sohn Wolfgang. Es hat mich wirklich sehr gefreut, sie kennen zu lernen. Grüßen Sie Kurt herzlich von mir". Dann gingen die beiden in die Seitenstraße, Kurts Mutter in Gedanken die Hauptstraße weiter nach Hause. „Eine wirklich nette Frau", murmelte sie, und musste noch lange an sie denken.

*

Marias kleiner Neffe hatte schon seinen ersten Geburtstag gefeiert. Sie hatte viel mit ihm gespielt und dabei darüber nachgedacht, was eigentlich bei ihr schief lief. Ja, ihre Liebe Josef konnte sie nicht im Herzen erreichen. Schon zweimal wollte er die beiden Geburtstage mit ihr feiern. Aber er ließ niemals etwas von sich hören. Mit Kurt war es ja schön ge-

wesen, aber sie war froh, dass es nun vorbei war. Der Schiffmann Reinhold, Karl, der Schäfer, Ewald und alle die anderen meist lockere Bekanntschaften, über diese alle dachte sie
jetzt nach. Ja selbst der Müller Heinz, den sie ja eigentlich
doch mochte, obwohl er sie manchmal noch komisch anschaute, war seit dem Tod seiner Schwester richtig nett zu
ihr. Und gerade jetzt schweiften ihre Gedanken zurück zu
ihrem Vetter Karl und erstmals seit langer Zeit sehnte sie
sich wieder nach ihm. Nein, das durfte nicht wieder sein.
Und je mehr sie Karl aus ihrem Kopf verdrängen wollte,
desto mehr spürte sie ein heftiges Verlangen nach ihm.

Auf ihrer neuen Arbeitsstelle in Seligenstadt hatte sie Anfang Februar angefangen. Es gefiel ihr da sehr gut, besonders die jungen Kolleginnen. Vieles war ganz anders, weil
moderner, als bei Frau Merget oder auch bei Willi. Dann
dachte sie an seinen schrecklichen Unfall. Sie ließ die letzten
Monate Revue passieren: „Ich bin jetzt zwanzig Jahre alt, die
meisten, außer Mathilde und ich, sind fest gebunden. Nun
ja, Mathilde mit ihrer Ängstlichkeit, Maria, ihre andere
Freundin und Tochter von Adam, dem Gehilfen in der
Landwirtschaft ihres Bruders, sie war eine Eigenbrötlerin,
der sowieso keiner recht war. Aber sie selbst, was hatte sie
falsch gemacht? Alle Freundschaften und auch was hätte
mehr werden oder sein können, scheiterten an … ihr selbst.
Darüber war sie sich im Klaren. Aber was sollte sie tun, ihr
Herz sehnte sich nach einem, den sie nicht erreichen konnte.
Die Faschingszeit war vorbei und darüber sie eigentlich
froh. Sie hatte, wie jedes Jahr, viel getanzt, aber sonst konnte
sie sich nicht mehr so freuen, wie das in den letzten zwei
Jahren der Fall gewesen war. Dabei hatte sie doch Erwin
kennen gelernt und konnte ihn sehr gut leiden. Sie glaubte,

dass er wie sie schrieb: „nicht interessenlos an ihr" war. Aber keiner konnte ihr Herz finden. Schon stieg Panik in ihr hoch und sie wehrte sich gegen dieses Gefühl...

*

Am folgenden Wochenende war sie in Seligenstadt auf einer Veranstaltung. Da die letzte Fähre schon früh fuhr und sie bei Nacht nicht über die Schleuse gehen wollte, schlief sie bei ihrem Bruder Willi. Ihre Schwägerin Greta hatte ihr ein Zimmer gerichtet. „Das wird das Kinderzimmer für unseren Sohn" hatte sie stolz gesagt. „Bist du schwanger"? „Nein". Greta lachte: „So schnell schießen die Bayern nicht, du kennst doch deinen Bruder. Den muss ich erst mal überzeugen. Der denkt immer, dann hätte er noch mehr Arbeit. Aber ich werde ihn schon bald klarmachen, dass früher besser ist, als später. Er ist ja auch schon sechsunddreißig. Da gibt es nichts mehr auf zu heben. Sonst sind wir eher Großeltern als Eltern", schmunzelte Greta. Und Maria antwortete: „Ich hoffe, dass ich nicht so alt werden muss. Aber erst muss ich mal einen finden". Sie sagte dies spaßig und lachend, obwohl ihr gar nicht so zu Mute war.

Am Abend ging sie mit einer Bekannten, die sie von einer anderen Veranstaltung kannte, in den dortigen Saal am Marktplatz. Da war immer viel los. Am meisten liebte sie die Prunksitzungen an Fasnacht. Gerne feierte sie dort mit. Mit den, wie die Hessen sagten: „Äwweltschen und Schlumbern". So wurden die Seligenstädter auch in den anderen

Orten genannt. Aber heute war nur ein ganz normaler Tanz. Sie wollte einfach einmal andere Gesichter sehen und auf andere Gedanken kommen. So tanzte sie vergnügt fast jeden Tanz und lernte dabei neue Leute kennen. Besonders Reinhold hatte es ihr angetan. Er wohnte in der Frankfurter Straße, direkt gegenüber der Brauerei. Mit ihm konnte sie Tango tanzen, wie selten mit einem anderen. Selbst Kurt, der zwar ein fauler aber doch sehr guter Tänzer, war, konnte da nicht mithalten. Im Stillen hoffte sie ja, dass die Kleinwelzheimer kommen würden. Die hatten ja auch nicht weit hierher. Und tatsächlich: Gegen halb elf kamen dann der „Klub". Sechs Männer und zwei Frauen, aber Jupp, auf den sie heimlich gehofft hatte, war nicht dabei.

Schon in den folgenden Wochen besuchte Reinhold sie zu Hause. Er lud sie zu seinem Geburtstag zu sich nach Hause ein und sie sagte zu. Reinold holte sie pünktlich ab und stellte sie seinen Eltern vor. Der Vater, ein kleiner schmächtiger Mann mit einer Nickelbrille war sehr vornehm gekleidet. Sein brauner Anzug passte wie angegossen und eine Fliege zierte seinen Hals. Die Mutter war eine nette, warmherzige Frau. Sie sah in Ihrem Rock und der weißen Bluse wirklich nicht aus, als sei sie schon fünfzig Jahre alt. „Herzlich willkommen liebe Maria", begrüßte sie der Vater von Reinhold. Und die Mutter weiter: „Maria, nimm Platz und erzähle, wie habt ihr euch kennen gelernt. Gefällt dir unser Reinhold?" Reinhold, dem es sichtlich peinlich war, sagte zu seiner Mutter: „Lass es gut sein, ihr lernt Maria schon noch kennen, erst sollten wir in Ruhe essen, der Abend ist noch lange". „Du hast Recht, nehmen wir Platz". Sie setzten sich an den gedeckten Tisch und Reinholds Mutter tischte einen Rinderbraten mit Klößen und Blaukraut auf. Es war

Marias Lieblingsspeise. Noch während sie so verwundert schaute, meinte die Mutter: „Reinhold hat uns gesagt, dass dies deine Lieblingsspeise ist". Maria fragte sich, woher er dies wusste, sie hatte nie darüber ein Wort gesagt. Beim Essen wurde nicht viel gesprochen. Andächtig saßen sie am Tisch und aßen bedächtig ihren Braten. Er schmeckte ausgezeichnet und Maria sagte: „Einen so guten Braten habe ich noch nie gegessen. Danke, er schmeckt wirklich ausgezeichnet". Reinholds Mutter freute sich sehr über das Kompliment. Maria war schon satt, als seine Mutter noch eine Schüssel mit Pudding brachte. Stolz sagte sie: „Das ist ein Karamellpudding, den gibt es bei uns nur zu ganz besonderen Anlässen. Und heute an Reinholds Geburtstag und besonders, weil er seine Freundin vorstellt, ist es ein Grund mehr diese Nachspeise heute zu servieren. Ich hoffe sehr, dass sie dir auch so gut schmeckt". Maria bedankte sich. Eigentlich war sie satt und hätte am liebsten: „Nein, danke" gesagt. Höflich antwortet sie: „Danke, gerne aber nur ein kleines bisschen". Genussvoll aßen Reinhold und seine Eltern ihren Pudding. Heimlich schaute sie dabei zu und bemühte sich es gleich zu tun. Den Geschmack kannte sie nicht. Aber ein Vanille- oder Schokoladenpudding wäre ihr lieber gewesen.

Sie schreibt: „Reinhold besuchte mich einige Male, er lud mich zu seinem Geburtstag am 2. April ein, aber er ist nichts für mich, das sind zu vornehme Leute, da passen wir nicht hin und überhaupt glaube ich, dass, wenn ich einen anderen heirate als Jupp, es nur dann geschieht, wenn er mich wirklich nicht will, denn für ihn habe ich die größten Interessen. Ich kann nichts dafür, aber es ist so und es bleibt so. Ich will nun mal sehen wie es mit allem weiter geht"

*

Seit Spätherbst, als Kurt das letzte Mal im Gasthaus im Oberdorf bei Agathe war, war eine lange Zeit vergangen. Durch die Entscheidung doch bei Maria zu bleiben hatte er ein schlechtes Gewissen. So zog er es vor, lieber nicht mehr hin zu gehen. Er wollte sich nicht selbst verunsichern und sein Verhältnis zu den Eltern wieder verschlechtern, wo es gerade besser geworden war. Jetzt nachdem doch alles anders gekommen ist, hatte er sich zurückgezogen. Wenn er ausging, dann meist auswärts. So vermied er, dass neue Gerüchte aufkamen.

Er saß mit seinen Eltern nach einem anstrengenden Tag beim Abendessen, als seine Mutter erzählte, dass sie am Nachmittag zum Einkauf in die Stadt gefahren war. Kurt hörte dem uninteressiert zu. Er dachte an die Arbeit, die mit Karl-Peter morgen zu Ende bringen sollte. Da hörte er seine Mutter sagen „….ist doch eine nette Frau, und der Kleine ein lieber Kerl". „Was hast du da gesagt"? warf Kurt ein. „Deine Mutter hat mal wieder jemanden kennen gelernt. Das ist nicht wichtig", entgegnete der Vater. „Nein Adam, wir haben Kurt Unrecht getan. Du kennst diese Frau nicht, und auch ich hatte es nicht gebilligt. Die Agathe ist wirklich eine nette Person, sie kann nichts dafür, dass sie so früh Witwe wurde". „Was willst du damit sagen"? fragte Kurt. „Ja, du hast mal wieder nicht zugehört", tadelt sie Kurt, „ich habe Agathe kennen gelernt und sehe ein, dass wir dir Unrecht getan hatten". Knurrend ging Kurts Vater aus der Küche. Und die Mutter erzählte ihm ausführlich wie sie Agathe kennengelernt hatte. „Da kann ich jetzt auch nicht mehr hin, da lasse ich mich jetzt auch nicht mehr sehen. Hättet ihr das euch mal gleich eingestanden".

*

Auf dem Hof herrschte große Aufregung. Von ihrer Stube aus hörte Maria ihren Bruder laut schreien. „Schnell, ruft den Tierarzt, renne zu Post und rufe ihn an, der muss sofort kommen. Die Alma kann ihr Kalb nicht bekommen, das steckt fest, halb innen und halb draußen". Maria rannte die Treppe hinunter und musste sich noch einmal erklären lassen, was eigentlich passierte. Sie nahm das Fahrrad und fuhr so schnell sie konnte zur Post. Dort war noch nicht geöffnet und so klingelte sie Sturm an der Wohnung der Postleute. Alwin öffnete und als Maria erzählte, was passiert ist, rannte er gleich zum Telefon. Die Telefonnummer von Arzt und Tierarzt war dort in großen Zahlen an die Wand geschrieben. „Der Robert muss sofort zum Alois kommen", brüllte er in den Hörer. Maria hörte erstaunt zu, sie hätte gar nicht gewusst, wie man so etwas macht. Noch nie hatte sie selbst telefoniert. Dann sagte Alwin „Sage Alois, der Robert kommt so schnell er kann".

Es dauerte noch fast eine Stunde, dann fuhr sein Auto vor dem Hof vor. Er riss seine Tasche aus dem Fond des Wagens, eilte zum Kuhstall hin, band die große grüne Gummischürze über und zog den langen, bis an die Schulter reichenden rechten Gummihandschuh an. „Hebe den Schwanz der Kuh an" Alois packte den verkrampften Schwanz, drückte ihn nach oben, so dass der Tierarzt die Scheidenwand der Kuh weiter öffnen und aus dem halb heraushängenden Kalb vorbei greifen konnte. Die hatte eine Steißlage und der Robert versuchte den feststeckenden Körper frei zu machen. „Ich kann den Kopf da drinnen nicht lösen. Das Kalb ist bereits tot und muss heraus geschnitten werden. Es gibt nur eine Möglichkeit. Ich zersäge das Kalb im Laib der

Kuh. Oder wir bringen sie gleich zum Metzger zur Not-schlachtung. Wenn ich das Kalb zersäge, dann sind die Chancen, die Alma zu retten 50:50". Alois sagte: „Versuche mir die Kuh zu retten! Maria fahre zum Metzger Eugen, dass der gleich kommt, um falls es notwendig wird, die Not-schlachtung hier auf dem Hof zu machen". Schreckensbleich radelte Maria erneut los, jetzt zum Metzger. Auch das dau-erte wieder fast eine Stunde, bis der mit seinem notwendi-gen Werkzeug auf dem Hof ankam. In der Zwischenzeit hatte der Tierarzt tief am Kalb vorbei seine kleine Säge in die Kuh eingeführt. Alois musste, so weit wie möglich den Ka-nal, in dem das Kalb festgeklemmt war, aufreißen. So gelang es dem Tierarzt mit einer Hand und dem Arm soweit er konnte, in den Leib der Kuh einzudringen. Schweiß auf der Stirn, das Hemd total vom selben durchtränkt, starrten alle auf die Operation, obwohl es gar nichts zu sehen gab. Anna, die Bäuerin wischte und trocknete dem Tierarzt den Schweiß im Gesicht ab. Nur noch die stöhnenden Laute der Kuh waren zu hören. Da, jetzt zog er seinen Arm zurück und brachte das linke Vorderbein, das er dem toten Kalb abge-sägt hatte, nach draußen. „Jetzt wird es hoffentlich leichter werden", mit diesen Worten führte er den Arm erneut in die Kuh. Bald hatte er das rechte Bein nach außen gebracht, und dann ging es ziemlich schnell. Als letztes sägte er den Kopf des Kalbes ab und wie er den Arm wieder herauszog rutsche der ganze Körper mit. Der Kadaver fiel auf den Stallboden. Alles war blutüberströmt. Anna reichte jetzt das heiße Was-ser. Dies wurde abgekühlt, und die offene Wunde ausgewa-schen. Es hatte sich dabei ein Riss in der Scheidenwand ge-bildet, den der Tierarzt dann noch zunähte. Inzwischen hatte Alois die Kuh abgerieben und eine Decke über sie gelegt. Keinesfalls durfte das arme Tier schnell zu kalt werden. Sie lag da, einen Eimer Wasser vor dem Maul und schlürfte es dankbar, der Schmerzen erledigt. Der Tierarzt verabreichte noch ein Medikament und gab Alois noch mehr davon: „Heute am Abend und morgen früh nochmals je eine Flasche in den Hals reinschütten, so wie ich es jetzt gemacht habe. Wenn sie heute Abend aufsteht, hat sie es geschafft." Und zum Metzger gewandt „Und du halte dich bereit, jetzt musstest du Gott sei Dank nicht ran, hoffentlich auch die nächsten vierundzwanzig Stunden nicht". Nachdem er sich gewaschen hatte, trank er einen kräftigen Schluck vom Kartoffelschnaps und verließ den Hof. Auch der Metzger verabschiedete sich, nachdem er ebenfalls einen kräftigen Schnaps getrunken hatte. Zum Glück erholte sich die Kuh, der Kadaver des Kalbes wurde vom Metzger mitgenommen und der Tierverwertungsstelle übergeben.

Maria war schon lange vorher in das Haus gegangen, sie konnte nicht zu sehen, wie die Kuh Alma so leiden musste. Zu Ihrer Mutter sagte sie: „Wie hast du sechs Kinder bekommen können? Wenn ich das sehe, kriege ich Angst eigene zu bekommen". Dabei hatte sie eine Gänsehaut und musste sich schütteln. Sie dachte dabei auch an ihren verstorbenen Bruder. Mama erzählte ihr immer, dass sein Tod der Wunsch nach einem weiteren Kind war. Und das war sie selbst, als sogenannter Nachkömmling. Und sie hörte ihre Mutter sagen: „Du weißt gar nicht, was ein Körper alles aushält, wenn er muss. Es ist immer gut, wenn keiner weiß, was oder wie etwas kommt".

*

Kurt, sein Vater und Hans-Peter stellten ein Gerüst in der Hauptstraße auf. Es regnete und war sehr ungemütlich. „Scheißwetter", fluchte Kurt, „hättest du heute nicht eine Arbeit im Haus einteilen können?" „Ging nicht, die Arbeiten hier müssen bis zum Monatsende fertig sein, das habe ich dem Bäcker versprochen. Der hat am Ersten Eröffnung seines neuen Ladens und da muss alles fertig sein". Es war nur ein kleiner Laden, eher nur eine kleine Verkaufsstube, die über eine dreistufige Treppe, die überdacht war, zu erreichen war. Die Ladentüre war zurückversetzt. Dort konnten die beiden ihr Frühstück wenigstens im Trockenen einnehmen. Kurt packte die Wurstbrote aus, die seine Mutter ihnen mitgab, und reichte Hans-Peter seinen Anteil. Jetzt kam der Bäckermeister dazu und reichte jedem einen Zuckerweck. Mit Freude bedankten sich die Zwei. „Den esse ich am Nachmittag zu meinem Kaffee", sagte Kurt, während Hans-Peter schon in seinen gebissen hatte. Nach dem Frühstück arbeiteten sie weiter. Der Regen ließ nach und sie kamen mit ihren Arbeiten immer besser voran. Als das Gerüst stand meinte sein Vater: „Kurt fahre noch mit dem Transporter in die Stadt Material holen. Hans-Peter bleibt bei mir, wenn wir hier fertig sind, bereiten wir unser Material für morgen in der Werkstatt vor". So fuhr Kurt los und bereits um drei Uhr war er in der Stadt. Der Auftrag dauerte eine Stunde, als er wieder zurück fuhr. Er musste am Bahnhof vorbei und da stand an der Bushaltestelle … Agathe. Erst wollte er einfach vorbei fahren, aber Agathe hatte ihn schon gesehen und winkte ihm zu. Er hielt an: „Was machst du denn hier? Möchtest du mit mir heimfahren? Gerne nehme ich dich mit". Er war sich gar nicht sicher, ob er das auch sagen wollte, spürte, wie sein Gewissen ihn bedrückte. Lachend sagte sie „Ja, gerne" und war auch schon zu ihm in den LKW eingestiegen, dann fuhren sie los. „Ja, wer hätte gedacht, dass wir uns hier wiedersehen. Du warst schon eine Ewigkeit nicht mehr bei uns in der Gasstätte. Bist du etwa wegen mir nicht mehr gekommen?" „Was soll ich dir antworten, Agathe. Wenn ich jetzt nein sage, würde ich dir nicht die Wahrheit sagen, und wenn ich ja sage, gestehe ich dir ein, dass ich richtig Schiss vor dem Moment hatte, dich wieder zu sehen. So gesehen konnte ich dir gar nicht ausweichen. Und jetzt bin ich richtig froh, dich so überraschend getroffen zu haben. Hoffentlich bist du mir nicht böse". „Nein Kurt, wenn du noch weißt, was ich dir zuletzt gesagt habe, dann müsstest du das eigentlich wissen". „Ja, du sagtest, wenn du das alles geklärt hast, willst du mir eine gute Frau sein, aber ich war zu feige, das will ich dir schweren Herzens gestehen". „Das hast du gerade eben, ohne es zu wollen, getan. Das war stark von dir zu sagen, dass du feige warst. Das rechne ich dir hoch an". Eben bogen sie von der Landstraße in ihr Dorf ein. „Agathe, verzeih mir, ich komme bald zu dir. Dann werde ich dir erklären, weshalb das alles so gelaufen ist. Jetzt muss ich in die Werkstatt. Es tut mir leid, nicht mehr Zeit jetzt für dich zu haben". „Das ist kein Problem, was lange währt, wird gut". Agathe sagte das vieldeutig und verabschiedete sich. „Danke dafür, dass du mich mitgenommen hast". „Ich wüsste niemanden, den ich lieber getroffen hätte, und grüß den kleinen Wolfgang von mir". Als Agathe ausstieg, gab er ihr die Tüte mit dem Zuckerweck: „Für den Kleinen", sagte Kurt und dann fuhr er zurück in die Werkstatt.

*

In den folgenden Monaten war es ruhig um Maria geworden. Sie hatte schon im Frühjahr Herrn Schwind, einen Verwandten ihres Vetters Richard kennengelernt. Er war acht Jahre älter als sie und warb heftig um sie. Aber sie konnte auch diese Liebe nicht erwidern. Sie konnte Jupp einfach nicht vergessen und so widmete sie sich mehr ihren Interessen als Jugendführerin, als Sängerin und dem Theaterspiel. Auch ihre Hoffnung, Josef beim Liedertag in Mainflingen am nächsten Sonntag zu sehen, wurde enttäuscht. „Der ist heute mit der Feuerwehr unterwegs, und kann nicht bei uns mitsingen", gab ihr Ewald Auskunft. In ihr Buch schreibt sie: „Ich wünsche mir nur, das ich Jupp noch mal sehe, aber ich glaube, dass er mich nicht mehr mit seinen schwarzen Augen fesseln kann, das ist vorbei".

Und sie wusste selbst, dass sie sich etwas vormachte.

Einen Monat später besuchte Maria ihren Bruder in Seligenstadt in der Bäckerei. Als sie nach Hause fuhr, gab er ihr noch zwei Laibe Brot für zu Hause mit. Diese hing sie an den Lenker des Fahrrades und fuhr los. An der Fähre bremste sie und durch das Gewicht der Brote wäre sie fast vom Fahrrad gestürzt. Sie konnte sich gerade noch fangen, nein jemand hatte sie gerade aufgefangen. Als sie aufschaute tauchte er plötzlich neben ihr auf. Sie hatte ihn nicht kommen gesehen. Er war auf einmal nur „da". Ihr Herz machte einen Freudensprung, doch sie ließ sich es sich nicht anmerken. „Du hier, wo kommst du denn her" stotterte sie. „Ich habe gesehen wie du aus der Bahnhofstraße gekommen bist. Da nahm ich eine Abkürzung, um dich hier zu erreichen. Der Ewald sagte mir, dass du nach mir gefragt hast, da wollte ich mal wissen, was es gibt". Josef tat so, als ob er nur ganz allgemeines Interesse hätte. „Ich wollte nur wissen, wie es dir geht. Aber wie ich den Ewald kenne, hat er sicher wieder übertrieben". Sie sagt das, ohne darüber nach zu denken. Die Fähre hatte jetzt übergesetzt und legte am bayerischen Ufer an. Wie selbstverständlich ging Josef neben Maria her und begleitete sie nach Hause. „Ich wollte ja nicht mehr nach ihm schauen, aber es ist nicht zu ändern, ich liebe ihn".

1950

Es war jetzt schon das Jahr 1950 angebrochen. Wie jedes Jahr spielte sie Theater und sang im Chor. Dann kam die Faschingszeit. Bei den Maskenbällen waren Jupp und seine Freunde da. Maria tanzte die meisten Tänze mit ihm. Er ging mit ihr nach Hause und sie hoffte bei jedem Mal, dass er sie jetzt fragen würde. Was, das wusste sie schon beinahe selbst fast nicht mehr. Er musste doch spüren, wie sie für ihn fühlt. Ihr Herz pochte immer mehr. Beim Abschied am Hoftor küsste er sie und für eine lange Zeit war er wieder …weg. Sie schrieb: „Wir gingen nach Hause … wie immer. Den Sommer über habe ich Jupp nicht viel getroffen. Ach, ich glaube überhaupt, nur noch einmal auf der Kerb in Seligenstadt"

*

Die folgenden Pfingsten verbrachte sie bei Onkel und Tante in Krotzenburg. Zuerst wollte sie ja nicht dahin. Sie wollte unbedingt vermeiden, dass ihre Gefühle für Karl wieder aufflammen könnten. Aber ihre Mutter meinte: „Wenn du dort bist, kommst du vielleicht mal auf andere Gedanken. Seit Aschermittwoch bist du nicht mehr auszustehen. Was ist nur los mit dir? So ist meine Kleine nicht". Maria antwortete nicht und dachte: "Eigentlich hat sie ja recht. Ich darf nur nicht daran denken. Es gibt dort mehr junge Burschen als nur den Karl". Sie fuhr mit ihrem Fahrrad los und hatte nach einer Stunde die Metzgerei ihres Onkels erreicht. Maria ging in den direkt in den Laden, als ihre Tante dort gerade Kundschaft bediente. „Das freut mich Maria, dass du uns besuchst. Gehe gleich nach hinten und trinke schon eine Tasse Kaffee und esse etwas. Sobald ich hier fertig werde, bin ich bei dir". Maria ging in die Küche, wo es angenehm nach frischem Kaffee roch. Der Tisch war noch gedeckt, nur eine Tasse fehlte. Sie nahm sich eine aus dem Schrank und schenkte den Kaffee ein. Noch ehe ihre Tante kam, war Karl aus der Wurstküche herein geeilt, hatte sich die Arbeitsschürze abgelegt, kurz abgewaschen und stand vor ihr. Ohne zu fragen packte er Maria, wirbelt sie durch die Luft und drückte sie fest an sich, noch ehe er ein Wort gesagt hatte. Er hielt sie fest und sagte. "Wie schön du bist, ich freue mich so, dass du da ist". Maria versuchte sich seinen Armen zu entziehen und wehrt sich, oder doch nicht? Sie ließ es geschehen und sagte: „Nein Karl, ich will gerne mit dir heute zum Tanzen gehen, aber bitte nicht so, ich bin froh seit unserem letzten Mal, wo wir zusammen waren, wieder mein Gleichgewicht gefunden zu haben. Bitte nicht noch einmal alles von vorne". Sie sagte es, obwohl sie gerade genau das

Gegenteil fühlte. Karl ließ sie los, als seine Mutter aus dem Laden hereinkam. „Maria, ist es nicht schön, wie sich dein Vetter auf dich freut". Und Maria dachte: „Wenn du nur wüsstest…" Sie saßen noch bis zum Abendbrot zusammen. Karl arbeitete jetzt nicht mehr, und auch ihr Onkel meinte, dass Karl sich um sie kümmern solle. So unterhielten sie sich eine Weile, als Karl sagte. „Jetzt aber schnell umziehen, und dann gehen wir zum Tanzen".

Schon um acht Uhr waren sie im Saal, obwohl die meisten Leute erst jetzt, als es auf neun Uhr zuging, eintrafen. Sie tanzten fast jeden Tanz und unterhielten sich. Da kam Heinz, der Müller an ihren Tisch. „Schön Maria, dich hier zu treffen", sagte Heinz und zu Karl gewandt, fragte er um Erlaubnis für den nächsten Tanz mit Maria. „Natürlich Heinz, ich kennt euch ja lange genug. Bei dir muss ich auf meine Lieblingscousine nicht aufpassen, aber da musst du sie schon selbst fragen". Heinz fragte nun Maria, eigentlich hätte sie am liebsten nein gesagt. Sofort dachte sie wieder an das unschöne Erlebnis an der Mühle. Als der Tanz begann, fragte Heinz „Maria, darf ich bitten". So kannte sie ihn gar nicht und wollte auch nicht unhöflich sein, und ging mit ihm auf die Tanzfläche. Beim langsamen Walzer begann sie das Gespräch "Ich hätte nicht gedacht, dass du so ein guter Tänzer bist und so gut führen kannst. Ich habe dich immer für einen Rüpel gehalten". Heinz merkte, dass sie nicht ganz freiwillig mit ihm tanzte und sagte „Maria, ich möchte mich für mein Verhalten von damals bei dir entschuldigen. Ich weiß, dass das nicht richtig von mir war. Ich hatte mich schon beim ersten Mal, als du bei uns in der Mühle warst, in dich verliebt. Nie habe ich mich getraut, dir dies zu gestehen und wenn du jetzt das Gespräch nicht begonnen hättest; ich weiß nicht ob ich es geschafft hätte. Und als ich damals so ungehalten zu dir war, wollte ich das gar nicht. Dies wollte dir schon so lange sagen. Ich hatte mich wirklich schlecht benommen, nochmals Entschuldigung dafür". Maria war überrascht von Heinz´ Geständnis. Und Heinz weiter: „Mein Verhalten von damals hing auch mit meiner Eifersucht auf meine Schwester zusammen. Du hattest dich so mit ihr beschäftigt. Da ist mir eine Sicherung durchgebrannt. Es tut mir sehr, sehr leid. Endlich kann ich dir es selbst einmal sagen. Aber seit ihrem Tod merke ich, wie sehr sie mir fehlt. Eigentlich darf ich wegen der Trauer gar nicht weg gehen und erst recht nicht tanzen. Aber ich hielt es zu Hause nicht aus. Tanzen wollte ich ja nicht, aber als ich dich sah, musste ich dich auffordern. Wie sonst hätte ich dir das sagen können". „Lieber Heinz", sie sagte tatsächlich „lieber". „Es soll vergessen sein, aber ich sage dir gleich, mehr als nur eine Freundschaft zwischen uns beiden, wird es nie geben. Ich liebe einen anderen". Und Heinz erwiderte: „Deine Freundschaft ist mir mehr wert, als die Liebe vieler anderer." Wie sehr hatte sie sich doch in Heinz getäuscht. Der verabschiedete sich von Maria und Karl und machte sich auf direktem Weg nach Hause, und war sehr erleichtert. Später gingen auch die beiden zurück zur heimischen Metzgerei. Maria war sehr aufgeregt, das Gespräch mit Heinz beschäftigt sie noch immer. „Ich freue mich sehr, dass du heute bei uns übernachtest und möchte dir..." „Nein, bitte sprich nicht weiter, was wir füreinander empfinden ist nicht gut. Ich hätte doch nicht kommen sollen. Mein Gefühle fahren Achterbahn, ich bitte dich, mache nicht alles noch schwerer". Karl küsste sie auf die Wange „Gute Nacht Maria, schlafe gut, und träume schön". „Gute Nacht Karl". Am nächsten

Morgen schliefen sie noch, als Karl´s Mutter zum Mittagessen rief. Es gab ihren Lieblingsbraten. „Esse dich ja satt, mein Mädchen", sagte der Onkel. „Den bekommst du zu Hause nicht gleich wieder. Wenn Alois den nächsten Ochsen zum Schlachten bringt, schneide ich dir das beste Stück Fleisch ab und gebe es Alois mit". Sie mussten herzhaft lachen, war es doch immer so. Ihr Bruder verkaufte seine Tiere zum Schlachten an Metzger Eugen im Ort oder den Onkel, und sein Mehl an den Bruder oder den Cousin Richard, der auch Bäcker war. So hatten sie zwei bis dreimal im Jahr Fleisch und Brot, das nicht selbst geschlachtet oder gebacken war. Nach dem Essen brach sie auf. Karl fuhr mit dem Fahrrad mit ihr nach Hause. Seine Mutter hatte Maria noch einen Ringel Fleischwurst und den Rest des Bratens eingepackt. „Das kannst du nicht auf dem Fahrrad schleppen, das fahre ich dir nach Hause". Dort angekommen freute sich die Mutter, als sie Karl mitkommen sah. „Schön, dass du meine Maria heimgebracht hast, ich habe schon seit sie weg ist keine Ruhe mehr gefunden". „Liebe Tante, du weißt genau, bei mir ist sie in besten Händen. Ach, dass wir aber auch verwandt sind. Ich hätte Maria gar zu gerne". Karl blieb noch bis zum Abend. „...und ich muss gestehen, für den Karl habe ich fast so viel Interesse wie für Jupp". Dann tranken sie auf „ewige Freundschaft, da es ja doch keinen Wert habe", als Karl wieder nach Hause fuhr.

1950 Hochsommer

Der Hochsommer war vorbei. Im Juli herrschte eine Hitze-welle bis über 40 Grad Celsius. Wasserknappheit war die Folge. Da bewährten sich die Gräben auf den Wiesen. Das Mainvorland wurde in den letzten drei Wochen jeweils ei-nen Tag in der Woche geflutet. Auch die Fähre konnte da nicht fahren, wenn die Anlegestelle nicht erreichbar war. Erst nachdem das Wasser wieder abgelaufen war, wurde der Fährbetrieb wieder aufgenommen.

Und bereits in der folgenden Woche, wurde das Wasser des Mains komplett abgelassen. Es mussten Reparaturarbeiten an der Schleuse verrichtet werden. An der Schleuse war das Nadelwehr geöffnet worden und der Main war bis auf eine kleine Fahrrinne abgelaufen. Im Schleusengang lagen drei Schiffe, da hier das Wasser auf die normale Höhe weiter ge-staut war, fahren konnte sie aber nicht.

Josef und sein Freund Ewald hatten Urlaub. Schon früh um fünf Uhr waren die beiden am Wasser und hatten ihre An-geln, Reusen und einen Eimer mitgebracht. Sie fischten nach Aalen und anderen Fischen. Die Rotaugen und Rotfedern waren begehrte Weißfische, welche paniert gebraten vor-züglich schmeckten. Besonders an den flachen Stellen des seichten, weit auslaufenden Ufer lauerten sie nach den Aa-len. Ewald hatte schon zwei und fünf Weißfische in seiner Reuse. Josef war nicht so erfolgreich. Zwar hatte er einen schönen Karpfen geangelt, aber sonst nur kleine Fische, die er wieder in den Main zurück warf. Gegen acht Uhr hatten sie fünf Aale, zwölf Weißfische und den Karpfen, gefangen in der Reuse. Diese trugen sie in dem mit Wasser gefüllten Eimer zu Ewald nach Hause.

Dort schlugen sie ihnen mit dem Messerknauf einmal kräftig auf den Kopf, nahm die Eingeweiden heraus und putzten die Fische. Die Aale hängten sie in die bereits vorgeheizte Räucherkammer, wo sie dann drei Tage im Rauch hingen. Karpfen und Weißfische teilten sie und hatten so für das Mittagessen gesorgt, welches Ewalds Mutter vorzüglich zubereitete. Dazu gab es Pellkartoffeln und Salat, der reichlich im Garten wuchs. Am späten Nachmittag gingen sie noch einmal zum Main runter und schwammen, nein liefen durch den Main auf die bayerische Seite. Das Wasser reichte ihnen bis an die Hüften. Nur in der Fahrrinne der Schiffe war der Main tiefer. Hier reichte das Wasser Josef bis an den Hals, und der kleinere Ewald musste sogar drei Meter schwimmen. Später machten sie sich wieder auf den Heimweg „Was machen wir am Samstag?" Ewald fragte Josef, weil er genau wusste, dass hier auf der bayerischen Seite Kerb ist. „Wir waren schon lange nicht mehr bei unseren Mädels", spielte er auf Maria an. Er wusste, wie sehr Josef Maria mochte, er hatte sie ja selbst gerne, aber wie Maria Josef vergötterte, da hatte er keine Chance. Ohne eine Antwort abzuwarten, schlug er vor. „Wir gehen morgen einfach rüber, die Schleuse ist frei, das Wetter gut. Da sind wir in einer halben Stunde auf der Musik. „Also gut, ich bin dabei. Ich denke sowieso, dass ich Maria lange genug habe zappeln lassen. Ich mag sie ja wirklich sehr. Doch ich musste sicher gehen, dass ich keine andere will. Froschhausen, Mainflingen und Seligenstadt, überall dort schöne Mädchen, aber wirklich mag ich doch nur die Maria. Wenn sie nur nicht immer so eine bestimmende Art hätte. Alle anderen fressen mir aus der Hand. Maria eigentlich auch, aber kaum sind wir eine halbe Stunde zusammen, schon haben wir uns in den Haaren. Das mag ich überhaupt nicht und wenn ich es nicht habe, dann fehlt mir was." „Dein Sorgen möchte ich haben, gestehe dir endlich ein, dass du sie liebst. Sage es ihr einfach einmal, und wolle nicht immer alles besser wissen. Dafür bist du ja bekannt genug. Nur weil die anderen Mädchen dies an dir schätzen, ist es noch lange nicht richtig, und genau das mag Maria nicht an dir". Josef grinste nur: „Gut, ich komme morgen Abend um acht Uhr bei dir vorbei, dann gehen wir rüber".

*

Kurt wusste, obwohl er jetzt mit Agathe wieder in Kontakt gekommen war, nicht wie aus der Sackgasse heraus kam. Er hatte zwar zu ihr gesagt, dass er morgen käme, ärgerte sich aber selbst über sein Versprechen. Er wollte ins Gasthaus im Oberdorf gehen, doch dann hatte er doch wieder Bammel davor. Und so war er immer noch nicht hingegangen. Er wusste einfach nicht, wie er noch einmal neu anfangen könnte.

Es ergab sich, dass Hans-Peter, Konstantin und zwei weitere Freunde nach Kahl wollten. Als sie fragten, ob Kurt mitgehen wollte, sagte dieser: „Ich komme nicht mit, ich habe noch meine Fragen für die Meisterprüfung durch zu arbeiten. Nächste Woche ist meine schriftliche Prüfung. Da muss ich mich sehr konzentrieren. Geht ihr nur mal alleine. Ich muss ja nicht immer dabei sein". Kurt arbeitete das ganze

Wochenende über für seine praktische Prüfung. Den schriftlichen Teil hatte er bereits mit gutem Ergebnis vor zwei Wochen absolviert. Jetzt musste er nur noch den praktischen Prüfungsteil ablegen, und dieser sollte in der nächsten Woche sein. Dafür hatte er eine neue Form der Wandverkleidung geübt: das Tapezieren. Bisher kannten die Maler nur die Art, Wände weiß zu streichen und dann mit einer Walze ein Muster auf die trockene, weiße Wand zu rollen. Das hatte er bei seiner Gesellenprüfung gemacht, und dafür eine sehr gute Note erhalten. Die Art des Tapezierens war eine Revolution im Malerhandwerk. Nur ganz wenige verstanden sich darauf. Er war sich nicht einmal sicher, ob die Prüfer die Methode schon genau kannten. Er hatte dies bei einem befreundeten Maler in Frankfurt gesehen, und war in den letzten Wochen jeweils an einem Tag dort, um es zu lernen. So tapezierte er an dem Wochenende vor der Prüfung noch das Wohnzimmer in seinem Elternhaus. Als er damit nach zwei Tagen fertig war, sagte sein Vater stolz „Das sieht prächtig aus. Diese bunten Farben, fast wie im die Tempel im alten Rom. Damit wirst du bestimmt deine praktische Prüfung bestehen".

*

Kurts Freunde waren schon am Sonntag Nachmittag auf der Kahler Kerb. Sie standen am Autoskooter, der erstmals hier die Attraktion war. Alle standen um die Fahrbahn herum und jeder versuchte nach Ende einer Fahrt, eines der kleinen Autos erhaschen, um bei Fahrtbeginn der nächsten Runde mit dabei zu sein. Ein solches Fahrgeschäft sahen seine

Freunde Konstantin und Hans-Peter heute zu ersten Mal. Die beiden stiegen in ein Auto ein. Laute Musik dröhnte über die Anlage und aus dem Lautsprecher rief eine Stimme: „Alles zurücktreten, die Fahrt beginnt!". Hans-Peter gab Gas und das Auto schoss nach vorn. Die Fahrzeuge fuhren kreuz und quer. Aus dem Lautsprechen ertönte die Stimme: „Bitte nur rechts fahren, nicht quer über die Fahrbahn fahren!" Aber niemand hielt sich daran. Im Gegenteil, je mehr Zusammenstöße es zwischen den Fahrzeugen gab, umso lustiger war das Treiben. Da, Hans-Peter stieß mit dem roten Auto zusammen. Eine Frau mit einem Jungen, der mit einer Schlaufe festgebunden war, kam heran und Hans-Peter stieß in voller Fahrt gegen das Auto. Die Frau kreischte auf, wand sich zur Seite, um den Jungen fest zu halten, als die Autos zusammen krachten. Das gelang ihr zum Glück und es passiert Gottseidank nichts. Dann war die Fahrt auch schon zu Ende. Hans-Peter stieg aus dem Fahrzeug und ging zu der Frau hin. „Hallo Agathe, ich bin Kurts Freund und möchte mich für den Zusammenstoß entschuldigen. Der Kleine hat es hoffentlich gut überstanden. Ich möchte mich revanchieren und den als Entschädigung für den Schrecken lade ich Wolfgang zur nächsten Fahrt ein". Jetzt hatte sie auch Hans-Peter erkannt und lachte ihm zu. Ihr kleiner Sohn war hellauf begeistert, dass er noch einmal fahren durfte. „Aber jetzt besser aufpassen als bei der Fahrt eben". Sie lachten, dann stiegen Hans-Peter und der kleine Wolfgang in das Auto, während sich Konstantin mit Agathe unterhielt. Sie waren den ganzen Nachmittag noch zusammen. Gegen sechs Uhr gingen die Freunde zurück nach Hause. Konstantin begleitete Agathe bis vor ihre Haustüre.

Es war ein Gewitter aufgezogen und eben setzte ein Wolkenbruch ein.

*

Maria und Mathilde waren an jenem Sonntag als Gruppenführerinnen mit der Jugend unterwegs. Sie waren schon am Freitag aufgebrochen. Das konnten sie nicht absagen, obwohl sie auch gerne auf die Karb gegangen wären. Mit dem neuen Pfarrer verstanden sie sich recht gut, aber er war eine andere Natur als „Onkel Alfons". Dessen Art, wie er mit der Jugend umgegangen war, vermisste Maria bei dem neuen Pfarrer. Diese hatte eine gewisse Strenge und konnte besser mit den Buben umgehen, als mit den Mädchen. Die Jungen lud er öfters zum Bogen schießen in seinen Garten am Pfarrhaus ein. Er veranstaltete Wettbewerbe und der Sieger erhielt ein Heiligenbildchen, das der Pfarrer immer signierte. Seine Köchin, das Frl. Keller, wie sie von allen genannt wurde, war die Base des Pfarrers, ledig und ihrem „Herrn" ergeben. Sie sprach immer nur vom „Herr", nie vom Vetter oder Cousin. Seinen Namen Burkhard nannte sie überhaupt nicht. Und sie sagte immer „Sie" oder der „Herr". Sie war eine sonderbare, aber doch nette Frau und brachte den Buben dann noch ein Stück selbstgebackenen Kuchen. Mit den Mädchen tat sich der Pfarrer eher schwer. „Maria, Mathilde, macht ihr das bitte", sagte er immer dann, wenn es darum ging, wenn die kleine Mädchengruppe unterhalten werden sollte. Singen war das einfachste, aber auch die Mädchen wollten mit Spielen unterhalten werden. „Wir könnten doch ein Camp mit Zelten und Lagerfeuer machen, nur mit den

Mädchen". „Und wo denkt ihr könntet das aufgebaut werden, mit den Mädchen könnt ihr unmöglich über Nacht im Wald am Sportplatz zelten". „Ich schlage vor bei Ihnen im Garten, Herr Pfarrer. „Nein, das geht nicht, da wird meine Köchin, er nannte seine Base nur die „Köchin" nicht damit einverstanden sein. Nein, das geht nicht". „Dann frage ich sie persönlich, ich glaube zu wissen wie ich sie überzeugen kann". Gesagt, getan. Maria und Mathilde gingen zu Frau Keller, und als sie hörte, welchen Wunsch die Mädchen hatten, war sie sofort begeistert. „Da werden wir gemeinsam einen Eintopf auf dem Feuer kochen". Beim Zeltaufbau halfen vier Buben aus der Gruppe der größeren. Sie waren zehn Mädchen zwischen acht und sechzehn, Maria und Mathilde und … Frau Keller. Diese ließ keine Minute aus, dabei zu sein. Sie sang die Lieder mit und sagte dann. „Und jetzt spielen wir Blindekuh, danach Eierlaufen Sackhüpfen und Reiterspiele. Jede mit jeder, für jeden einzelnen gibt es Punkte, die Siegerin erhält dann ein besonders schönes Stück vom Kuchen". Die Kinder waren hellauf begeistert. So kannten sie das sonst so steife Fräulein Keller nicht. Selbst der Pfarrer kam aus dem Staunen nicht mehr heraus. „Ja, denken Sie, nur Sie können unterhalten, ich war nicht umsonst lange im Kindergarten" rief sie ihrem Vetter zu. Es wurde ein herrlicher Sommerabend, sie sangen bis tief in die Nacht und am nächsten Tag, am Samstag, wanderten sie bei einem Tagesausflug zum „Heißer Ackerhof". Dort stärkten sie sich mit Limonade und einer Brotzeit, um dann wieder singend zurück zu laufen. Im Pfarrgarten angekommen hatte Fräulein Keller bereits das Feuer angezündet, und ein großer Topf mit Bohnen und Speck, roch ihnen schon entgegen, als sie auf dem Pfarrhof ankamen. Noch lange ging der

Abend bei Gitarrenmusik und Gesang. Maria und Mathilde hatten alle Singbücher dabei, nur um keines der schönen Volkslieder vergessen zu. In der zweiten Nacht im Zelt war es ruhiger als in der ersten, und am Morgen ging die Gruppe gemeinsam zur Frühmesse. Danach saßen noch alle bis zum Nachmittag zusammen, ehe die Buben wieder kamen, um beim Abbau der Zelte zu helfen. Vorher hatte die Gruppe noch ein Ständchen für Frau Keller gesungen. Solche Tage hatten sie alle noch nicht erlebt.

So kam es, dass Maria und Mathilde am Nachmittag nicht auf der Kahler Kerb waren. Erst am Abend gingen sie durch den Wald nach Kahl. Schon als sie mit den Mädchengruppe nach Hause gingen, war ein Gewitter aufgezogen. Sie machten sie sich fast eine Stunde später auf den Weg durch den Wald. Nach dem heftigen Regen war der Weg so aufgeweicht, dass sie eine Pfütze nach der anderen überspringen mussten, damit ihnen das Wasser nicht in die Schuhe lief. Ihre Tanzschuhe trugen sie in einem Beutel bei sich. Stark verschwitzt durch die Schwüle kamen sie endlich im Tanzsaal an. Dort spielte die Musik und der Saal war übervoll, da jeder vor dem Regen vom Festplatz draußen hinein geflüchtet war. In den Fahrgeschäften grölte laut die Musik. Sie gingen auch gleich in den Saal und suchten sich eine Ecke, wo sie die Schuhe wechseln konnten. Dort standen Artur und Alfred, zwei Einheimische, die als sie die beiden Mädels sahen, zu ihnen hineilten. Maria hatte Artur bei einem Fußballspiel kennengelernt. „Hallo Maria, schön dich zu sehen", begann er das Gespräch. Maria stellte ihn Mathilde vor, und Artur stellte seinen Freund Alfred vor. Sie tanzten fast jeden Tanz zusammen und hatten einen ver-

gnügten Abend. Sie verabredeten sich noch für den Tanzabend am nächsten Tag. Zu ihrer Überraschung stand jetzt
ihr Vetter Karl vor ihr und sagte: „Überraschung liebste Maria, darf ich dich zum Tanz bitten?" Maria stand auf und
hatte den Artur ganz vergessen. Erneut schlug ihr das Herz
bis zum Hals.

„An Kahler Kerb hat es mir auch gut gefallen. Schon ein oder zwei Samstage
davor, habe ich in der Turnhalle beim Stiftungsfest der Fußballer viel mit
Arthur getanzt. Ich war ja nicht direkt entzückt, aber ein guter, galanter Gesellschafter ist er, sowie sein Freund Alfred). Nun hatte ich ihn halt in Kahl am
Bandel. Wir haben getanzt und viel gelacht und sind im Riesenrad und in den
Autos gefahren u. haben anschließend bei Rosenbergers Kahler Kerb gefeiert,
stets gemütlich, lauter „bessre Leute".

Am Kerbmontag war es auch sehr nett, ich habe auch viel mit Vetter Karl getanzt, deshalb hatte Arthur sich auch geärgert, jedenfalls ging er nicht mit mir
heim. Nun dachte ich mir, das merkst du dir und Arthur war für mich Luft!"

Karl brachte Maria in dieser Nacht nach Haus. Er fuhr aber
gleich mit dem Fahrrad weiter nach Hause, da er am nächsten Morgen sehr früh aufstehen musste.

1950 Die letzten Monate

Konstantin wohnte zu Hause auf einer kleinen Hühnerfarm, die er inzwischen von seinem Vater übernommen hatte. Sie zog sich gegenüber seinem Wohnhaus, in dem er noch eine kleine Landwirtschaft mit einer Kuh und zwei Schweinen betrieb, bis zum Main hinunter. In zwei Gehegen hatte er die Hühner und die Hähne getrennt gehalten. In einem kleineren dritten Gehege waren die Küken untergebracht. Erst letzte Woche waren die jüngsten Küken, das letzte Gelege, geschlüpft. Das war in den Vorjahren nicht möglich gewesen, da es nur dann Küken gab, wenn ausreichend Hennen sich zu Brüten setzten. Schon im letzten Winter hatte er eine kleine, sehr teure, Brutmaschine gekauft. Er sammelte die gelegten Eier und legte sie in die Maschine. Mit einer Taschenlampe durchleuchtete er die Eier alle drei bis vier Tage. So sah, ob das Ei befruchtet war, und ob das Küken im Ei auch lebt. Die Eier wurden da einundzwanzig Tage in der Maschine ausgebrütet. Das hatte zu Folge, dass er in diesem Jahr schon seine dritte Brut geschlüpft war. Die letzte in der vorigen Woche. Die jüngsten Küken wurden in dem kleinen Häuschen gehalten und trotz der Sommerhitze war immer eine Wärmelampe in der Nacht eingeschaltet, um so das Frieren der empfindlichen Jungtiere zu verhindern.

Konstantin war gerade beim Stallreinigen, da sah er schon von weitem Agathe mit ihrem kleinen Sohn den Weg am Main herunterkommen.

Nachdem Konstantin Agathe im Sommer von der Kahler Kerb heimgebracht hatte, versuchte er schon öfter mit ihr in Kontakt zu kommen. Aber entweder hatte er keine Zeit, oder Agathe musste arbeiten oder sich um ihren kleinen Wolfgang kümmern. So kam ein Treffen nicht zustande. Als er aber jetzt die beiden kommen sah, machte er sich gleich auf, eilte durch das untere Tor auf die angrenzende Wiese und rief: „Hallo Wolfgang, komm schnell zu mir, ich möchte dir etwas zeigen". Agathe steuerte mit dem Kleinen auf Konstantin zu und sagte: „Es ist doch einfacher den Buben zu rufen, als zu mir zu sagen, ich solle zu dir kommen". Agathe lachte und Konstantin grinste. „Aber einfacher war es doch, sonst wärst du vielleicht gar nicht gekommen, schön dich zu sehen und wie gut du aussiehst", und zu Wolfgang gewandt „komm einmal mit mir, ich möchte dir etwas zeigen". Dabei nahm er den Buben an der einen und Agathe an der anderen Hand. Er führte sie in den Stall, holte eines der kleinen Küken heraus und setzte es Wolfgang auf die Hand. „Darf ich das behalten"? fragte Wolfgang mit großen Ausgen. „Jetzt ist es noch zu klein, wenn es etwas größer ist, schenke ich es dir". Dann zeigte er stolz Agathe seine Zuchtanlage und meinte. „Was mir hier fehlt ist ein Frau, und ich frage dich, liebste Agathe willst du meine Frau werden?" Dabei kniete er sich vor ihr nieder, nahm ihre Hand und wartete, dass sie ja sagen würde.

*

Es war jetzt schon fast September. Kurt hatte seine Meisterprüfung mit sehr gut bestanden und war froh, jetzt endlich
wieder mehr Freizeit zu haben. Er hatte seine Eltern, Hans-
Peter und auch dessen Eltern für den kommenden Sonntag
eingeladen. Dazu hatte er einen Tisch bestellt, und mit dem
Gastwirt vereinbart, dass er niemandem, wirklich keinem
etwas davon erzählen dürfe. Das hatte der Wirt versprochen
und so wurde in einem Nebenraum eine kleine Tafel einge-
deckt. Weder die Eltern, noch Hans-Peter wussten was da
kommen sollte. Gegen halb eins traf Hans-Peter mit seinen
Eltern im Haus seines Chefs ein. „So, alle mit mir mitkommen, nicht fragen, nur mitkommen". Stolz und gut gekleidet
gingen sie los. Kurts Mutter ahnt schon, was kommen
könnte. Sie mahnte: "Kurt, du solltest vorher jedem sagen,
was du vorhast". Kurt lachte nur und meinte: „Lasst euch
überraschen". Sie machten sich gemeinsam auf den Weg
und kehrten in der Gasstätte im Oberdorf ein. Kurt verkün-
dete feierlich: „Wir feiern jetzt meinen Meister. Kommt herein, setzt euch, bestellt ein schönes Bier oder einen guten
Wein. Heute seit ihr meine Gäste, und dir lieber Vater danke
ich für die Unterstützung, die du und Mama mir immer gegeben haben, damit ich meinen Meister schaffe". Stolz setzen sich alle an den gedeckten Tisch. Da kam Agathe, frisch
und fesch im Sonntagskleid herein. Sie brachte fast kein
Wort aus ihrem Mund, als sie Kurt mit Familie sah. Verwirrt
fragte sie: "Was darf ich zum Trinken bringen?" Sie hatte
sich schnell gefangen und fragte zuerst Kurts Mutter, dann
den Vater. „Hallo Agathe ich freue dich wieder zu sehen, für
mich ein Glas lieblichen Wein, und für meinen Adam ein
großes Bier". Sie lächelt Agathe an. Dann bestellten auch die
anderen. Als Agathe in die Küche kam, wetterte sie los. „Du

falscher Fünfziger", schimpfte sie ihren Vetter, den Wirt „mir nichts davon zu sagen". Dann brachte sie die Getränke, und tischte das vorbestellte Essen auf. Es gab gefüllten Braten mit Knödeln und einem frischen Sommersalat. Als alle ihr Essen hatten, ging Kurt in die Küche, holte ein weiteres Gedeck, dann zog er Agathe die Schürze aus, setzte sie auf den Platz neben sich und sagte: „Hier lieber Vater, stelle ich dir Agathe vor. Heute weiß ich, dass ich nur sie mag, und bitte dich, dass du mit uns einverstanden bist". Kurts Vater und Agathe, hätten sie schon einen Bissen im Munde gehabt, er wäre ihnen im Hals stecken geblieben. Dann würgte der Vater: „Agathe sei willkommen". Und Hans-Peter sagte grinsend zu seinen Eltern „Jetzt lernt ihr schon früh meine neue Chefin kennen". Sie feierten gemeinsam Kurts bestandene Meisterprüfung und sogar Kurts Vater war jetzt nicht mehr so ernst und fand, dass Agathe eigentlich eine nette Frau sei. Es wurde ein schöner Nachmittag, und als Kurt einen Augenblick alleine mit Agathe war, sagte sie zu ihm: „Komm mal mit, ich habe dir etwas zu sagen".

*

Maria konnte in der Nacht, als Karl sie heimbrachte keinen Schlaf finden. ‚Alles drehte sich in ihrem Kopf. Sie liebte Josef, aber wenn er sie auch lieben würde, hätte er es ihr bestimmt schon einmal ihr gesagt. Wen er bei ihr war, wartete sie immer, dass er etwas sagen würde. Aber wenn er dann ging, zeigt es sich so gleichgültig. So sehr, dass es sie schmerzte. Je mehr sie dieses Gefühl nicht aufkommen lassen wollte, umso stärker wurde ihre Sehnsucht nach Jupp.

Ausgerechnet jetzt tauchte Karl wieder in ihrem Leben auf. Das was sie nicht wollte, was nicht sein durfte, genau das geschah jetzt bereits zum zweiten Mal. Karl, ihr Vetter, irgendwie sie liebte ihn, er liebte sie. Sie spürte ein heftiges Verlangen. Gierig und fest umschlungen fanden sich ihre Körper, ganz fest und tief trafen sie sich. Maria fühlte die Erde beben, als plötzlich und ohne jede Vorwarnung Pfarrer Alfons sie ermahnte und daran erinnerte, als er bei der Beichte sagte: „Mädchen es ist normal, wenn du deinen Vetter liebst, aber bedenke es darf nur eine platonische Liebe sein. Alles was sonst geschehen könnte, am Ende hast du noch einen missgebildeten Balg, Balg, Balg". Eine Fratze beugte sich weit über sie, Angst stieg in ihr auf und gerade als der Balg nach ihr griff, schreckte sie auf und schrie so laut sie konnte. Erst jetzt merkte Maria, dass sie eingeschlafen war und so Schönes und doch Furchtbares geträumt hatte. Ganz verstört stieg sie auf und ging durch die Küche über den Hof zum Brunnen. Drei, vier Stöße, dann floss das kühle Wasser und langsam lies sie es über Kopf, Arme und den schweißdurchtränken Körper laufen. Während sie sich abtrocknete, stand ihre Mutter hinter ihr und fragte: „Du bist doch hoffentlich nicht schwanger?" Maria konnte nicht antworten, laut heulte sie los. Ihre Mutter nahm sie in den Arm, sagte aber kein Wort mehr. So saßen sie eine Weile still am Brunnen, dann sagte Maria: „Ich gehe wieder ins Bett, morgen reden wie weiter". Jetzt konnte auch ihre Mutter nicht mehr schlafen. Die Angst, dass ihre jüngste Tochter schwanger ist, lies sie nicht mehr einschlafen.

Gottseidank war die Nacht vorbei. Maria kam aus der Frühmesse, als ihre Mutter mit dem Milcheimer aus dem Stall in die Futterkammer kam, wo die Milch geseiht wurde. „Sage mir, was ist los mit dir, bist du schwanger?" fiel sie gleich mit der Tür ins Haus. „Nein, es ist viel schlimmer. Wäre ich schwanger, dann hätte ich einen Mann. Aber ich liebe meinen Vetter Karl". Ihre Mutter schüttete gerade die Milch in den Seiher. Als sie das hörte fiel ihr vor lauter Schreck der Eimer aus der Hand und die ganze Milch floss über den Ablauf in die Jauchegrube. „Oh Maria hilf!" mit diesen Worten fiel ihre Mutter in Ohnmacht.

*

Josef arbeitete bei der Firma Winter in seinem Ort, wo er als Werkzeugmacher Teile richten musste. Seit zwei Wochen arbeitete er auf einer Baustelle im nahen Frankfurt. Sie mussten dort eine große Maschine zusammenbauen. Täglich wurden sie mit einem Bus in das nahe Frankfurt gefahren und kamen erst am späten Abend in ihre Firma zurück. Die Arbeiten waren sehr anstrengend. So hatte er am Wochenende keine Lust auf Vergnügen und Tanz. Diese Woche musste seine Arbeitsgruppe auch einen neuen Mitarbeiter anlernen. Dieser wurde Josef zugeteilt und hieß Hans. Er war etwa zweiundzwanzig Jahre alt. Seine Arbeit erledigte er zur besten Zufriedenheit seiner Kollegen. „Josef pass auf, dass der Hans nicht zu viel in der Stunde erledigt. Der arbeitet so gut, da müssen wir aufpassen, dass er unsere Vorgaben nicht überschreitet". Die Aussage des Baustellenleiters machte Josef hellhörig. „Wieso Vorgaben, was soll das bedeuten?". Na , ja", meinte der Leiter, „wenn wir schneller fertig sind, als von der Geschäftsleitung vorgegeben, dann wird unser Ziel beim nächsten Mal erhöht. Wenn es dann

Probleme gibt, hängen wir hinterher, und unsere Zulagen werden gekürzt". Er erklärte Josef genau, wie die Geschäftsleitung und die Vertreter der Arbeiter die Pläne kalkulierten. Noch am Abend befasste sich Josef mit diesen Geschäftsgebaren und stellte fest, dass nach seinen Berechnungen der Auftrag tatsächlich schon drei Tage früher hätte fertig sein können. „Hans, du arbeitest sehr gut", sagte er zu seinem neuen Kollegen, „aber du musst mit deinen Leistungen besser haushalten. Der Leiter hat mich angewiesen aufzupassen, dass du nicht zu schnell fertig wirst". „Das verstehe ich nicht, ...", antwortete Hans irritiert. „Ich habe es erst auch nicht verstanden, aber lass dir das von Schorsch selbst erklären, ich gebe nur weiter, was mir aufgetragen wurde. Woher bist du eigentlich?" Josef wollte von dem leidigen Thema abkommen und mit seiner Frage das Thema wechseln. „Ich bin aus Krotzenburg, und fahre mit dem Fahrrad hierher in die Firma". So kamen sie ins Gespräch und Hans meinte: „Du könntest doch am Wochenende auf unsere Kerb kommen, da ist mächtig was los und ich könnte meinen Einstand ausgeben". „Mal sehen, wie wir hier klar kommen. Ich sage dir heute Abend Bescheid. Auch muss ich mich mit meinem Freund Ewald abstimmen. Ich weiß nicht, was er geplant hat. Den sehen wir noch in der Firma, wenn wir heute Abend zurück sind". Nach Feierabend trafen sie Ewald. „Nein ich habe auch nichts Besonderes geplant. Wir können gerne Hans´ Vorschlag annehmen. Gehen wir auf die Kerb nach Krotzenburg", zeigte der sich begeistert. Und sie verabredeten sie sich mit Hans um neun Uhr am Abend vor der Halle, wo der Kerbtanz stattfand.

*

„Maria du solltest nicht mit Karl auf die Kerb gehen. Die Krotzenburger wissen alle, dass du die Cousine von Karl bist". „Ja Mama das wissen sie, aber sonst wissen sie nichts. Und wir werden auch nicht im ganzen Dorf erzählen, dass wir uns gern haben". Ihre Mutter merkte, dass es keinen Sinn hat, darüber mit ihr zu streiten. Wenn Maria sich etwas in den Kopf gesetzt hatte, war es nur schwer, dagegen anzukommen. „Ich möchte aber erst mit Karl reden, wenn er dich abholt. Nicht einfach abhauen". Die Sorgen der Mutter waren offenbar sehr groß. „Ja, du kannst ja mit Karl noch reden, wenn er mich dann abholt. Ich werde wieder bei Onkel und Tante übernachten". Um halb acht Uhr kam Karl mit dem Fahrrad an. Ihre Mutter sagte ihm, dass sie sich große Sorgen um beide machte, aber Karl zeigte nur sein breites Grinsen. Dann fuhren sie lachend los und hörten Marias Mutter noch „Bleibt mir bloß anständig" nachrufen. Schon bald waren sie vor dem neuen Saal des Lokales „Stadt Hanau". Es war ein lauer Spätsommerabend und als sie dort ankamen, hörten sie schon laut die Musik bis auf die Straße heraus. Karl hatte durch seinen Freund zwei Plätzte reservieren lassen und sie setzten sich an den Tisch an der Seite, genau gegenüber dem Saaleingang. Karl holte Getränke, dann tanzten beide fast jeden Tanz zusammen. Zwischendurch hatte Karls Freund Herbert, Maria aufgefordert, mit ihm zu tanzen. Auch er war ein sehr guter Tänzer. Doch mit Karl war alles anders. Er konnte sie führen, sie schwebten durch den Saal. Walzer rechts herum, Walzer links herum. Dann wieder Dreher und eben gerade einen Rumba. Karl zog Maria fest an sich, und sie ließ es geschehen, als Karl sein Gesicht ganz nahe an das ihre drückte. Er hauchte ihr „Maria, wie schön du bist, nur mit dir will ich zusammen sein" ins Ohr.

Sie merkte, wie sie errötete und ihr Herz ihr bis an den Hals schlug. Sie war so aufgeregt, dass sie nichts mehr um sich herum wahrnehmen konnte. Lange spielte die Musik, Tanz für Tanz kamen sie sich immer noch näher. Es war jetzt draußen schon fast dunkel, aber das Licht im Saal war noch nicht eingeschaltet. Karl zog Maria bei einem langsamen Tanz noch näher an sich, griff an ihr Kinn, hob ihren Kopf an, beugte sich zu ihr herab und küsste sie mitten im Saal auf den Mund. Maria blieb das Herz stehen. Dieser Abend dürfte nie zu Ende gehen, schoss es ihr durch den Kopf und sie schaute Karl tief verliebt in die Augen. Alles was ihre Mutter ihr sagte, es war einfach … vergessen. Maria drehte den Kopf zu Seite, um tief durchzuatmen, die Liebe raubte ihr den Atem…. Da, sie glaubte ihren Augen nicht zu trauen, direkt neben ihr … tanzte … Jupp. Und der hatte gesehen wie Karl sie küsste. Ihr Atem stockte, ihre Knie, nein ihr ganzer Körper zitterte und wie von einer Geisterhand geführt, war sie auf dem Boden der Wirklichkeit zurück. „Was ist liebste Maria?" sorgte sich Karl. „Bitte lass uns hinsitzen, mir ist auf einmal ganz schwindelig". Sie setzten sich an den Tisch, wo die Freunde von Karl feierten und laut ihre Lieder sangen. Karl stimmte sofort mit ein und sang von ganzem Herzen mit. Er war so verliebt, dass er gar nicht merkte, wie Maria mit sich kämpfte. Sie wirkte wie geschockt und saß ganz still da. Karl legte seinen Arm um sie und sie ließ es geschehen. Eben wurde das Licht im Saal eingeschaltet. Geblendet, sah sie zu Karl auf, dann drehte sie den Kopf um und sah wie Josef seine Tanzpartnerin an ihren Tisch zurück brachte und schaute schnell wieder zu Karl. Ihr war, als würde sie von beiden hin- und hergezerrt. Es war jetzt elf Uhr, als sie zu Karl sagte. „Bitte, komm lass uns nach Hause gehen". Karl verstand kein Wort. „Was hast du meine Liebste?" „Komm lass uns bitte gehen", wiederholte Maria. Karl konnte es gar nicht begreifen, jetzt wo er ihre Liebe spürte, wo er fühlte, dass Maria auch ihm zugetan war? Warum will sie jetzt gerade gehen? Dann erhob auch er sich und beide gingen schweigend zurück, heim zu Karl. Er hatte seinen Arm um sie gelegt und hielt sie ganz fest, so als könnte er sie verlieren. Sie war jetzt ganz still geworden und er merkte, dass etwas nicht stimmte. „Liebste Maria was ist mit dir? Du bist plötzlich so anders? Liegt es an mir, was habe ich falsch gemacht"? fragend sah Karl sie an. „Nein, liebster Cousin, du hast gar nichts falsch gemacht. Ich habe alles falsch gemacht. Du wirst es vielleicht nicht verstehen. Aber seit genau einer Stunde weiß ich, wen ich wirklich liebe. Ich mag dich wirklich sehr. Ja ich hatte einen großen Streit mit meiner Mutter, als ich ihr von meiner Liebe zu dir erzählte. Noch bis vor einer Stunde habe ich es auch selbst geglaubt, dass ich dich liebe. Ja irgendwie liebe ich dich, aber doch nicht so, wie ich den Josef liebe. Ich glaubte ihn schon vergessen zu haben. Du kennst ihn flüchtig aus dem letzten Jahr. Und seit heute weiß ich, dass ich nur den Josef liebe. Ja Karl, ich liebe Josef. Und jetzt weißt du es, aber der Josef weiß es nicht, ehrlich gesagt, ich wusste es bisher selbst nicht wirklich. Bitte sei mir nicht böse. Du wärst mir von allen der liebste Mann, mit dem ich immer zusammen sein möchte. Aber ich liebe Josef. Wenn es mit mir und ihm nichts wird, dann darfst du das nicht ausbaden". Dann brach sie schluchzend in Tränen aus und Karl nahm sie noch fester in seine Arme. So saßen sie sehr lange schweigend da. Maria war froh jetzt bei Karl zu sein.

*

Als Josef sah wie Maria mit Karl eng umschlungen tanzte, war ihm, als ob ihm jemand den Boden unter den Füßen weggerissen hätte. „Bitte lass uns an den Tisch zurück gehen", sagte er zu seiner Partnerin „mir ist nicht gut". „Du hast doch noch gar nichts getrunken, was ist mit dir los"? „Ich möchte nach Hause gehen, ich habe mir wohl den Magen verstimmt", antwortete Josef, brachte seine Partnerin an ihren Tisch und bedankte sich für den Tanz. Er ging an die Theke und bestellte einen Schnaps. Gerade als der Kellner ihm den Schnaps reichte, kamen auch Ewald und Hans vom Tanz zurück. Erst wollten sie an ihren Tisch gehen, als sie jedoch Josef mit dem Schnaps sahen meinte Ewald „Oh, je, da ist wohl dicke Luft", und gingen direkt auf Josef zu. „Noch mal drei Schnaps" rief Josef dem Kellner zu, als er die beiden kommen sah. „Was ist los mit dir?" Ewald ahnte schon, weshalb sein Freund verstimmt war. „Mir ist plötzlich schlecht geworden, Hans sei nicht böse, aber ich mache mich jetzt auf den Heimweg, ehe ich noch kotzen muss". Hans verstand nicht, sagte aber: „Das ist sehr schade, gerade sind wir richtig in Stimmung gekommen, da willst du gehen. Aber die Schnäpse gehen auf meine Rechnung. Ich bin noch nicht einmal dazu gekommen für meinen Einstand einen auszugeben". „Gut, den Einstand holen wir nach". „Wenn du jetzt schon gehst, komme ich mit. Wir sind zusammen gekommen und da gehen wir auch zusammen zurück. Das wäre nur anders, wenn einer ein Mädchen nach Hause gebracht hätte" ergänzte Ewald. Sie verabschiedeten sich von Hans, gingen nach draußen, holten sie ihre Fahrräder und fuhren los. Josef sprach kein Wort mehr. Sie fuhren eine Weile, und da Josef immer noch so still war, begann Ewald das Gespräch. „Du bist das größte Rindvieh, das mir in den letzten fünf Jahren begegnet ist. Wenn du denkst, ich weiß nicht was mit dir los ist, dann hast du dich schwer getäuscht. Ich bin dein Freund, und dir zu Liebe habe ich mich nicht mit Maria eingelassen, obwohl ich sie auch sehr gerne habe und weil ich genau weiß, dass du sie liebst. Seit fast zwei Jahren benimmst du dich ihr gegenüber wie ein großkotziger, arroganter Schnösel und heute meinst du, hätte sie auf dich fliegen sollen. Ja auch ich hatte mich in Maria verliebt, nur wegen dir ist aus uns nichts geworden, weil sie mir schon vor einem Jahr sagte, dass sie nur dich liebt. Du Idiot, brauchst dich jetzt gar nicht zu wundern, dass sie jetzt einen anderen hat". „War ich wirklich ein so krasser Mensch"? fragte Josef stockend. „Noch viel krasser, jetzt sieh schleunigst zu, wie du aus der Scheiße, die du dir eingebrockt hast, wieder rauskommst". Im Stillen gab Josef seinem Freund Recht, sagte aber nichts. Als sie dann zu Hause ankamen und sich trennten, sagte Ewald noch „Wenn du deinen Sturkopf jetzt nicht schnell absetzt, hast du Maria endgültig verloren. Du dachtest wohl, dass du sie jederzeit kriegst, wann immer es dir passt, und dass sie nur auf dich wartet. Aber in diesem Punkt hast du dich gewaltig getäuscht".

*

Nach dem Essen tranken Kurts und Hans-Peters Eltern noch Kaffee. Dazu gab es einen Gugelhupf, den Agathe selbst gebacken hatte. „Der schmeckt aber fein." sagte Hans-Peters Mutter: „Wer hat denn den gebacken?" „Ich", antwortete Agathe, „ich hatte den Auftrag von meiner Tante, einen Kuchen zu backen, der mir immer am besten gelingt. So habe ich diesen ausgewählt". Agathe antwortete dies mit sichtbaren Stolz. „Er schmeckt wirklich ausgezeichnet", pflichtete Kurts Mutter bei. Sie sagte es sehr ernsthaft. Agathe errötete und Hans-Peters Mutter wiederholte: „Ja Agathe, den haben Sie wirklich sehr fein gemacht". Als sie mit dem Kaffee fertig waren, verabschiedete sich Agathe von Kurts Eltern. Hans-Peter und seine Eltern waren schon etwas früher gegangen, nur Kurt blieb noch. „Warte, bis ich hier fertig bin, dann können wir sprechen, ich habe dir noch etwas zu sagen!" forderte Agathe. Es dauerte eine viertel Stunde, während Kurt hatte noch ein kleines Bier trank, bis Agathe kam. „Komm mit", sagte sie und ging voraus, direkt in ihr Zimmer. Kurt dachte, das ist ja prima, hierher hat sie mich noch nie mitgenommen. „Setz dich und höre, was ich dir zu sagen habe!" Gespannt wartete Kurt, was jetzt kommen würde. Es überfiel ihn ein schlechtes Gefühl. „Kurt", so streng hatte Agathe seine Namen noch nie ausgesprochen. „Kurt", wiederholte sie. „was du heute hier veranstaltet hast, war der Gipfel der Frechheit, die ich je erlebt habe. Gerne hätte ich dir zu deinem Meister gratuliert, ja ich hatte sogar ein kleines Geschenk für dich, weil ich an dich geglaubt habe. Du hast dich sehr lange nicht bei mir sehen lassen, und heute kommst du hierher, feierst mit deinen Leuten, setzt mich einfach dazu. Weißt du wie du überhaupt, wie sehr du mich erniedrigt und blamiert hast? Denkst du, du kannst mit mir machen was und wie du willst? Ich habe meine eigene Meinung, und wenn etwas zu entscheiden ist, dann werde ich vorher gefragt. Und wer überhaupt hat dich geritten, dass du deinen Vater um seinen Segen für uns bittest, wo wir noch gar nicht selbst wissen, ob wir zusammen passen? Und dann will ich

dir noch etwas sagen. Konstantin hat um meine Hand ange-
halten und will mich heiraten". Hätte Kurt nicht eben sein
Bierglas auf den Tisch gestellt, es wäre ihm aus der Hand
gefallen. „Liebste Agathe, ich dachte, ich wollte, ich
meinte… „ Kurt war baff, stammelte Unverständliches,
wusste aber nichts mehr zu sagen. „Du sollst nicht meinen,
nicht denken, nicht weiß der Kuckuck was, du solltest mit
mir reden und zwar vorher. Gehe jetzt und denke darüber
nach!" „Und was ist mit Konstantin?" „Auch darüber
kannst du jetzt nachdenken". Mit diesen Worten schob sie
Kurt vor die Türe und schloss sie von innen ab. Jetzt musste
Agathe weinen, sie weinte leise, damit es niemand hörte.

Mit diesem Auftritt hatte Kurt überhaupt nicht gerechnet.
Hatte er doch geglaubt, Agathe würde ihm um den Hals fallen, so sah er sich jetzt eines besseren belehrt. Er ging am
Main entlang nach Hause, um das eben Erlebte zu verdauen.
Aber es gelang ihm nicht. Gerade als er die Kirchgasse hoch
ging kam ihm Maria entgegen. „Hallo Kurt, wie geht es
dir?" „Mir geht es total beschissen", antwortete er und ging
einfach weiter. „Ja man sieht es, dass es dir schon mal besser
ging", rief ihm Maria noch zu. Dann war Kurt um die Ecke
und zu Hause schnell auf seinem Zimmer verschwunden,
ehe er von seinen Eltern gesehen werden konnte.

Kurt lies das zuletzt Erlebte keine Ruhe. Schon am nächsten
Tag fasste er sich ein Herz und ging ins Oberdorf. Agathe
sah ihn schon von weitem kommen. „Kann ich mit dir reden?" „Komm nur herein, ich kann mir denken was du
willst". Sie gingen in Agathes Stube. „Du sagtest, der Konstantin hat dir einen Antrag gemacht, du hast doch hoffentlich nicht ja gesagt. Ich werde ganz verrückt, wenn ich daran
denke, dass du Hühner füttern sollst. Agathe ich liebe dich!

Willst du meine Frau werden? Agathe, ich weiß es genau, wir drei gehören zusammen Du, der kleine Wolfgang, der mir ans Herz gewachsen ist und ich". „Du Narr, hättest du mich schon vorher gefragt! Nie wäre es dazu gekommen, dass der mir einen Antrag gemacht hätte. Der sucht doch nur eine Frau, die ihm seine Arbeit abnimmt. Ja mein lieber Kurt, wir drei gehören zusammen. Das weiß ich schon lange, weil du immer uns beide gewollt hast".

*

Josef hatte sich heute frei genommen. „Ich brauche einen Tag Urlaub, weil ich etwas Wichtiges zu klären habe". Er sagte dies gestern in der Firma zu Ewald, obwohl diesem egal war, was Josef zu erledigen hatte. Er sagte Josef ja auch nichts, wenn es umgekehrt war. Dann aber schoss ihm durch den Kopf, das es mit Maria zu tun haben muss. Doch er gab ihm aber keine Antwort.

Josef fuhr mit dem Fahrrad gegen halb zwölf nach Seligenstadt, direkt unter die Fenster der Firma Krumm. Wie lange er so dastand wusste er nicht. Er starrte unaufhörlich nach oben, wo er vermutete, dass Maria arbeitete. Er wollte warten bis sie ihre Mittagspause machte, um mit ihr zu reden. „Kuck mal, Maria, dort unter steht einer schon eine geschlagen Stunde, was der wohl will?" Ihre Kollegin Katharina sagte das und dann fügte sie hinzu „ein wirklich schöner Kerl, so ein herrliches, schwarzes, welliges Haar, in den kann man sich glatt verlieben. Ich werde ihm einmal winken". Dabei machte sie das Fenster auf und winkte nach unten. Maria stand hinter ihr, schaute über ihre Schultern und sagte nur: „Ach, der". „Wieso, kennst du ihn?" „Ja, wir wollten einmal mit einander gehen, aber das wurde nichts". „Da kann ich ihn ja mal fragen", antwortete ihre Kollegin und lachte. Maria wollte zuerst ihre Pause im Freien verbringen, aber nachdem sie Jupp dort sah, blieb sie im Arbeitsraum. Um ein Uhr arbeitete sie weiter, Jupp stand noch immer da unten. Alle paar Minuten schaute sie durch das Fenster zu ihm runter, und dann, so gegen zwei Uhr war er nicht mehr da. Jetzt ärgerte sie sich, dass sie nicht doch runter gegangen war. Ihre Arbeit ging ihr nicht mehr von der Hand, und sie war froh als es Feierabend war und sie nach Hause fahren konnte. Sie fuhr mit dem Fahrrad los und musste an der Fähre warten. Diese war auf der anderen, der bayerischen Uferseite und musste warten, bis zwei Schiffe vorbei gefahren waren. Dann kam sie herüber gefahren und legte auf ihrer, der hessische Seite an. Fährmann David machte, wie fast täglich seine Späße mit ihr: „Na, Maria, heute früher als sonst, kannst wohl nicht schnell genug zu deinem Freund heimkommen?" Es sollte ein Witz sein, doch Maria antwortete ihm heute nicht. David merkte, dass ihre Stimmung offenbar nicht die beste war und sagte auch nichts mehr. Ein paar Minuten später setzte die Fähre wieder auf die bayerische Uferseite über. Maria eilte, so schnell sie konnte los. Dann, hinter der zweiten Kurve, stand an sein Fahrrad gelehnt, mitten auf der Straße … Jupp, nur fünfzig Meter von dem Gebüsch entfernt, an dem er Maria schon als Fünfjähriger das erste Mal sah. „Maria ich muss unbedingt mit dir reden, jetzt gleich, sofort, ich werde sonst verrückt. Maria

ich will nur dich heiraten. Willst du meine Frau werden?"
Maria stoppte erschrocken das Rad, als Josef dies ihr entgegen rief. Beim Absteigen stürzte sie über Sattel und Lenker
und lag mitten auf der holprigen Straße. Jupp rannte zu ihr
hin, hob sie auf und nahm sie in seine Arme. Gottseidank es
war nichts Schlimmes passiert. Sie lächelte ihn an und sagte:
„Ist das auch wahr?" „Ja, ich will nur dich!" Die anderen
Leute, die auch mit Maria auf der Fähre waren, kamen eben
an die Stelle und sahen sie auf der Straße liegen. Die hatten
den Wortwechsel mit bekommen und klatschten jetzt lauten
Beifall. Josef half Maria auf und sie machten sich auf den
Weg nach Hause, jeder sein Fahrrad schiebend. „Ich habe
mich in dich verliebt, schon beim ersten Mal, als ich dich sah.
Ich glaubte damals, noch zu jung für die Liebe zu sein. Du
aber hast immer alles gewusst, für alles eine Antwort. Ich
jedoch war mir nie sicher. Du bist immer so offen und hast
eine selbstbewusste Art, mit der ich nicht umgehen konnte.
Ich wollte das dir eigentlich schon so oft sagen, dass ich dich
liebe, schon als wir das erste Mal am Main spazieren gingen.
Aber dann traute ich mich wieder nicht. Du hast immer mit
allen getanzt, du warst zu allen freundlich. Nie wusste ich
mit wem du es eigentlich ernst meinst. Ich hatte immer das
Gefühl, dass auch ich nur einer von allen bin. Aber als ich
letzte Woche sah, wie der Karl aus Krotzenburg dich küsste,
bin ich vor Eifersucht fast gestorben. Maria ich liebe dich".
Soviel hatte er seit sie ihn kannte, noch nie an einem Stück
mit ihr gesprochen. Sie gingen jetzt auf einem Umweg durch
das Feld und kamen an einem Bildstock vorbei. Josef zog
Maria auf die Seite, die Fahrräder stellten sie daneben und
setzten sich auf die Bank, an der sonst nur die alten Frauen
innehielten, um mit der Mutter Gottes eins zu sein. Jetzt

nahm er Maria in seine Arme und küsste sie lang und innig, und sie ließ es geschehen. Josef konnte es fast nicht glauben und wunderte sich über sich selbst. Hatte nicht erst der Karl sie so geküsst? „Du Dummkopf" Maria hatte jetzt ihre Sprache auch wieder gefunden „Du riesengroßer Dummkopf. Nie habe ich einen anderen so geliebt, immer nur dich. Ja den Karl liebe ich auch. Er ist mein Vetter, und wegen dir wäre ich bei ihm wirklich fast schwach geworden. Du hättest nicht später kommen dürfen. Selbst meiner Mutter hatte ich schon gesagt, dass ich den Karl liebe, nur weil du mich so hast zappeln lassen. Ja mein liebster Jupp, ich liebe dich auch. Aber eines sollst du jetzt gleich wissen. Ich liebe das Tanzen, ich liebe das Theaterspielen und ich liebe das Singen. Alles das lasse ich mir nicht verbieten, egal wen ich lieben, egal mit wem ich tanzen oder spielen werde, egal ob in Bayern oder in Hessen, oder wenn es sein muss, auch mitten auf dem Main. Das merke dir heute gleich". Und jetzt mussten sie beide herzlich lachen. Langsam schlenderten sie nach Hause auf den Hof in der alten, holprigen Hauptstraße. Noch heute Morgen hatten beide keine Stimmung, waren griesgrämig, und jetzt, welch ein Tag. „Komm mit herein, das will ich gleich meiner Mutter sagen, sie soll dich jetzt gleich richtig kennen lernen. Sie kann schon seit Tagen nicht mehr schlafen, weil sie Angst hat, dass ich mit Karl, na du weißt schon…"

„Doch nun zum Allerschönsten. Seit heute bin ich jeden Sonntag bei meinem Jupp. Er ist schon bei uns gewesen, und ich war schon bei seinen Eltern. Was soll ich noch alles aufschreiben, ich kann das gar nicht alles. Nur einige Stichpunkte An meinem Geburtstag nahm ich ihn mit zu uns. Ich bekam einen schönen Anhänger und einen dünnen Schal. An Weihnachten habe ich einen Knirps, ein kleine Tasche, ein Besteck und ein wunderbares Schmuckkästchen von meinem Liebsten bekommen. Ach, war ich untröstlich, weil ich nur einige Kleinigkeiten für ihn hatte. Ob nun alles gut ist zwischen uns beiden? Ich hoffe es doch. Jedenfalls sind wir uns eben sehr gut, und das ist die Hauptsache.

Ich habe gerademal mein Tagebuch durchgelesen und musste feststellen, dass meistens nur von ihm die Rede ist. Ob ich ihm später mal mein Tagebuch zeige??? Und er wird mich tüchtig auslachen, das glaube ich ganz bestimmt"

Ortsbild Großwelzheim, von Kleinwelzheim gesehen

Bildnachweis Fähre nach dem Krieg mit freundlicher Genehmigung und Überlassung der Stadt Seligenstadt Stadtarchiv Nr. 443

Weitere Fotos privat

Personen

Marias Familie

Richard Vater, 2. Bürgermeister und Agnes Mutter

Willi, ältester Bruder und Greta

Alois, zweiter Bruder und Anna, mit Stammhalter

Hermine, älteste Schwester und Robert mit Klein-Roswitha

Anna, zweite Schwester und Ernst

Ihre Freunde: Mathilde die Busenfreundin, Melitta, Albina, Gerda, Annemarie, Rosemarie

Kurt, Konstantin, Willi, Richard der Vetter, Walter der Schneider, Gottfried, Hans-Peter

Agathe mit dem kleinen Wolfgang

Die Meute aus Hessen: Josef, Gisbert, Ewald, Günther, Heinz

Ihre Liebschaften

Karl, ihr Vetter

Karl, ihr Nachbar

Reinhold aus Seligenstadt

Karl, der Schäfer

Adolf, Theaterspieler und Freund von Rosemarie